LE DERNIER DES PÉNITENTS

DU MÊME AUTEUR

chez le même éditeur

TERRE-MÉGÈRE
roman, 1993

LES AMANTS DU PONT D'ESPAGNE
roman, 1995

FROIDURE
LE BERGER MAGNIFIQUE
roman, 1997
(Prix du Printemps du Livre, 1997)

TERRES BRÛLANTES
roman, 1998

LA PORTE
roman, 1999
(Prix Mémoire d'Oc, 1999)

LES RONCES DE FER
roman, 2000

ADIEU LA VIE, ADIEU L'AMOUR
roman, 2001

LES CÈDRES DU ROI
roman, 2002

aux éditions Publisud

DIMANCHE LES ABEILLES
roman, 1990

Martine Marie Muller

Le dernier des Pénitents

roman

LE GRAND LIVRE DU MOIS

Comme j'accompagnais Dieu à sa dernière demeure
Il déclara désignant mon cœur
Homme, mon frère, tu serais vainqueur
Si je n'avais fait de ce lieu le ciel des Dieux qui meurent

Anonyme, mur de la prison
du Mont-Valérien, 1942.

Prologue

15 avril 1788
Inspection des Ports par le commissaire François Sicard

À six lieues de Dieppe, à quatorze lieues du Hâvre de Grâce, Saint Vallery repose au fond d'une vallée de quatre vingt toises de largeur que la mer haute inonde et que sèche la mer basse. À l'entrée de cette vallée, il y a un petit port en queue d'hirondelle formé de quays bien maçonnés et d'une écluze à tourelle, dont les quatre portes soutiennent les eaux retenues à marée basse et alimentent les roues d'un moulin à grains. La retenue est profonde d'environ cinq pieds d'eau dans son étendue. Elle se comble de plus en plus par le limon que les pluys charrient d'une lieue aux environs. Une fois l'an, l'on retient les eaux pour le débouchement de l'entrée du port, trop souvent barrée par la marche des gallets que provoque un vent d'ouest un peu forcé. Les quays sont faibles et construits trop bas, ainsi que le bout de jetée en maçonnerie dont la teste est protégée par un surtout de charpente, sans résistance contre une marée d'équinoxe. L'entrée du port est défendue, face à la mer, par une belle tour à voûte d'ogive que l'on nomme tour de l'artillerie, flanquée d'un ancien chemin de ronde de six pieds de hauteur.

Dans les hautes mers de la nouvelle et pleine lune, seize à dix-huit pieds d'eau, le fond étant de marne, on pourrait encore approfondir ce port de quatre à cinq pieds. Il est le seul entre le Hâvre de Grâce et Dieppe qui puisse servir de retraite aux vaisseaux de moyenne grandeur.

De par la disposition des falaises, la rade est sans abry. À une demie portée de canon de terre, il y a un fort bon mouillage. Il n'y a point de pilotes en titre et lorsque les bâtiments veulent entrer et sortir du port, les maîtres des bateaux pescheurs les halent. Il en coûte depuis trois livres jusqu'à dix livres, à proportion de la grandeur du bâtiment.

Dans ce bourg de huit cents feux et quatre mille communians, trois chapelles : celle de Notre-Dame-de-Bon-Port, dans le bourg, même, entretenue par les pescheurs, qui n'omettent jamais de remettre à leur modeste vicaire une creuille de poissons.

La deuxième chapelle est celle de Saint-Léger, sur le haut de la falaise d'aval, à l'ouest, au bord de la mer.

La troisième est celle du couvent des Pénitents, à un quart de lieu du bourg, sur la colline qui surplombe le quartier Saint-Léger. Respectant la loi de saint François, ces religieux du tiers ordre vivent d'aumônes qu'ils viennent principalement quémander sur les quays, à l'arrivée des pescheurs. On leur remet, de fort bonne volonté, ce que l'on appelle ici une « creuille », c'est-à-dire une douzaine de poissons, le plus souvent des harengs.

Une église, appelée église Saint-Vallery, est située à la sortie de la ville, un peu en retrait du bourg, et fréquentée seulement par les plus riches.

Il n'y a point à Saint Vallery en Caux de rivière ni de fontaine. Les habitants se servent de l'eau des puys, fort mauvaise car mêlée d'eau salée et des infiltrations du marais nauséabond qui, au cœur du bourg, jouxte la cha-

pelle Notre-Dame-de-Bon-Port de la Halle au blé. La meilleure eau est celle du puits du couvent des Pénitents car ils sont sur la hauteur.

Les femmes vont donc laver leur linge sous falaise, comme on dit par ici, car du côté est deux fontaines sortent de la craie que la mer recouvre à chaque marée.

Le jeune inspecteur referma son mémoire et sourit, sentant devant lui un bel avenir dans l'administration de la Royale. La France était calme, en paix, et le roi – ses chefs le lui avaient assuré – prêt aux réformes, à la rénovation de fiefs poussiéreux qui n'attendaient que de jeunes ambitieux de sa trempe. Assis sur un gros madrier auprès de la tour de l'artillerie qu'il avait décrite et qui avait l'air de protéger la ville d'un air bougon de bête tassée, il observa la mer, calme, haute, d'un vert laiteux, léchant les éboulis de galets. Sur sa gauche, le chantier des bateaux allait son train. Les charpentiers, bonnet matelassé sur la tempe, taille prise dans une ceinture rouge, pantalon de gros droguet bleu, se tapaient sur le ventre, se réchauffant aux brasiers qui faisaient fondre la résine noire et le goudron odorants des maîtres calfats. Ces hommes-là se démenaient comme des diables, haranguaient les maîtres voiliers, interpellaient les cordiers, désignant avec fierté l'alignement des bateaux en cale sèche, épaves neuves, éventrées, tout humides de bois frais, de résines musquées qui se mêlaient aux effluves des algues, à celles des poissons et des bacs de vase où durcissaient des milliers de chevilles en bois. Il montait du chantier un vacarme qui rebondissait sur les parois des falaises, ébranlait la craie et aurait étouffé la colère du ciel.

L'angélus sonna à Notre-Dame-de-Bon-Port et, d'un seul coup, la clameur du chantier tomba. Le soleil, rouge et brumeux, déclinait sur l'horizon. Des soldats en culotte à pont et gilet blanc, en veste à parements bleus, allaient et venaient, tenant nonchalamment leur fusil, rejoignant ceux qui fumaient la pipe sous les murs du chemin de ronde. Le jeune fonctionnaire observa qu'à mi-pente sur la falaise, de l'autre côté du chenal, une petite forteresse abritait d'autres soldats, probablement des canonniers ou des douaniers ; il songea qu'il lui faudrait peut-être apporter cette précision à son rapport, évoquer les pièces de canon, placées au pied de la falaise pour protéger ce port qui craignait toujours les Anglais. Puis il se dit que décidément ce détail relevait de l'amirauté et ne concernait pas son administration. Il préféra regarder à nouveau les bateaux. Des trois terre-neuvas de près de deux cents tonneaux qui occupaient le port, deux étaient en rade, au repos, flanqués d'une quinzaine de crevelles de cinquante tonneaux employées à la pêche au hareng. Des dizaines de doris servant à la pêche au maquereau se touchaient, flanc à flanc, rangés comme des couteaux.

François Sicard était content de lui ; c'était un bon port pour un bon mémoire. Il reprendrait la tournée de son inspection dès le lendemain car toute une série de ports de petite importance devait compléter son rapport : Avremenil, Quiberville, Saint Aubin..., il ne savait plus les noms des autres.

Quand il se leva, frottant machinalement la veste de sa redingote noire, il jeta un dernier regard de l'autre côté du chenal, vers la falaise d'aval. Quelque chose l'intrigua, au loin, sous falaise, bien après les canons ; des femmes, des enfants peut-être, de la taille de crustacés rampants, maraudaient, ployant sous la besogne, ramassant il ne savait quoi. Il se détourna et redressa son tricorne sur sa perruque poudrée. Rien ne le surprenait du peuple, des êtres, mais tout l'inquiétait, le blessait, surtout chez les pauvres qui, parce qu'ils ne jouissent de rien, désirent tout avec violence ! C'était la raison pour laquelle il avait choisi de rester éloigné des passions humaines, des chagrins domestiques et de ne s'occuper que de géographie. Il songea à la conclusion qu'il n'avait pas encore rédigée mais qu'il avait déjà bien en tête : *L'amirauté de Saint Vallery en Caux estant comprise dans le quartier de Fécamp et nécessitant un autre rapport par une personne requise, il ne sera point parlé icy de la population, gens de mer, ouvriers, artisans, religieux ou bons bourgeois qui composent les différents registres des classes du quartier.*

Et c'était fort bien ainsi.

Son mémoire soigneusement roulé sous son bras, il remonta le quai, évitant des femmes encombrées de paniers remplis de harengs. Alors qu'il se dirigeait vers la grande auberge dans laquelle il avait pris ses quartiers, située au cœur du bourg, au bord du marais, des goélands perchés sur les amas de cordages et de filets s'envolèrent à son approche. Ils demeurèrent presque immobiles, suspendus dans le ciel bleuté, bec jaune grand ouvert, l'œil fixe.

Première époque

1

15 septembre 1791

— Ils vont te tuer..., murmura-t-elle d'une voix sans émotion.

Toute dressée de noir et voilée jusqu'à la taille, la jeune femme avança avec précaution dans le jardin du couvent, entre les pieds des millepertuis qui rampaient jusqu'au puits. Leurs fleurs d'or se mêlaient aux dernières digitales pourpres, aux lavandes ébouriffées, aux centaurées dont le bleu outremer virait au gris cendre. Les rayons du couchant inondaient les ardoises des quatre bâtiments qui fermaient totalement l'enceinte désertée, ruisselaient en une fontaine rosée, convergeaient vers le puits de grès où, oppressée soudain par la géométrie du lieu, elle s'appuya. Résistant à l'envie de rejeter son voile pour mieux respirer, elle contempla à nouveau l'homme qui l'écoutait et ajouta :

— Et j'espère qu'ils me tueront aussi, qu'ils promèneront ma tête au bout d'une pique, sur le port, selon la nouvelle mode...

Pour toute réponse, l'homme, un moine haut et massif, s'agenouilla dans l'allée du jardin, le front soucieux, et resta penché sur une racine qu'il tenait au creux de ses mains. Émue, la jeune femme se retint à la margelle du puits et baissa la tête. À ses pieds, dans le fouillis soigné des plantes et des simples, certaines, plus fermes, plus vaillantes, gorgées d'une ultime montée de sève suppliante, tendaient vers le ciel des cœurs turgescents, trop mûrs, que l'automne allait faucher. Surmontant son trouble, elle se pencha, tendit une main tavelée de cicatrices rondes et creuses vers une clochette d'un rose fané.

— Non, s'écria-t-il d'une voix bourrue, ne touche pas ! C'est de la belladone...

— La mort ne veut pas de moi, tu le sais, et ce n'est point faute de l'avoir tentée...

Et d'un geste vif, elle cueillit la tige tendre, la glissa sous son voile, la porta à ses lèvres.

— Pourquoi ne pars-tu pas comme les autres ? Pourquoi ne profites-tu pas de ce monde qui bascule pour échapper à cette geôle ? reprit-elle, regardant à nouveau l'enfilade des arcades basses et trapues.

« Qui peut cesser d'aimer la prison dont il se libère ?... » songeait-il sans la regarder, sans lui répondre, se relevant seulement, frappant de ses mains immenses sa bure tachée de terre.

Mât dressé sur un pont de tempête, il fit pivoter sa haute charpente devant la silhouette noire, planta ses yeux dans le ciel et respira très fort. Frappée du même éblouissement qu'autrefois, elle sentit sa gorge se serrer, ses doigts se crisper sur la fleur qu'elle portait toujours à ses lèvres.

— Tu ne sais pas..., n'est-ce pas ? articula-t-elle avec effort, tu ne sais pas pourquoi tu restes ou bien, peut-être, tout simplement, tu ne sais pas... partir ?

À travers le grain noir et opaque de son voile,

elle sentait sur sa peau la palpitation des prunelles bleues qui se posèrent enfin sur elle, tâtant, cherchant, devinant son visage. Elle se détourna et s'éloigna de quelques pas dans l'allée.

« Si... si je te touchais, si je levais ton voile, si je posais mes lèvres sur les tiennes... » Les mots, malgré lui, éclataient dans sa tête.

— Si... articula-t-il enfin, et elle tressaillit, fit un pas vers lui, mais il se détourna.

— Si... j'étais superstitieux, comme mes frères cauchois, articula-t-il, forçant sa voix, je penserais que j'ai plusieurs vies... Cette nuit, ou demain, peut-être, une autre vie m'arrachera à la précédente, comme par trois fois déjà. Mais quoi qu'il advienne, je ne saurais plus être autre que celui que je suis devant toi, en ce jour.

— Mais la mort, je le sais, t'arrachera à ce couvent... Elle arrive. Elle nous attend. Elle est déjà là, murmura-t-elle, lui tournant le dos, tandis qu'il balbutiait qu'en vérité tout était fort calme dans leur province depuis deux années, et qu'on n'agitait pas les Cauchois comme des Parisiens, avec des promesses de poètes !

— Que sais-tu des vaines querelles des hommes, toi qui les as abandonnées ? soupira-t-elle, se tournant à nouveau vers lui.

— Je..., je sais ce que tout le monde dit... En deux années de révolution, nous ne sommes jamais devenus que... la Seine Inférieure, et Saint Vallery un chef-lieu de canton...

— Nous avons aussi gagné une milice..., reprit-elle d'une petite voix fâchée.

— ... Qui défile au clairon et distribue des cocardes.

— Même le roi a tenté de fuir !

— Je ne suis pas le roi...

— Mais tous tes frères Pénitents, eux, sont partis ! Et à Paris, les prêtres jettent leurs soutanes aux orties, haranguent la foule, fabriquent des lois comme des ministres. Et se marient !

Elle avait craché ce dernier mot avec une ironie désespérée.

— C'est grotesque, s'exclama-t-il, lui tournant soudain le dos, avançant au milieu des fleurs. Il se demanda si elle savait qu'il n'était pas même prêtre, mais simple moine convers.

— Ce qui est grotesque, c'est qu'on va me pourchasser pour porter un nom que je hais... C'est qu'on va te condamner pour un choix que tu n'as pas fait !...

Il baissa la tête, contemplant à nouveau ses paumes maculées de boue.

— Nous sommes venus trop tard, ajouta-t-elle. D'autres que nous échapperont aux tyrannies de leur jeunesse... et connaîtront une vieillesse épanouie. Nous n'aurons pas eu cette chance.

— Toute jeunesse a ses tyrannies..., comme toute vieillesse a ses fantômes, répondit-il d'une voix douce.

À pas lents, elle se dirigea vers la haute porte de bois cintrée de fer qui donnait sur la ruelle. Il fixa le déploiement soyeux du tissu noir sur le gravier de l'allée, le bout du soulier pointu qui chassa un galet, la main blanche, blessée, crispée sur le bouillonnement empesé des plis de la robe. « Mon aimée..., fragile comme l'aube... », songea-t-il. Il entendit « Antoine... », murmuré si faiblement qu'il crut avoir imaginé son nom porté par le vent qui venait des falaises. Elle haussa la voix et répéta :

— Antoine, je reviendrai demain, et si tu n'es pas parti...

— Tu disais que plus rien n'avait d'importance..., et que tu allais mourir...

— Ma haine, Antoine, ma haine est encore vivante... Je ne suis pas nonne, moi. Et si je ne déserte pas, c'est qu'une chance m'est peut-être donnée, comme une grâce, de voir mes ennemis punis... Nos, ennemis, Antoine.

Il hocha la tête d'un mouvement doucement réprobateur.

— Je reviendrai donc, ajouta-t-elle, peut-être aussi pour qu'un dernier secret nous unisse...

Il se tourna vers le puits, ne répondit pas, ne la regarda pas ouvrir la porte. Il entendit seulement le grincement des gonds, puis le claquement du fouet, le fer des roues de la calèche qui redescendait vers le port, tressautant sur les galets de la ruelle.

Il leva les yeux vers les nuées pourpres du ciel déclinant, aspira une grande gorgée de l'air marin qui desserra l'étreinte de sa poitrine. Enfin, il passa sous les colonnes du promenoir, glissant comme il l'avait fait chaque jour depuis douze années sa main sur le mur construit de galets de silex où miroitaient quatre plaques signalant, sous les dalles du promenoir, l'emplacement des tombes de frères inconnus. Il les contempla un long moment puis il traversa à nouveau le jardin, son jardin, tout hérissé de ce qui serait sans doute sa dernière moisson. Malgré les paroles rassurantes qu'il avait tenues, il imagina soudain la Révolution comme une météorite tombant au milieu de ses fleurs, comme la queue d'une comète calcinant chaque pierre du couvent. Poussant une petite porte en arceau, il pénétra dans la salle du chapitre, longue et fraîche, et fixa les deux rangées de bancs vides avant de passer dans un couloir étroit. Tout au bout, donnant sur le jardin, se trouvait sa cellule, à côté de ce que l'on avait toujours nommé l'infirmerie, alors que les cellules des autres de ses frères se trouvaient à l'étage, sous les toits.

Dans la pénombre, il distingua à peine sa table de travail, couverte de bocaux étiquetés, de fioles et de bouteilles, de pilons et de mortiers, d'une grosse cornue sur un brasero éteint depuis plusieurs jours. Il avança, tâtant la familiarité de cet espace, et se jeta sur sa paillasse. Pour la première fois, il se sentit oppressé par les effluves qui s'échappaient des bocaux, par les parfums qui tombaient des bouquets de fleurs séchées suspendus au plafond. Il ressentit soudain le besoin vif de respirer la mer, la mer profonde, verte et froide, qui battait les falaises de son enfance. Il eût voulu y plonger, s'y laisser engloutir, mais il se contenta de regarder les ténèbres auxquelles, comme à la foi, il avait consenti.

La nuit. Un plaisir de l'âme, qui appartenait à sa peau et qui, comme une cire, fondait au milieu de ses entrailles. N'avait-il pas affirmé, à la femme qui lui avait parlé dans le jardin clos, que sa chair était morte ? Il avait menti. Le souffle doux de la poussière des bouquets flottait dans l'air, maculait la peau de son visage.

Fuir. Vivre.

Quel était le sens d'un tel choix ? Fuir ? Comme

les neuf autres frères du couvent, franciscains humbles, certains incultes, tous si miséreux qu'aucun révolutionnaire, lui semblait-il, n'eût souhaité en orner son tableau de chasse ? Après une année d'inquiétudes et d'espoirs, ils avaient tous cédé, suppliant Antoine de les suivre, car qui pourrait survivre à son couvent dévasté, dépecé et vendu comme une bête à l'abattoir ?

Il les avait embrassés et leur avait dit : « Il est juste que vous partiez, comme il est juste qu'un de nous reste. » Il les avait vus s'éloigner, non par la ruelle qui descendait au port, mais par le chemin de la colline qui montait vers les champs accrochés aux falaises. Ils marcheraient jusqu'à la chapelle Saint-Léger, sur la falaise d'aval, près de la forteresse Trompette qui faisait face au large. Ensuite, peut-être pourraient-ils rejoindre Fécamp, à travers le plateau, sans être arrêtés, et quémander auprès du prieur de quoi passer en Angleterre... Si le prieur existait encore.

Vêtus de hardes de pêcheurs, tremblant dans la nuit, soutenant le plus âgé, ils avaient lancé à Antoine une dernière supplique, un dernier adieu. Figé dans la ruelle, à l'entrée de la chapelle où ils s'étaient une dernière fois agenouillés tous ensemble, il avait vu disparaître dans la tempête, pauvres âmes dématées, ses frères de solitude. Il n'avait pas pleuré. Un Cauchois ne pleure jamais. Il n'avait jamais vu sa mère verser une larme, pas même le jour de l'enterrement du père. Sans doute pensait-on, en pays cauchois, qu'il existait une trouble parenté entre l'eau des larmes et celle du Déluge s'abattant sur le port, comme si chaque être en particulier avait quelque commerce avec le monde du vent, des nuages et du sel.

Vivre ? Quelle insignifiance et quelle toute-puissance dans un monde qui semblait survivre tout seul, sans même nul besoin de survivants.

Qu'avait-il fait de sa vie de moine depuis douze ans ? Il avait amputé des doigts et même parfois des pieds, des mains, des oreilles, baigné des plaies, guéri des brûlures, arrêté des hémorragies, des diarrhées, des maux de tête et des vomissements pour tout le petit peuple de Saint Vallery, et même pour des notables et des armateurs lassés de l'apothicaire patenté. Mais les avait-il seulement aimés ? Du jour où le couvent l'avait recueilli, il n'avait plus ni souffert ni aimé. Habité par les cinq heures de prières journalières, son univers s'était rétréci à l'espace entre mâtines et vêpres, à la fabrication des cataplasmes, à ses moissons de bleuets, de coquelicots, de sauge, aux décoctions de belladone et de passiflore.

Un monde à la taille d'un jardin.

La connaissance de toute vie réduite à une poignée de centaurées, de millepertuis ou d'orties blanches, à une racine d'angélique ou de bourrache. L'amour dans une cornue. La compassion dans un diurétique. Une existence entière dans une fiole.

Il revit ces années, ces douze années qui étaient passées comme un souffle, qui étaient tombées graine à graine, comme celles de ses récoltes dans ses écuelles de terre. Il contempla le plafond de sa cellule, la chute infinie des fleurs mortes comme inclinées sur sa tombe.

La nuit fut tout à fait là, présente dans le couvent

désert et silencieux. On entendait à peine, au loin, le mugissement du port, des vagues, le cri déchirant des mouettes, mais il sentait dans sa chair remonter la marée des souvenirs. Il comprit confusément le danger de cette évocation que le couvent solitaire poussait en lui, sachant que, parfois, se retourner et se souvenir, c'est tomber.

La nuit était près de lui, masse douce, souple, compacte, qui l'attira comme autrefois l'eau sur la grève. La nuit, si grande ; le jour, si petit. La nuit, immense et charnelle, compatissante. Il contempla le néant, il contempla l'abîme, mais peut-être était-ce l'abîme qui le contemplait.

2

Octobre 1769

La falaise respirait.

La falaise était le corps et l'enfant en était le cœur. La falaise était le ventre, l'enfant en était les entrailles vives. La falaise était la peau, il en était le lait ; la falaise était la terre, il était sa graine, sa fleur, humaine et minérale. Chaque matin, en se réveillant, le premier geste du garçon était de toucher la chair blanche de la falaise, il s'étirait sur son tas de paille humide et portait ses lèvres près de la paroi, léchant le sang blanc et froid de la peau crayeuse. Il respirait à goulées silencieuses l'odeur musquée des racines et du guano ; le parfum des pourritures de poissons, d'une acidité excitante, faisait saliver sa bouche torturée d'une faim perpétuelle.

Il respira profondément, ce matin comme les autres matins de misère, et il savait que la falaise respirait avec lui. Il se faisait plus rond sur la paille humide, indifférent au peuple de vermine qui grouillait dans ses cheveux blonds et raides de crasse.

La falaise était vivante, la falaise était le ventre, la falaise était le logis. Il y faisait bien sombre et la lumière du jour ne pénétrait que par le trou béant de la grotte, quoique, par jour de tempête, on tentât de l'obstruer avec du bois *d'échoue*. Taillée par la nature et la mer au pied même des falaises, la *gobe* accueillait les plus pauvres parmi les plus pauvres des pêcheurs. Ils étaient de misérables taupes marines rampant pour se loger, êtres actifs à la besogne de la mer qui les maintenait en vie, accrochés à la mer comme le coquillage au rocher. Dans cette partie de la falaise d'amont, à Saint Vallery, pays de Caux, en cette année 1769, Marie et Antoine Dubourg étaient les seuls habitants de la *gobe*.

Le bruit de l'eau était proche, la marée sans doute bien haute, songea le garçon, toujours respectueux de cette froide compagne, féroce marâtre nourricière, voisine hautaine et royale qui a déjà avalé tout cru son père, ses compagnons de labeur et leur doris, courte embarcation ramassée, sans grâce, mais que le père avait crue insubmersible. La disparition de Cyprien Dubourg avait contraint sa famille à quitter la petite maison de la rue Saint-Léger. L'enfant se souvenait de la venue de l'huissier, la plume fichée dans son tricorne noir. « *Escapez*-vous, manants ! » avait-il crié, alors que la mère et lui restaient figés au milieu de la ruelle, les bras chargés de leurs ballots, devant les visages muets et navrés de tous les compagnons de la rue Saint-Léger. Puis, silencieux et humiliés, ils étaient descendus sur le port et avaient marché vers la mer.

Il lui semblait avoir quitté la demeure rurale depuis si longtemps qu'en sa mémoire survivait la sensation floue d'une autre vie, d'une première vie dont il doutait parfois, chaude et rugueuse comme la barbe du père contre sa joue, comme le contact des grosses mains charpentées et couturées par le poids des filets. Dans la *gobe* avait commencé une seconde vie.

Antoine savait tout de la difficile survie de ses compagnons normands et il s'éveillait donc chaque matin heureux et étonné d'être toujours là, solide comme la falaise, solide comme ces Cauchois bâtis à l'image de leurs ancêtres vikings. Le prêtre de Notre-Dame-de-Bon-Port, un jour qu'il s'était évanoui de froid et de faim en servant la première messe, l'avait réchauffé avec un bol de soupe de poisson et les récits étonnants de ces hommes, forcenés blonds, dont il était, à n'en pas douter, le descendant. Cela t'aidera à vivre et à survivre en ces temps de misère, avait assuré le père Colombel, caressant d'une main jaunie un vieux grimoire de cuir sauvé des rats. Antoine songeait souvent à ces paroles consolantes mais craignait que, tout Viking qu'il fût, la mer ne l'engloutît tout rond comme elle avait avalé son père. Le vieux curé lui avait aussi lu, quand il avait su que l'enfant vivait désormais dans une *gobe*, l'histoire de Jonas et de la baleine. La falaise était le ventre, il était donc Jonas. Par la grâce du Seigneur tout-puissant, il serait un jour sauvé de la cruauté de l'océan et de celle des hommes.

Plus bas dans la grotte, il devina le mouvement lent du corps de sa mère dans la paille, s'approchant des braises qu'elle entretenait toute la nuit, se privant de sommeil. Faire un grand feu haut et vif n'était guère possible dans la *gobe*, aussi fallait-il se contenter de ces braises modestes qui servaient plus à griller les poissons qu'à se chauffer. Il voulut respirer encore quelques instants cet unique moment de douceur et de liberté, avant que ne tombât le rude labeur du jour qui l'arracherait aux entrailles de la falaise et le lâcherait sur le port, au milieu des cris des marchands et du grand fracas de la construction des navires du roi. Châtaigne dans sa bogue, amande dans la craie, mystérieux crustacé humain, insecte placide, il espérait qu'aucun couteau ni grappin, qu'aucune voix, fût-elle maternelle, ne pourraient le déloger de sa cavité secrète.

— Toine, mon *bésot*, faudrait songer à *déjuquer* ! grogna la mère.

Antoine soupira. Plus moyen de feindre.

— C'est à peine l'aube, la *mé'* !

— Faut arriver les premiers pour l'ouvrage...

Et la voix se rompit sur une toux sèche qui fit mal à l'enfant.

Marie Dubourg avait eu, autrefois, la belle allure des Cauchoises, le port altier sous la coiffe qui rehaussait l'épais chignon blond, le teint frais, les pommettes rosées, la taille bien prise dans le corset lacé, la jambe ferme sous la robe de droguet bleu. Quand elle se tenait au marché de Notre-Dame-de-Bon-Port, chargée de ses paniers, pour attendre le bateau de son homme et vendre sa pêche, les maîtres calfats, toujours les plus bavards sur les chantiers, saluaient cette belle personne si sage et si avenante. Silencieuse et calme, modérée en toute chose, une belle *taiseuse*, disait son époux, elle tenait son logis propre, menait fièrement sa famille à l'église, s'asseyait sur les premiers bancs, une chiquenaude à l'un pour une miette sur le revers de la veste, une caresse à la tignasse épaisse du fils. Ce temps d'autrefois était loin et son corps l'avait presque oublié. Sans aucune famille pour l'aider, devenue pêcheuse à pied, elle passait ses journées, pieds nus sur les galets de Saint Vallery ou sur le sable que la marée libérait. Son corps avait fondu et sous la peau rongée par le sel, mal nourrie, perçait une ossature usée. Ses meilleurs atours vendus depuis longtemps après les meubles et presque toute la vaisselle, elle traînait la même jupe sale, trop courte, sur des jambes pleines d'ulcères et d'engelures. Depuis la vente de ses coiffes, elle laissait le vent de la mer saler et ruiner sa chevelure blonde qui se hérissait désormais en un toupet sec, un crin brûlé qu'elle saisissait brusquement parfois pour essuyer sur ses lèvres blêmes les traces du gruau qu'elle parvenait encore à cuire dans un petit chaudron.

— Y'a p'us d'bois, fils, faut aller à *l'échoue*...

— Ce bois est si mauvais, si plein de sel, ça nous claque au visage. J'en ramènerai du chantier des bateaux...

— On te surprendra et on te battra...

— Non, ma *mé'*, je demanderai au maître poulieur, les débris sont si petits.

— Je ne voudrions point, mon *bésot*, continue Marie Dubourg, que la misère te rende voleur... Le curé ne voudrait plus de toi pour servir... et ton père, là-haut, aurait trop honte de toi, de nous...

Tandis qu'Antoine avait plongé un gobelet dans un seau qui recueillait l'eau des pluies, une toux sèche et rauque à nouveau interrompit Marie Dubourg. Elle se pencha près des braises, avança sa main maigre tout près du bois rougi. La lumière passa à travers ses doigts qu'elle fixa avec fatalisme.

Elle songea à l'Enfer, se signa d'un geste las et sut que ce serait l'ultime étape de son dernier malheur. Antoine, tapi comme un chien, savait que depuis qu'ils ne pouvaient plus cacher leur misère, sa mère refusait d'assister aux grands-messes. Du moins tenait-elle à ce que son fils fût toujours bon enfant de chœur, surtout auprès du curé Colombel, qui lui avait appris à lire.

— L'Enfer... ce sera du moins plus chaud que la *gobe*, laissa-t-elle échapper, elle qui ne se plaignait jamais. Je sommes fatiguée de ce froid humide qui ronge mes os ! J'avons bien péché sans doute, pour te faire souffrir ainsi, mon *bésot*, et te laisser vivre comme un rat, sous falaise...

— Ho non, ma *mé'*. Ne parlez pas ainsi.

Et Antoine rampa vers le corps tassé de la mère, tendant une main. Elle se recula.

— Non, ne va pas plus loin... Tu sais que je sommes malade... d'un mauvais mal qui pourrait te sauter à la gorge aussi, le curé me l'a expliqué. Reste loin, mon *bésot*, reste loin...

Marie Dubourg soupira en se redressant, tira de ses mains calleuses sur les nœuds de ses cheveux. Certes, elle était malade mais il n'était point dans les usages qu'une mère se tienne trop près du fils, qu'elle l'accable de *boujous* et de caresses alors qu'il faut endurcir l'enfant, ne point lui laisser du regret ou l'habitude de la tendresse ou des larmes. D'ailleurs, pleurer n'était point cauchois. Un Déluge avait suffi. Et puis, était-elle encore digne du nom de mère ? Un soir de tempête, alors qu'elle n'avait rien *rocaillé*, pas la moindre étrille, pas le moindre coquillage, que ses petits filets qu'elle tendait en travers du courant à marée basse avaient laissé fuir harenguelles, lisettes et merluchons, cette nuit-là, alors qu'elle savait Antoine tremblant de froid et de fièvre au fond de la *gobe*, elle avait fait la ribaude pour la première fois. Alors qu'elle allait *toupiner* autour de l'aubergiste pour lui tirer l'aumône d'une assiette de soupe et qu'il la chassait, elle l'attira dans son cellier et fit comme elle avait vu faire les filles publiques, rue Saint-Léger. Ça la prit soudainement, comme un coup de folie, le ventre si révulsé à l'idée que son Toine se coucherait encore sans rien manger qu'elle releva sa jupe, écarta les jambes, tira sur son calicot pour faire sortir ses seins du tissu tout *éfalé*. Polite Lucas, l'aubergiste, un veuf riche, qui n'eût pas pensé profiter d'une femme honnête, ne résista pas à tirer plaisir de ce corps sans maladie, frais et blanc, qui n'avait servi qu'à un bon mari. Il la bascula contre les fûts de cidre et fut fort déçu. En se reculottant, il grogna que le plaisir lui était venu trop vite, qu'elle avait les fesses serrées des bigotes et que pour tout dire, elle lui rappelait sa défunte ! De retour dans sa cuisine, il vida tout de même de la soupe pour plusieurs repas, dans le petit chaudron qu'elle avait pris soin d'apporter, il y jeta même des bas morceaux de poisson et de crabe tout *randouillés* tandis que ses marmitons pouffaient au-dessus des porcelets à la broche. Dans la grande rougeur sombre des pierres de la cheminée, ils tournèrent vers Marie Dubourg leurs museaux ricanants de rats gras.

La soupe qu'Antoine but à grandes goulées fébriles était encore chaude, bien qu'il y eût une bonne trotte de l'auberge de Saint Vallery jusqu'à la *gobe*. Après le marais pestilentiel qui creusait le cœur de Saint Vallery, près de la place du Marché et l'église de Bon-Port, il fallait traverser l'écluse qui fermait le passage des bateaux, passer le moulin à grains, le quai de la Batellerie où les servantes des marchands, aussi orgueilleuses que leurs maîtres, faisaient *déjuquer* les pauvresses. Puis il fallait remonter le long de la jetée de bois, se heurter au vent du nord-est jusqu'à la falaise d'aval. Arrivé sur la plage, on tournait encore sur sa gauche pour longer le pied de la falaise, passer les canons et les plaisanteries obscènes des douaniers puis, en pleine nuit, à tâtons, il fallait trouver les marches taillées dans la craie pour se hisser jusqu'à l'entrée de la *gobe*. Marie Dubourg but aussi de cette soupe si vilainement gagnée, et, quand elle se fut confessée, elle laissa son corps prendre tout seul le chemin de l'Enfer. Elle ne se lava plus du tout, ne se peigna plus, laissa sa blonde chevelure tout *écrignée*, ne mangea plus que les restes des restes. Six mois plus tard, ses belles incisives blanches étaient tombées et elle toussait.

— L'Enfer est en nous, Toine. Du moins, une bonne portion..., murmura-t-elle d'une voix si mélancolique que l'enfant se redressa, crut entendre un appel tendre dans la voix brisée de la mère. Il s'approcha à nouveau du corps tremblant mais elle eut un sursaut et le repoussa à nouveau.

— Ne t'approche plus si près de moi, Toine. Je suis dangereuse, je suis déjà en Enfer.

— Ma *mé'*..., murmura encore l'enfant.

— Oui, l'Enfer l'est point seulement entre paradis et purgatoire, comme dit le curé ; non, l'Enfer l'est dans mon corps, l'est su' l'port, l'est là où sont les hommes et l'est aussi dans la *gobe*.

Ses yeux sortaient de leurs orbites, crustacés blancs et visqueux qui scintillaient sur des cernes mauves. Elle fixait le feu et continuait de tirer d'un geste mécanique sur son toupet de cheveux tandis que de son autre main, elle tapait sur sa poitrine creuse, rabattant fébrilement le châle noué autour de ses épaules squelettiques. Ses yeux se posèrent sur leurs dernières possessions : un vieux coffre gonflé d'humidité, trois assiettes en étain, un petit chaudron, deux couvertures, deux couteaux, deux cuillères de bois.

— Toine, mon *bésot*, trouve-toi en ce bas monde un endroit loin de l'Enfer..., loin des hommes...

— Vous voulez dire... que je m'engageons comme mousse ? questionna l'enfant, inquiet.

Il voyait sur le mur sombre de la grotte se dessiner la haute vague qui avait englouti son père. La barque tangue puis s'élève sur la crête d'une vague monstrueuse, la voile se déchire, la bôme bascule comme une arme folle, tournoie sur elle-même, rompant les nœuds, fracassant le visage barbu de Cyprien Dubourg. Antoine ferma les yeux, les rouvrit. Les images terribles avaient disparu, il ne restait que les hautes murailles de la *gobe* protectrice qu'il devinait plus qu'il ne voyait dans son obscurité de grotte marine.

— J'allons su' l'port voir la *mé'* Malandain, et puis on m'a promis de l'ouvrage au chantier, dit-il très vite, craignant que sa mère ne se toquât de cette idée de le placer moussaillon.

Par habitude, il tapota de ses paumes le sol mou de la falaise qui, à force de soins, de grands coups de bottes d'ajoncs et de genets, prenait parfois la douceur du sable, la souplesse de la craie humide.

— Avez-vous réparé vos filets ?

Marie Dubourg hocha la tête et Antoine n'osa insister. Dans la pénombre de la grotte, dans le rougeoiement des braises qu'on laissait mourir au matin, il ne distinguait plus ni le visage de sa mère, ni le corps allongé. Il ne voyait qu'un amas gris, une chose presque morte et tremblante, un corps de seiche qui suffoquait. Il soupira, détourna la tête et fit basculer le morceau d'épave qui obstruait le trou de la grotte.

3

Ses yeux se plissèrent sous la coupure de la lumière du jour et de la mer.

Puis, petit insecte accroché vif sur le flanc rêche et blanc de la falaise, il se laissa glisser, s'agrippa de ses mains et de ses pieds nus à des touffes d'herbe, se suspendit à l'usure journalière du passage des corps et parvint à quelques marches grossières. Enfin, il se laissa choir comme un plomb, pissa un bon coup sur ses pieds nus comme on le lui avait appris pour soigner les engelures puis, ainsi qu'il le faisait chaque matin, il regarda la mer.

Face à lui, il n'y avait que le ciel, il n'y avait que l'eau, il n'y avait que les galets blancs, ronds et polis comme des seins et la faim lui creusa la langue. La mer était verte et opaline en cette matinée d'automne, d'un vert trouble et laiteux, nourrie du flanc de la falaise blanche qu'elle rongeait à chaque marée. Sur la droite, plus bleu, plus transparent, le ciel tranché vif par la ligne de l'horizon embrassait tout l'espace jusqu'au sommet de la grande falaise d'amont. Formée d'une seule et longue équerre filant jusqu'à Dieppe, elle découpait sur le ciel des pans de pâtures vertes que le brouillard matinal dévorait par morceaux.

Antoine oscilla sur les galets, parvint au muret qui protégeait les canons, passa au pied de la haute croix de Saint-Michel sur son socle de grès, là où finissaient les processions. Il se signa puis avança le long de la jetée en bois, passa devant deux de ces anciennes barques chapeautées d'un toit de chaume qui abritaient des familles de pêcheurs. Il les connaissait mais, ce matin-là, les habitants des *caloges* avaient déjà déserté leurs fragiles maisons de bateaux.

Il mit sa main en visière car, à cet endroit de la plage, il pouvait deviner comment allait la besogne du chantier situé de l'autre côté du chenal, près de la tour de l'artillerie. À écouter le rythme régulier des maîtres de hache auxquels répondaient les beuglements des charpentiers, il lui sembla que l'ouvrage allait fort vaillamment. Il se mit à courir sur les galets jusqu'au quai où l'accueillit le cri perçant des mouettes affolées par les cadavres de poissons. Puis il longea d'un bon pas toute la coulée d'eau qui s'étirait dans la terre jusqu'au quai de la Batellerie, il ralentit en passant l'écluse où il ne manqua pas de saluer le maître meunier, celui-ci étant généreux avec une farine qui n'était pas sienne quand il y avait des sacs de cent livres à décharger. Parvenu du côté d'amont, l'odeur écœurante du marais remuée par le vent autour des maisons de Bon-Port le saisit à la gorge. Il continua de longer le quai où les femmes s'activaient, sentant comme les mouettes venir la marée qui ramènerait dans ses flancs les bateaux de leurs hommes. Placides, tranquilles, la poitrine énorme dans le calicot bleu, la coiffe bien mise, elles parlaient haut mais de la bonne voix calme et traînante des Cauchoises que rien n'étonnait ni n'émouvait. Quand sur l'horizon pointèrent les voiles des barques, remontant vent debout vers le port, des soupirs de soulagement jaillirent et les étals de bois se dressèrent tout le long du quai. L'arrivée des pêcheurs provoqua une grande presse du monde attiré sur le quai, agité soudain comme une brassée de mouettes. Des *fricottées* d'enfants piaillaient en tous sens ; des femmes dépenaillées, prises de boisson, veuves ou esseulées, se laissaient aller à des gestes qui indignaient les femmes respectables. Une pomme vola au-dessus des étals. Le cordonnier arriva en criant très fort que des sales *poulots* lui avaient volé un morceau de suif mais les gamins étaient déjà loin.

— *Mé'* Malandain, ça vous opposerait point de m'embaucher comme écailleur ce matin ?

La vieille Cauchoise jeta un regard sur la haute ramure d'Antoine, ce *poulot* qu'elle avait si souvent fait travailler, appréciant son endurance silencieuse.

— J'avons déjà embauché mes neveux, à c't'heur', y'aura point assez d'ouvrage !

Près du phare, à la pointe du quai, tout le peuple des doris et de leurs dorissiers oscillait, grossissait, avançait sur la houle avec de lourds mouvements de poules couveuses, les flancs gonflés, se faufilant au milieu des crevelles et des brigantins de beau tonnage. Parmi les femmes de pêcheurs se mêlaient des marchands, l'œil rivé dans une lunette, des commerçants aisés en habits de bon drap, des anciens pêcheurs venus aider fils ou gendres, le corps protégé par de la toile à voile lacée à la taille.

— *Ensauve*-toi donc à l'auberge, reprit, consolante, la vieille Cauchoise, je *cré'* ben qu'il y a de la besogne !

Antoine quitta le quai, coupa droit vers le marais par une ruelle dont la puanteur se mêlait au parfum enivrant de la boutique du boulanger et parvint en face de l'église de Bon-Port et de la Halle au blé. Les plus hautes maisons du bourg, comme effarées par l'odeur pestilentielle, se tenaient serrées, en retrait, les murs fléchis dans le sens du vent. Avec la chapelle de Bon-Port, l'auberge était la plus grosse des bâtisses, striée comme les autres de colombages bruns, gonflés et luisants, mais elle arborait avec fierté un toit de tuiles plates, un étage percé de petites fenêtres à verres multicolores, toutes de guingois, qui donnaient sur une grande cour carrée. L'ensemble des autres maisons ne semblait résister que par le soutien mutuel de tout un alignement fragile et varié qui cerclait la grand-place et son marais en une embrassée protectrice. Le chaume tombait des toits les plus vieux dans les rigoles boueuses où couraient des rats. Paille, excréments, épluchures, têtes de poissons disputées par les mouettes s'y entassaient jusqu'à ce que le balai nonchalant des servantes, voire quelque tempête, repoussât le tout vers le marais où, au milieu des ordures, des cadavres de bêtes, de grandes tiges hérissées, *coinquaient* de gros canards verts qui n'appartenaient à personne.

Dans la salle de son auberge, le Polite bâillait et étirait son large poitrail de propriétaire, se massant la sous-ventrière face aux braises de sa cheminée de grès, taillée pour y rôtir un porc entier. L'aubergiste venait sans doute d'avaler une série de *douillons* aux pommes avec une bolée de cidre, la pâte dorée maculait encore sa trogne édentée. Antoine sentit sa bouche pleine d'eau et son estomac tout noué. Mais Polite avait sa tête des mauvais matins, il grimaçait et se laissa tomber sur un des bancs.

— Tu arrives bien ! J'me sentons comme une lourdeur...

— Faut-y quérir le barbier ? demanda Antoine qui ne savait si la maladie de l'aubergiste était bonne ou mauvaise pour lui.

— Certes non ! Pareil imbécile... Non, tu vas monter au couvent. La valetaille est trop occupée aux cuisines.

— Les vieux Pénitents ?

— Pas si vieux et drôlement malins avec les plantes... Le frère Marc surtout. Va le *tracher* et dis-lui bien qu'il n'aura point affaire à un ingrat !

Il soufflait, le ventre contre une table. Sous ses longs cheveux jaunes clairsemés, tout son visage ruisselait d'une suée épaisse mais il trouva encore l'énergie de maudire.

— Des miséreux, ces moines... Seront bien contents de trouver un bon et honnête malade comme moi, qui paie !

Le Polite passait pour un mécréant et, sachant lire et même écrire, pour un esprit fort. Il grognait après le roi, les taxes et les curés. Il reconnaissait cependant, à contrecœur, que les pauvres frères Pénitents n'avaient rien de commun avec la puissante abbaye de Fécamp.

— Les frères n'acceptent jamais d'argent,

déclara Antoine d'un ton sentencieux, seulement des aumônes.

— *Ensauve-té* donc ! V'là que j'me mourrons..., grogna Polite.

Antoine en doutait mais, profitant de la faiblesse de l'aubergiste avachi sur son banc, il vola un quignon de pain dans la huche et décampa, inquiet pour son jour d'ouvrage et la santé du maître qui allait compromettre le bel ordonnancement de sa journée de labeur. Un bon quart de jour perdu ! Encore heureux si, une fois purgé, maître Polite songeait à le nourrir pour le remercier de sa course.

Il courut jusqu'au pont de l'écluse où le capitaine du port plastronnait en fumant avec des soldats du roi, appuyés tranquillement sur des fusils longs comme des fourches. Jamais avare de politesses, Antoine fit un nouveau salut au meunier qui béait devant la porte du moulin puis, quai de la Batellerie, il longea les grosses maisons à étages, celles des armateurs et des négociants qui arboraient de fières façades : soit de briques rouge terre ou de briques blanc ivoire faites avec la vase des ports, soit de puissants et noueux colombages de chêne surmontés de toits en tuiles plates. Cependant, au lieu de prendre la rue de la Soif, grosse comme un couloir, qui, en faisant le coin avec la maison du roi Henri, ouvrait une faille dans l'alignement des maisons bourgeoises, il lui vint soudain l'idée de pousser jusqu'à la rue Saint-Léger, à une toise de là, pour revoir la maison de sa petite enfance heureuse. Perpendiculaire au port, c'était la rue la plus vieille et, disait-on, la plus mal famée de Saint Vallery, avec ses filles à taverne et, dans ses maisons mitoyennes en torchis, tout un peuple de marins et d'artisans, de ravaudeuses et remailleuses dont les clameurs retentissaient jusqu'au cœur de la nuit. D'une courette montaient des rires et des cris d'hommes, de femmes, enchaînés au labeur. La voix grave d'un homme aviné hurlait plus haut que les autres. *Faut-y pour une belle, que tu te sois tué ? Y'en a plus d'mille à terre, qui t'auraient consolé, t'en trouveras une autre, dans la rue Saint-Léger !* De grands éclats de rire saluèrent la fin de la chanson, couverts bientôt par des coups de marteau. Les épaules rentrées, de peur de rencontrer quelque ancienne amitié devant laquelle il aurait eu trop honte, Antoine remonta lentement la rue grouillante et, quoique maître Polite dût tordre sa grosse panse, il prit la peine de retrouver sa maison natale. La maison du père.

Il reconnut immédiatement la petite porte étroite et brunie de goudron, au bout de quatre grosses marches de grès. À l'unique fenêtre de la façade, briques rouge terre et briques ivoire, il revoyait sa mère, si charmante et aimable sous sa belle coiffe à longs rubans et il leva les yeux vers une minuscule lucarne qui poussait son nez sous le chaume. Dans une chambre bien chaulée qui sentait le feu de bois, la famille Dubourg avait dormi heureuse, dans un bon lit en coutil recouvert d'une courtepointe en toile flammée. Un petit rideau pendait sur le carreau propre, pareil à celui que sa mère crochetait avec du lin, le soir, à la veillée. Son estomac devint une boule dure et lui rappela celui de maître Polite. Il revint sur ses pas, bousculé par une envolée de *poulots* armés de gaffes qui filaient vers le port. Il tourna dans la ruelle des Pénitents qui menait au sommet de la colline, toute couronnée d'un bois de hêtres et de chênes bousculé par le vent cauchois qui ne cesse jamais.

Vent d'est porteur de sec, vent d'ouest porteur de pluie, vent de mer ou vent de terre, intolérant vent cauchois, colosse impatient, soudard essoufflé, il mugit, il tourbillonne et force les *cavées*, rampe dans les ruelles, se cogne aux murailles, arrache le chaume. Le vent est là, toujours, et parfois il tombe, tout d'un bloc, laissant le ciel liquéfié, les pêcheurs méfiants et les femmes terrifiées fixant au seuil de leur masure la houle de boue qui soudain a retrouvé un improbable aplomb. Et le port tout entier se met à fumer sous le soleil et chacun lève alors le nez en se signant, se demandant où est passé ce compagnon d'infortune, et que c'est *rien* mauvais qu'il se soit enfui, mais que ça durera point !

À mi-pente de la ruelle, il s'assit en soupirant sur un perron de grès, finissant de ronger son quignon volé quand une femme, jeune et avenante, en coiffe propre, parut vite à sa fenêtre, le sourcil froncé.

— Vas-tu ben *déjuquer*, mendigot !

Antoine, docile, se leva quand soudain la femme s'écria :

— Mais, t'es le *bésot* à la Marie Dubourg ! Je t'avons point reconnu tant tu es encore grandi et forci !

La femme mordit ses lèvres roses, gênée soudain par la misère de l'enfant, immense et crasseux, qui posait sur elle ses grands yeux bleus. Elle soupira, rentra la tête et ressortit quelques secondes après, tendant à Antoine un *douillon* encore tout tiède et une bolée de cidre.

— Allons, mange donc, mon *bésot*, on sait point qui te mangera !

Antoine remercia, rendit la coupe vide et, tout en avalant le gâteau croustillant, il monta la fin de la ruelle abrupte, bordée de chaumines de pêcheurs et de riches maisons de négociants qui n'avaient lésiné ni sur le grès ni sur la brique et avaient même observé la loi en faisant couvrir leurs toits avec de l'ardoise plutôt qu'avec du chaume. Il parvint enfin au couvent, face à un petit bois dont les troncs grinçaient dans le vent comme des portes et qui redescendait en à-pic sur le port. Essuyant sa bouche d'un revers de main, il se tint soudain tout bête et tout gêné devant deux grandes portes d'un bois sombre et lustré. L'une d'elles était celle de la chapelle. Il monta les quatre hautes marches de grès, entrebâilla la porte et poussa son museau dans l'ombre fraîche et parfumée d'encens. Il se signa, ne vit personne, distingua les bancs et, au fond, l'autel et deux gros cierges. Il referma la porte, sauta les quatre marches et d'un bond fut face à une autre porte. Il vit la chaîne de la cloche mais préféra pousser en silence le loquet. La première chose qui accrocha son regard, au milieu du jardin où se dressaient, tout ébouriffées, des plantes et des fleurs fanées, ce fut le puits. Sur la margelle, dans une flaque, deux oiseaux buvaient. Ce n'étaient ni de ces grosses mouettes effrontées ni de ces lourds cormorans criards ; c'étaient deux tourterelles d'un gris argent qui roucoulaient, s'abreuvaient et tendaient leurs cous tendres et blancs dans la caresse du soleil. Antoine, oubliant que maître Polite était peut-être à l'agonie, se tint immobile, ébloui. Un silence total régnait dans le couvent, le brouhaha qui montait du port était étouffé, lointain. Regardant sur sa gauche, sur sa droite, il ne vit que les quatre murs d'arcades de grès, des arches de pierres trapues, épaisses, presque sans grâce et courtaudes mais qui dégageaient une paix parfaite dans un havre d'une totale simplicité. À l'étage, construit bas, un chapelet de petites fenêtres suivait l'alignement des arcades qu'il s'amusa à compter. Il en était à douze quand un frère arriva vers lui, semblant sortir du mur, immense dans sa maigreur. Antoine faillit refermer la lourde porte et s'enfuir.

— Que veux-tu, fils ?

— Heu, c'est pour maître Polite, il se tord le ventre.

— Entre.

Et devant l'hésitation d'Antoine, le jeune moine ajouta avec un bon sourire :

— Tu es ici chez toi.

— Chez *mé* ?

— La maison du Père est la maison de tous...

— La maison du père ? articula Antoine, et sa main caressa la pierre rêche du mur immense qui rempardait tout le ciel.

Le moine avait déjà disparu. Quelques instants plus tard, une large besace battant son flanc maigre, un autre moine apparut, beaucoup plus âgé, racorni comme un parchemin, chauve, boiteux. Un bec de busard allongeait son mince visage et de larges mains osseuses, pareilles à des pinces de crabe, serraient les cordelettes de son sac de lin.

— Bonjour, fils, je suis frère Marc, coassa-t-il,

fixant Antoine de ses yeux froids. Hypolite, c'est l'aubergiste du marais, n'est-ce pas ?

— Oui-da.

— As-tu de l'ouvrage à reprendre ou m'accompagnes-tu ?

— J'pouvons vous faire un bout de chemin, mon père, et puis je m'en allerons jusqu'au chantier, voir si les maîtres calfats peuvent m'embaucher.

Frère Marc marchait à pas vifs en fixant les galets de la ruelle en pente. Antoine suivait en bondissant les longues enjambées désarticulées.

— Comment t'appelles-tu ?

— Antoine Dubourg, fils de Marie Dubourg. Et de Cyprien, péri en mer il y a deux ans passés.

— Pêcheur, toi aussi ? demanda le frère, posant sur Antoine un regard plus aigu.

— Je me débrouillons seul.

— Courageux et fier, n'est-ce pas ? Un vrai sang normand..., ajouta le frère, tâtant de l'œil la musculature d'Antoine.

— Et même viking, m'a dit un jour le curé de Bon-Port, compléta Antoine en souriant.

— Tout Viking que tu es, il faudra venir me voir pour ces vilaines engelures à tes pieds, et tes mains... Ainsi tu connais le père Colombel ?

Ils avaient passé le pont-écluse, bousculés par la presse des femmes de pêcheurs, les paniers sur les hanches, hurlant « Frais, les harengs, frais ! ».

— Il m'a appris à lire, et un peu à écrire. Je vous saluons, mon père. Bonne journée à vous. J'm'*ensauve* pour trouver encore un quart de jour d'ouvrage !

— Et n'oublie pas, j'ai un baume de navet pour les engel...

Antoine bondissait déjà au-dessus d'un madrier, courait droit sur le quai vers la mer. Il avait reconnu dans la foule un des maîtres calfats qui agitait en parlant à un pêcheur ses grosses mains couvertes de goudron jusqu'aux coudes. Frère Marc observa Antoine un instant, soupira puis obliqua de son pas vaillant vers l'auberge de maître Polite.

4

Une lune sinistre et enivrante suspendait sa face ronde au fond d'une nuit de solstice. La tempête, qui n'avait pas cessé depuis huit jours, menaçait de tout engloutir : falaises, galets, corvettes et tour de l'artillerie. Affamées, apeurées et transies, les femmes se terraient en priant devant l'âtre vide, ne sortant que pour faire brûler un cierge à Notre-Dame-de-Bon-Port. Les hommes, rongés par l'inactivité et la faim, rasaient les murs, venaient se soûler dans les auberges du bourg et dans les tavernes de la rue Saint-Léger. L'une d'elles, *La Confiance*, propriété de maître Havas, était fort connue de tous ceux que la tempête laissait sans sou ni maille ; ils pouvaient y boire à crédit le vieux cidre du tavernier qui plaçait ses bolées acides. Fumant et jouant des parties acharnées avec des dominos en os ébréchés, les marins ouvraient leurs grandes bouches comme des goélands affamés, laissant voir des dents jaunies et rongées qui branlaient dans des gencives exaspérées par la boisson tournée en vinaigre.

La Confiance était aussi, à sa manière, une grotte, un ventre noir et enfumé, plus bas et plus bosselé qu'un terrier, boyau de terre, de briques et de poutres goudronnées, chaud et humide, situé à mi-chemin d'une lignée de maisons de torchis serrées jusqu'au bassin du port. Leurs toits de chaume laissaient ruisseler en permanence des rideaux de pluie qui alimentaient le torrent d'ordures roulant dans le mitan de la rue.

La Confiance était toujours pleine, houleuse comme un pont de navire elle ramassait en ses entrailles des bordées d'hommes avachis autour de planches mal équarries posées sur des tonneaux vides. Pêcheurs, marins, artisans calfats, chanvriers, cordiers et charpentiers de la marine, tous se séchaient, se réchauffaient devant un grand feu, lançant les dés, hoquetant de rire, suffoquant dans la vapeur qui montait de leurs loques humides, de leurs peaux plus craquantes que du vieux cuir. Tout au fond, près d'une rangée de tonneaux mis en perce, s'éclairait la face rubiconde de maître Havas, barrée d'une puissante moustache brune et de favoris qui mangeaient ses bajoues rebondies. Les mains sur les hanches, la panse dans un tablier de cuir, il contemplait de ses yeux perçants les tablées d'hommes épuisés, son troupeau braillant et assoiffé dont il suçait sans vergogne la sueur et le sang. Un violoneux aveugle, né au pays, assis sur une barrique vide, donnait tous les soirs une aubade grinçante contre quelques trognons de pain, un maquereau grillé et des bolées. Il agaçait les oreilles de chacun mais seul le son du crincrin semblait capable d'étouffer le mugissement du vent furieux, les grands coups de poing que le solstice lançait par la cheminée, sur les petits carreaux branlants des fenêtres, sur la lourde porte de bois rescapée d'un naufrage.

Comme chaque soir depuis le début de l'hiver, Marie Dubourg était là. Assommée de fatigue, le corps ravagé par le sel, elle allait de main en main, de bol en bol, de tablée en tablée, souriant de ses dernières dents, parfois rabrouée, parfois enlacée. Relevant ses haillons et montrant ses cuisses encore fermes, elle glissait une main couturée, blessée comme une râpe, dans la chair d'un marin.

— Allez l'homme, paye-*mé* une bolée et t'auras point affaire à une ingrate...

— Oui-da, grasseyait un borgne dont un crochet d'amarrage avait fendu le visage en deux, paye-s'y une goutte, *histouère* de *vé* plus avant si la marchandise est point *rendouillée* !

Et Marie Dubourg, secouant sa crinière gonflée de nœuds comme des haubans, cambrait sa poitrine creuse sous ses haillons raides de sel. Puis, enfin, un matelot se levait, la poussait dans le cellier, une cave taillée dans la craie qui puait le rance et le vin moisi, la bousculait contre le mur et se plantait en elle avec un cri de gabier hissant les voiles.

Ce fut lors de l'une de ces passes qu'un matelot, un colosse rubicond, se vit saisi en pleine besogne d'un foudroiement de toute la charpente. Il ouvrit yeux et bouche et, dans un hoquet muet, fit basculer Marie sur le sol de terre. Il était si lourd, il l'avait si bien coincée entre deux barriques, qu'elle se crut près d'étouffer. Elle hurla à l'aide, glapit si fort que maître Havas finit par arriver de son pas traînant, une bouteille dans chaque main. À la vue des jambes de Marie se débattant sous le corps du marin, il partit d'un grand rire de soiffard.

— Te v'l'a clouée, la Marie !

— Tu *vé* donc pas qu'il va me crever dessus, à c't'heur' !

D'autres arrivèrent, se bousculant dans le réduit, l'un amenant même une bougie plantée sur une bouteille pour mieux profiter du spectacle. Un autre flanqua un coup de sabot dans les fesses du marin évanoui, l'accusant de vouloir en profiter jusqu'à la dernière goutte.

Havas finit par cesser de rire, s'inquiétant soudain de voir son auberge fermée sur ordre de la prévôté. Il menaça alors un des habitués de lui couper tout crédit si celui-ci, tempête ou non, ne filait pas au couvent *tracher* le frère aux herbes.

De crainte d'avoir la mort du marin sur la conscience, personne ne voulut s'occuper de l'infortunée Marie qui resta enfourchée jusqu'à l'arrivée de frère Marc. Il parut dans l'encadrement, tout cassé, noir, ruisselant, illuminé de la seule bougie que l'on avait scellée sur une barrique.

— Relevez-le, doucement, en tenant la tête... Là..., sur le sol, oui... de l'eau chaude, tavernier, grommela-t-il, écoutant le cœur, tâtant la gorge, reculottant l'homme.

Il jeta à peine un regard à Marie Dubourg qui, blême, dégrisée et enfin libérée se tapit contre une barrique, ramenant ses hardes sur ses jambes nues.

— Heu, frère Marc, du bouillon de soupe, ça irait'y ?

— Tu m'*éluges*, Havas ; j'ai dit de l'eau ! bougonna le moine, agenouillé devant le visage figé du marin.

De sa besace, il sortit plusieurs petites bouteilles et une fiole qu'il déboucha sous le nez de l'homme dont les traits se crispèrent, les lèvres tremblèrent. Il éternua.

— L'avez-vous ressuscité ? demanda un ivrogne, titubant, se tenant à deux autres matelots guère plus frais.

— Ne dis pas de sottises, marmonna le frère. Et sortez tous ! Cela manque d'air, ici.

Dans le bol d'eau chaude que maître Havas apporta enfin, il versa une poudre blanchâtre qu'il laissa dissoudre puis, avant de faire boire la mixture, mit quelques gouttes d'une autre fiole sur les lèvres du malade.

— Redresse-le.

Il s'adressait à Marie qui, se traînant à quatre pattes, vint prendre la tête du marin contre sa poitrine.

— Aide-le à boire, voilà, par petites gorgées. C'est précieux... et je n'ai jamais assez de digitaline pour tout l'hiver, murmura-t-il comme pour lui seul, sans même regarder Marie. Il fixait d'un regard impénétrable les mains de Marie tenant le bol dans lequel l'homme s'abreuvait à petites gorgées goulues. Quand le bol fut vidé, frère Marc posa sa main sur la gorge du colosse, sur son cœur, puis il rangea une à une ses fioles et bouteilles dans son sac de toile.

— Je ne peux rien faire de plus. Il va dormir. Il faudrait le porter quelque part, au moins sur une table, cette nuit, qu'il ne reste pas sur le sol de terre...

— C'est que je fais point auberge, *mé*, grogna Havas, les poings sur ses hanches.

— Tu t'enrichis suffisamment en vendant ton cidre vinaigré, répliqua avec sévérité frère Marc.

Havas voulut ouvrir la bouche mais resta muet, un peu honteux, tendant au frère un sac dans lequel on devinait un bon poids de poissons.

— Voilà pour vous et vos frères..., je vous remercie, marmonna le tavernier en s'en retournant dans sa salle.

Frère Marc, que son vœu de pauvreté ne dispensait pas du bon sens nécessaire à ses besoins d'herboriste, grommela alors qu'un petit fût de vinaigre, et du vrai, lui serait fort utile pour mettre en saumure chou marin et perce-pierre. Havas opina et promit de faire monter le fût dès le lendemain.

Ce fut alors que frère Marc s'avisa que Marie Dubourg était toujours là, fixant d'un air hagard le marin qui râlait doucement.

— Et toi, tu n'as besoin de rien ? demanda-t-il.

Elle hocha la tête, haussa les épaules.

— As-tu beaucoup d'hommes, chaque soir ?

Elle baissa la tête.

— Tu peux monter au couvent, pour des soins. Nous ne refusons jamais. À personne.

Pris de pitié, il demanda soudain :

— Comment t'appelles-tu ?

Elle releva la tête, fixa un instant le visage maigre que la flamme de la bougie modelait de tout un relief douloureux.

— Je m'appelle Marie Dubourg, et y'a plus rien pour me sauver...

Frère Marc, qui se dirigeait déjà vers la porte, s'arrêta. Puis il se retourna lentement.

— Veuve. Je vis comme je peux. J'attendons seulement de mourir tout à fait..., continua Marie en fixant le sol, comme si elle ne parlait que pour elle.

Il avança vers elle d'un pas hésitant. Étonnée, elle se releva, s'adossa à une barrique, fixa avec inquiétude le visage sévère du moine.

— Tu as un fils ; je le connais. Un bon gars. Que je soigne. Qui ne te mérite pas. Que tu ne mérites pas.

— *Mé fieu*... ? articula-t-elle, stupéfaite.

— Oui, le *fieu*, le *bésot*, comme vous dites ici !

— Oui-da, j'avons un fils et bâti comme un roc...

— Et où vit-il, malheureuse ? Il n'a jamais voulu me dire...

— Dans la *gobe*, avec moi, murmura-t-elle en baissant les yeux...

— Pas même un toit, pas même une *caloge* ! Tu le fais vivre comme un rat, sous falaise, alors qu'il ne manque, en Saint Vallery, ni de prêtres, ni de personnes charitables...

— On est tous les deux, ensemble..., il est rien qu'à *mé*, murmura-t-elle encore.

— Mais pourquoi, si tu ne penses ni à ton salut ni à ton âme, ne peux-tu penser à ce fils, à son avenir ?

Suffoquée, Marie fixa le moine de ses yeux exorbités. Elle se mit à trembler, à tanguer comme une barque dans les bras de la tempête.

— *Le bésot*..., murmura-t-elle en portant ses mains ravinées à son visage tandis que frère Marc, de sa main libre, lui saisit un bras. Elle se dégagea et, d'un mouvement brusque, s'enfuit en le repoussant.

Frère Marc resta immobile, les bras ballants, accablé. Puis il lui sembla que le crincrin du violoneux le tirait d'un puits noir et profond où il s'était sottement jeté. Il fendit la salle enfumée, ne répondit pas au dernier salut de maître Havas et, honteux soudain, titubant comme un homme soûl, il entra dans la tempête.

C'était la nuit la plus noire, annonçant par ses mugissements sa grande faim de la chair des hommes. Une nuit infinie que le vent étreignait, frappant à gros poings sur le sommet plat de la falaise comme sur un tambour. Le souffle qui montait de la mer la heurta en pleine poitrine.

Au sortir de la rue Saint-Léger, elle avait pris le chemin escarpé qui montait à la falaise, délaissant le quai, le banc de galets qui menait à la plage, à la *gobe*, à son fils qui l'attendait. D'un pas ferme, elle atteignit le sommet.

Suffocante, battue, rompue par le vent, elle s'arrêta. Devinant le château Trompette qui surveillait le port et l'horizon, elle obliqua sur sa gauche. Un immense mur invisible se dressait devant elle, palpable, épais, une masse souple et rude à la fois qu'elle pénétra avec effort, le corps bandé, les bras tendus.

Elle peinait et, tremblante de froid, poussait son corps dénudé contre la paroi de vent. Elle ne voyait rien mais il lui semblait que le vide se rapprochait d'elle à pas mesurés. Elle voulut tenir les yeux grands ouverts et sentir jusqu'à la moelle des os la vigueur gloutonne du vide qui mugissait, s'approchait, ouvrait toute grande sa gueule noire.

Il n'y avait pas un seul point de lumière dans toute la masse du ciel, la lune était noyée ; il n'y avait plus rien au cœur des ténèbres déchirées par le vent qui pût faire encore distinguer la nuit de l'eau.

Le vide s'épaississait, résistait. Elle baissa la tête vaillamment, poussa un grand *han* et, dans un dernier effort, elle fit craquer le vide qui se creusa comme une vague. Elle sentit jusqu'au fond de ses entrailles nues l'engloutissement total des lambeaux de sa chair encore fixée sur ses os. Elle eut le temps d'ouvrir toute grande sa bouche affamée avant de basculer.

5

Antoine avait attendu sa mère toute la nuit. Tremblant, fiévreux, il n'avait pu résister aux deux maquereaux, bleus comme des lames chauffées, cadeaux de la *mé'* Malandain qu'il fit rôtir à la pique de fer. Il les avait avalés, têtes, queues et entrailles. Puis, après s'être passé sur les mains et les pieds le baume du frère Marc, il s'était roulé sur le sable sous la meilleure couverture, auprès des braises, et s'était endormi tandis que la tempête fracassait peu à peu la porte en bois *d'échoue*. Affamé, le vent s'engouffrait dans la *gobe*, y creusait et nettoyait chaque recoin, léchait la paroi, reniflait le corps de l'enfant avant de ressortir pour aller se cogner plus loin, contre d'autres morceaux de vie accrochés au port.

Au matin, la tempête se calma, épuisée, rongeant son frein au pied des falaises, grognant encore en tapant une tête meurtrie contre les parois, avalant le suc blanchâtre qui colorait sa houle. Antoine déplia son corps moulu, rompu, détendit avec prudence ses longs membres, sortit une tête douloureuse des replis de sa poitrine, tâta avec stupeur ses épaules, son ventre, ses jarrets. Il était bien là, toujours vivant mais tout couvert d'une couche craquante de sel et de sable. Il crut sortir d'un tombeau et murmura sa prière. Alors seulement il songea de nouveau à sa mère. Il savait ce qu'elle faisait à la taverne de la rue Saint-Léger, il connaissait l'extrême usure de sa fierté mais toujours elle était revenue, porteuse d'une soupe, d'un poisson, d'un pain dans lequel, en souriant, ils plantaient leur nez comme dans une fleur.

Tel un goéland, il sortit sa tête hors du nid de craie. Le ciel d'hiver lui fit cligner des yeux, il glissa sur le flanc tout mâché de la falaise et marcha vers le port. La mer était une ardoise sur laquelle tombait un ciel mat et froid. Il hésita près des deux *caloges,* désireux de frapper à la porte découpée dans la coque mais il renonça et il parvint au port qui était de pleine eau. Sur le quai, il n'osa parler à personne. Les femmes, mains en visière sur les yeux, scrutaient la mer, tôle grise plaquée sous l'ourlet de l'horizon. On voyait au loin s'éloigner les voiles, minuscules oiseaux blancs que le vide gobait.

— On verra au retour des hommes tantôt, l'*bésot,* de l'ouvrage..., grogna la mère Malandain avant même qu'il eût ouvert la bouche.

— Vous n'auriez point vu ma *mé'*?

Elle hocha la tête d'un air triste et Antoine s'en fut vers l'auberge, par habitude, où maître Polite, dont la santé et les finances resplendissaient, l'accueillit fraîchement.

— Te v'la, à c't'heur' ?

— Vous n'avez point vu ma *mé'*?

— Que non ! 'est une auberge honnête ici ! Et *déjuque* donc ! 'apportent que l'malheur, les *gobeux* !

Transi, affamé, Antoine s'en retourna sur les quais, regardant l'eau verdâtre et crayeuse qui avait envahi tout le port et battait les flancs de pierre avec des ruades de bête encagée. Au pied de la tourelle de l'écluse, les soldats avaient disparu, fumant au chaud sans doute, dans la salle de garde. Il frappa sur ses cuisses raidies par le froid, fixa ses pieds nus déformés et bleuis, écoutant le gargouillis sonore de son ventre. Soudain, il releva la tête. Deux charrettes, l'une chargée de grosses toiles, l'autre de caisses de clous, se trouvaient nez à nez sur le pont. L'une, à grand fracas, avait coincé sa roue contre la rambarde du pont. Les deux charretiers, dressés fouet au poing, s'injuriaient copieusement, chacun hurlant que l'autre reculât. La foule, amusée et badaude malgré le froid vif, s'était approchée, femmes avec leur grand panier, artisans avec leur rabot ou leur alène encore à la main. Chacun commentait l'état des choses quand, soudain, le cheval de gauche fit un écart brusque, surprenant un groupe d'hommes qui recula d'un seul bloc au moment où un jeune garçon, maigre et vêtu de noir, qui tendait le cou pour voir le spectacle, fut projeté en arrière comme un boulet. Il eut le temps de jeter un cri perçant et Antoine le vit basculer, tête la première, dans le bassin du port. Le tumulte changea de bord, on se désintéressa des charrettes et la foule se pencha en poussant des hauts cris, désignant le trou bouillonnant d'où ne réapparaissait pas l'enfant englouti.

Antoine avait déjà sauté, à peine saisi par l'eau glacée du port qu'il brassa de longs mouvements puissants, tâtant, cherchant, remontant et avalant une goulée d'air avant de replonger. Il sentit enfin les mouvements désordonnés d'un corps qui se débattait, scellé dans la vase jusqu'aux genoux. Il le saisit vigoureusement par la taille, l'extirpa de sa gangue de boue et le tira à la surface. Déjà, un marin était accroché à l'échelle de fer, tendant le bras droit.

Jetés comme deux sacs sur le quai, hoquetant et claquant des dents, les deux garçons se contemplèrent, hébétés.

— Mais c'est *l'bésot* à maître Havas !

— Non, c'est le neveu ! Le fils du frère qu'a coulé en mer avec sa cargaison de silice...

— Lequel des trois ? s'enquit une vieille.

— Vous voyez point, la *mé'*, qu'avec sa taille de merluchon, c'est le dernier, le p'tit *ravisé* !

Des rires gouailleurs fusèrent, moquèrent la carrure modeste du jeune rescapé qu'un marin venait de remettre brusquement sur ses pieds, lui cognant dans le dos. Le jeune Havas contempla, ahuri, ses pieds nus et boueux, ayant perdu ses galoches dans sa chute.

— Qu'est-ce que j'vais prendre ! marmonna-t-il dans un hoquet tandis qu'Antoine se relevait, frappant sa culotte, essorant une manche.

— Je m'appelle Charles-Constant Havas, reprit le jeune garçon avec une meilleure voix, tendant une main tremblante à Antoine qui la saisit dans sa grosse main maladroite en murmurant son nom. Indifférente, la foule des badauds se dispersait.

— C'est que je ne sais pas nager ! Je te remercie. Allons chez mon oncle, qu'on s'y sèche ! ajouta-t-il d'un ton d'autorité.

Clopin-clopant, sans plus un mot, ils remontèrent le quai, le pont-écluse que les charrettes étaient parvenues à libérer, et se dirigèrent vers la rue Saint-Léger.

— Où demeures-tu ? demanda Charles-Constant, tordant les manches de sa redingote boueuse en grelottant.

— Heu..., sous falaise, bredouilla Antoine.

Charles lui jeta un regard en biais.

— Pêcheur ?

— Si l'on veut...

Charles poussa la porte de *La Confiance*, vide à cette heure, et héla son oncle.

— Voici Antoine, mon oncle, qui vient de sauver ma vie... et votre héritage ! ajouta-t-il d'une voix moqueuse.

Charles, avec de belles phrases et de grands mots, raconta par le menu toute l'affaire. Havas fronça ses petits yeux porcins.

— Mais j'te connais ! T'es l'*bésot* à la Marie Dubourg !

Antoine baissa la tête, bredouilla que puisque tout allait bien pour Charles, il fallait qu'il *s'en-sauve*, qu'il devait trouver de l'ouvrage pour le quart de jour qui restait.

— Mon oncle, s'il vous plaît, une soupe pour nous deux, pour sa bonne action et... ma santé.

Charles avait repris un air légèrement menaçant qui fit grimacer maître Havas. Il s'exécuta cependant et, n'ayant point sa servante en vue, remplit lui-même les assiettes de soupe.

Nus dans des couvertures rêches de marin, les pieds dans des baquets d'eau chaude, les deux garçons furent bientôt à rôtir devant un feu d'enfer, le nez dans la soupe. Antoine avait englouti si vite la première assiettée que maître Havas se sentit obligé d'en servir une seconde et même une troisième sur une grosse tranche de pain dur. Les vêtements fumaient, pendus à une corde dans l'âtre et chacun resta longtemps silencieux, léchant l'assiette, fixant les bonnes flammes. Enfin réchauffé et rassasié, Antoine jeta des coups d'œil furtifs au jeune Havas. Petit, malingre, l'œil et le poil noirs, il n'avait rien d'un Cauchois. Un nez long en bec de faucon perçait un mince visage triangulaire, des yeux vifs et brillants roulaient sous un grand front.

— Et un vin chaud, l'oncle, s'il vous plaît.

Havas grogna mais s'exécuta. Il prit deux gobelets d'étain qu'il remplit de vin et y plongea deux tiges de fer rougies qui, à cet usage, reposaient toujours dans les braises. Antoine balbutia un remerciement, fixant d'un air extasié le gobelet chaud, les particules de cendre qui flottaient à la surface du vin qu'il avala d'un trait.

— Je t'avons jamais vu, pourtant j'sommes né ici..., rue Saint-Léger, quand mon *pé'* était pêcheur, marmonna-t-il en retenant un rot.

— Quand le mien a naufragé, il avait laissé du bien pour qu'on m'envoie un jour au séminaire, selon le vœu de ma mère qui était morte à ma naissance. J'ai été mis en nourrice au village de Néville, à une lieue d'ici. Connais-tu ?

Antoine répondit qu'il n'était jamais sorti de Saint Vallery, que toute sa vie s'était passée sur le port.

— Ensuite, mon frère aîné m'a fait éduquer, mais quand il s'est marié avec une Rouennaise, il m'a rendu à l'oncle.

Ils bavardèrent encore longuement et, quand les

vêtements furent presque secs, Charles insista pour qu'Antoine montât à l'étage où il partageait la soupente avec la servante. Dans un coffre, Charles prit une culotte qu'il donna à Antoine ainsi qu'une lourde veste.

— Je pouvons pas accepter, marmonna Antoine, ébahi.

— Je suis libre de faire ce que je veux de mon héritage. D'ailleurs, toujours avaricieux, l'oncle a fait tailler cela bien trop large. Je ne grandirai jamais assez pour emplir ces atours !

La tête alourdie par le vin chaud, allongé sur la paillasse, les yeux fixés aux solives du toit de chaume tandis qu'une averse mugissait, griffant les petits carreaux de la lucarne, Antoine oublia le temps. Il se laissa même aller à deviser, songeant à peine que la tempête revenait et qu'il n'y aurait encore pas d'ouvrage pour lui.

— Que fais-tu en attendant d'être curé ? marmonna-t-il, la voix pâteuse, tâtant avec plaisir la laine de sa nouvelle veste.

Charles haussa les épaules, hochant sa petite tête d'épervier noiraud.

— Je suis commis aux écritures chez maître Rigoult, le négociant. Mes frères sont avocats à Rouen, eux, et peu soucieux de mon avenir. Mais, à c't'heur', j'apprends. Chez maître Rigoult, qui aime davantage les choses de l'esprit que ses livres de comptes, je lis. Un jour, tout sera utile.

— Utile ?

— Oui. Utile. Sais-tu lire ?

— 'Savons peut-être encore, comme du temps que mon *pé'* était en vie ; heu... avec le curé Colombel, dans les Évangiles.

Charles se releva du coffre sur lequel il était assis, en sortit un ouvrage recouvert d'un maroquin doré qu'il tendit à Antoine.

— Ça, c'est un autre évangile... C'est maître Rigoult qui me le prête. Lis.

— *Dic-tion-nai-re-phi-lo-so-phi-que*-de-Vol-tai-re..., qu'est-ce que c'est ?

— Le Nouveau Testament de la liberté, Antoine !

— Liberté ? Tu seras curé et moi, je serons à qui me voudra... Il n'y a qu'à faire son temps sur terre, comme dit ma mère...

— Je ne crois pas... Je n'y crois plus.

Antoine soupira, tout engourdi par la bonne chaleur qui montait de la taverne chargée des effluves de vin, éperdu de retrouver jusque dans ses os cette douceur oubliée.

— Faut *tracher* ma mère...

— Pêcheuse à pied ?

— Oui, murmura Antoine, baissant la tête.

— Je t'accompagne. Maître Rigoult attendra, d'ailleurs il sera ravi d'apprendre mon aventure. Regarde, la pluie a de nouveau cessé. Je me demande s'il existe des contrées où le ciel parfois arrête de déverser un tel déluge... Tiens, prends aussi cette chemise de lin. Et ne dis rien. Je ne peux te donner de l'argent car mon oncle a tous les droits sur ma bourse jusqu'à ma majorité. Mais je suis libre de mes biens. C'est une vieille fripouille, l'oncle Havas, qui se faufilera en Paradis parce qu'il en aura volé la clé ! Mais on s'entend cependant. S'il m'arrive malheur, tout ira aux curés ; alors il prend assez bien soin de ma santé. Il triche avec le notaire Blondel, un benêt amouraché d'une coquine de Cany qui lui coûte cher ! La vie, c'est donnant donnant. Je ferme les yeux sur ses petits détournements, il ne dira rien sur mes habits, même si, pour la forme, il va me battre quand il réalisera que j'ai perdu mes galoches. Mais un jour, c'est moi qui serai le plus fort.

— Évêque, hein ? grimaça Antoine en tâtant la chemise et en la fourrant sous la veste.

— Pourquoi pas ? Ou prieur, car on dit que l'abbaye de Fécamp est l'une des plus puissantes du royaume... et il y a Rouen, et même Paris, pourquoi pas ? Hein, curé du roi, qu'en dis-tu ?

— Je disons que pour un Cauchois, t'es *rien* causant !

— J'ai eu un arrière-grand-père négociant aux Pays-Bas.

Ils se sourirent, se donnèrent une grande claque dans la paume de la main droite et redescendirent à la taverne.

Les mains dans sa veste de drap encore humide, les pieds bottés, Charles-Constant trottait à petits pas au côté des grandes enjambées d'Antoine.

— Ça ne lui ressemble guère. Peut-être qu'elle m'attend à la *gobe*, malade ? La petite pêche est *rien* mauvaise avec ces tempêtes... À moins qu'elle a trouvé de l'embauche su'l'chantier, à l'étoupe...

Profitant de l'éclaircie, le petit peuple de Saint Vallery s'affairait à nouveau. Les garçons remontèrent le quai d'amont, commentant les beaux bâtiments accostés, passèrent sous le chemin de ronde de la tour de l'artillerie d'où Antoine se mit à scruter le chantier. Les grands brasiers s'étaient remis à rougir, frappant tout le sable et les galets de grosses taches rouge sang sous les pots de poix et de goudron fumants des maîtres calfats. Accrochés sur les ventres nus des coques de bateau, les charpentiers maniaient les rabots tels des singes aux branches des squelettes de bois tandis que des femmes poussaient l'étoupe dans les jointures du bordage. Sans mât, sans voile, les bateaux étaient des troncs de gros oiseaux sans ailes, torturés et dépecés entre des mains vives. Sur des cales, un morutier de cent tonneaux offrait sa carène blessée aux gouges et aux rabots des charpentiers qui en s'interpellant poussaient des hurlements à démonter les horloges. Avec les forgerons, ils étaient les plus bruyants, et l'on n'aurait pas entendu Dieu tonner au milieu de ce vacarme. N'apercevant aucune trace de Marie Dubourg, ils rebroussèrent chemin, repassèrent le quai, le pont-écluse, le quai d'aval et allèrent vers la mer.

Sur la plage de galets, après la haute croix de Saint-Michel – et Antoine remarqua que Charles ne se signait pas –, ils croisèrent un groupe de femmes, pieds nus, calicots trempés, se protégeant du vent en courbant la coiffe, leurs filets sur l'épaule. Antoine n'osa rien leur demander, sachant que depuis longtemps, honteuse du mépris qu'elle leur inspirait, Marie Dubourg allait seule à la pêche à pied.

Les deux garçons furent bientôt sous falaise. La mer descendait, offrant sous le flanc blanc une large bande de galets coupée de longs rubans de sable jaune, brillant de tous les feux du mica éclaté. À moins d'une demi-lieue, un groupe de mouettes affolées et criardes piaillaient et leurs cris heurtaient la muraille blanche avec un crépitement furieux de mitraille. Antoine accéléra le pas, suivi de la marche oscillante et maladroite de Charles-

Constant. Au pied de la *gobe*, toujours chargé de son petit baluchon de vêtements neufs, Antoine leva les yeux.

— C'est là que nous vivons, murmura-t-il tandis que Charles, les yeux dans le vague, cherchait ce dont Antoine pouvait bien lui parler.

— Attends ici, inutile de déchirer tes habits.

Stupéfait, Charles vit Antoine s'élancer sur le flanc de la falaise immense, la boule d'habits sous le bras gauche, s'y agripper, insecte vif et rampant avalé par un trou noir. Avec la même stupéfaction, il vit ressortir sa face dorée du nid de craie, puis son corps souple, débarrassé du baluchon. Ils marchèrent à nouveau sur la plage et, sans poser de questions, Charles continua à le suivre, observant lui aussi la pulsation puissante du nuage de mouettes. Vers l'ouest, le cristal du ciel virait au plomb. Soudain, presque en même temps qu'Antoine, il devina le corps nu.

Lavé, rompu, rongé par la marée, il roulait dans les vagues en une masse ployée dont chaque membre déjeté dans un total abandon asymétrique donnait l'image d'un être composé de morceaux épars. Antoine fixa le sein creux, le sexe presque chauve, la chevelure d'algues noires, les yeux décavés mangés par les crabes. La mâchoire fracassée pendait, rendant le visage de Marie Dubourg presque méconnaissable.

— Que veux-tu faire ? murmura Charles, posant sa main sur l'épaule d'Antoine.

Ils s'accroupirent près du cadavre, en silence et pendant un très long moment. Antoine ne dit rien. Un Cauchois ne pleure pas. Il a suffi d'un Déluge.

— Faut point qu'on la *veye* ainsi, murmura-t-il

enfin. Personne. Ni le curé. On va juste attendre que la marée la reprenne.

Tout jeune voltairien que fût Charles, son futur état de séminariste agita sa conscience. La marée léchait le corps brisé, le soulevait sur les crêtes mousseuses de sa houle. La tête d'algues, le nez, un sein, un pied furent submergés, libérés, repris encore, agités en un dernier adieu. Les deux garçons restèrent longtemps, frissonnants et silencieux, assis sur les galets, jusqu'à ce qu'une nouvelle averse apportée par une montagne de nuages noir anthracite vînt éclater au-dessus de leurs têtes, crevant toute la part encrassée du ciel par où la tempête revenait.

— Reste-là, dit enfin Charles-Constant. Je vais chercher le curé Colombel et nous porterons ensemble le sac, enfin le linceul... jusqu'à la fosse.

Il vit la grosse tête d'Antoine osciller légèrement et, avant que celui-ci ne changeât d'avis, il s'en retourna vers le port aussi vite que le lui permettait l'océan de galets. Il songea aux canonniers du château Trompette qui auraient aimablement fourni leurs bras, mais respectant la fierté de son nouveau compagnon, il s'en tint à sa décision.

Il se passa encore plusieurs mois avant que Charles-Constant ne dût quitter Saint Vallery pour le séminaire de Fécamp. Sans l'avouer à Antoine, il trouvait dans cette amitié, la seule qu'il rencontrât jamais, une chaleur et un réconfort qui le séduisirent d'abord avant d'inquiéter ses rêves d'ambitieux. Pendant l'enterrement furtif de Marie Dubourg, Charles-Constant avait contemplé avec un étonnement silencieux le visage défait d'Antoine qu'aucune larme ne creusait mais qui lui rappela ce chien, tout vide en dedans, ventre ouvert sur ses entrailles perdues, qu'une charrette avait écrasé devant lui.

Mais le chagrin s'immobilise et, comme après la pluie du Déluge, les êtres, toujours, hébétés et soumis, recommencent lentement à remettre leurs pas dans les pas de la vie, et leur labeur dans la confiance du monde.

Antoine et Charles-Constant se rencontrèrent chaque jour, se cherchant sans se le dire. Prétextant les fêtes de la Nativité, le bedeau à l'agonie, et l'aide que requit le curé Colombel, Charles-Constant servit les grand-messes avec Antoine et vécut auprès de lui les plus belles semaines de sa vie.

Courant sur le port, apprenant la petite pêche, perdant les filets qui lui coupaient les paumes, dormant même parfois dans la *gobe*, le jeune Havas découvrit avec effroi et ravissement des sensations de plaisir et des terreurs qui troublèrent son âme sévère. Antoine, toujours pieds nus car ceux-ci faisaient deux fois la taille de ceux de Charles-Constant, était cependant mieux et plus chaudement vêtu grâce aux dons de son ami. Il redécouvrit l'honneur de servir la messe tous les matins et lut chaque soir, à la bougie, quelques lignes obscures du *Dictionnaire* du sieur Voltaire. Il appuyait son gros doigt couturé sur les lignes que Charles-Constant devait mot à mot lui décortiquer, lui nettoyer comme des arêtes sans que son âme innocente ne semblât se laisser ni éclairer ni troubler. Chacun riait des maladresses de l'autre, mais si Antoine remerciait le ciel de toute la sincérité de son innocence, Charles ressentait une inflexion de sa volonté, une limite à l'entendement, une menace sur le chemin de l'évêché de Rouen. Cependant, chaque jour, les grands yeux de son ami, d'un bleu si intense qu'il devenait mauve, se posaient sur lui avec une totale candeur, et Charles découvrait avec stupéfaction la simplicité absolue du monde et des êtres.

Une nuit, alors qu'un grand tapage montait de *La Confiance* et qu'Antoine ne parvenait pas à se concentrer sur l'article *Torture*, Charles-Constant referma le livre en soupirant.

— Il n'y a rien à faire... Cet endroit ferait perdre la tête à quiconque ! Pas étonnant que ta pauvre mère soit sortie ribaude de ce mauvais lieu pour aller se jeter tout droit de la falaise ! ajouta-t-il étourdiment.

— Comment sais-tu cela, toi qui n'es même pas d'ici ?

Tout le petit visage de Charles-Constant prit une vilaine couleur grise et rosée aux joues.

— J'ai dit cela... parce que tu m'as parlé de sa misère.

— J't'avons jamais dit qu'elle faisait la catin chez ton oncle le soir de sa mort...

Les grosses mains d'Antoine s'abattirent sur les pans de l'habit noir et secouèrent le jeune garçon qui finit par avouer que son oncle lui avait raconté la dernière soirée de Marie Dubourg, la syncope du matelot, l'intervention du Pénitent.

— Et l'oncle a entendu frère Marc traiter ma mère de catin ? murmura Antoine.

— C'est ce que cela voulait dire, alors elle s'est enfuie dans la nuit...

Antoine lâcha Charles, s'accroupit sur la paillasse, roula son dos puissant et demeura silencieux.

— Il faut qu'il paye, tout moine qu'il est ! gronda Charles. Le connaîtrais-tu, par hasard ? demanda-t-il, son petit visage de fouine tout déformé par l'excitation.

— Oui-da, murmura Antoine, le regard fixe. J'l'avons *traché* pour des malades... et il me soigne aussi. Parfois, il vient su'l'port pour mendier du poisson. Mais ce n'est presque jamais lui... Frère Marc, c'est l'homme aux plantes.

— Et aux mauvaises paroles..., grogna Charles-Constant. M. Rigoult dit que les abbayes, les séminaires aussi sont remplis de ces esprits étroits et fanatiques qui se vengent de leur médiocrité en humiliant ceux qui leur sont confiés ! Tu devrais..., poursuivit-il après un temps de silence, tu devrais faire basculer ce mauvais homme dans le port et l'y laisser s'y noyer, là où tu m'as sauvé !

— Noyer un homme, et un homme de Dieu ? Ton Voltaire t'a tourneboulé la tête, Charles-Constant Havas ! murmura Antoine en fixant ses grosses mains blessées.

Vexé, le garçon insista encore en rappelant la fin de Marie Dubourg.

— Mais elle était déjà perdue..., ça ne pouvait pas finir autrement. C'était écrit, depuis le jour où mon père a disparu en mer..., répondit Antoine.

Charles-Constant était tout dressé, bras croisés, le regard brillant, la voix haletante.

— Faut point laisser les choses dans l'état ! Faut les remuer, les bouger, les mettre cul par-dessus tête...

— De quoi parles-tu ? murmura doucement Antoine.

— On pourrait mettre le feu à son magasin d'herbes, ou même à tout le couvent...

— Que dis-tu ? bafouilla Antoine, abasourdi, es-tu devenu fou ?

Le vent d'ouest s'était à nouveau levé, roulant de la falaise, chutant sur la ville dans laquelle il déboulait en un galop furieux, s'engouffrant dans les ruelles, s'agrippant aux contrevents qu'il mordait avec rage, faisant sauter le chaume moisi. Charles-Constant parlait toujours, semblant presque ignorer la présence d'Antoine dans la pénombre de la soupente. Son front ruisselait, collant ses maigres mèches brunes sur sa petite face austère.

— Il faut tout raser, nettoyer jusqu'à l'os ce monde de ténèbres... Il n'y a rien à attendre des princes, ni de l'Église ! Autant essayer de tirer du sang d'un galet !

— ... dit ce garçon qui va devenir curé..., murmura Antoine en souriant.

— Ça n'a rien à voir ! asséna Charles.

— Le bien, le mal, le bonheur, le malheur, c'est tout tricoté ensemble, disait ma mère, ton Voltaire changera rien à cela..., et moi faut que je m'en retournons sous falaise !

— Il n'en est plus question ! Je parlerai de toi à maître Rigoult !

Ainsi s'était achevée sa seconde vie.

Antoine dressa l'oreille. Ne lui semblait-il pas que l'on marchait dans le couvent ? N'était-ce pas la porte de la chapelle qui grinçait de ce ton chantant et mélancolique chaque fois qu'on allait y prier ? Non. Aucun bruit. Avait-on d'ailleurs déjà vu des soldats attaquer la nuit ? Son pauvre couvent était-il une forteresse, une citadelle, pour que le nouveau régime y dépêchât tout un bataillon en pleine nuit ? Il avait songé « son » couvent... N'était-ce pas impie de sa part, lui qui avait renoncé à tout ? Mais n'avait-il pas également fait ce vœu : « Tu seras ici pour la vie » ?

Il sourit dans l'ombre, saisit sur son visage une minuscule graine de coquelicot qu'il effrita et reconnut au toucher et à son parfum âcre. Et Charles-Constant ? Était-il mort ou vivant ? Antoine n'avait jamais tenté de savoir, préférant porter le poids d'un péché improbable, s'abreuvant de sa faute, unissant dans la même douleur le souvenir de l'amour et de l'amitié. Mais que devient l'amour quand il est tranché comme une tige ? Que devient l'amitié quand elle n'est qu'un poisson solitaire, au ventre trop lourd, qui pourrit par les entrailles ?

6

Janvier 1770

La plus belle maison du quai de la Batellerie – mais ce n'était pas l'avis de maîtresse Rigoult, qui rêvait d'une maison de briques pour la rectitude des fenêtres et des planchers – était surnommée la maison du roi Henri. Quand Antoine leva les yeux sur le fronton de la porte cochère, dans le mitan de la façade, Charles tenta de lui faire déchiffrer une phrase sculptée dans le linteau de chêne, teinté comme les autres colombages d'un profond rouge Brésil.

— L'an... mil... V, je comprenons pas..., pourquoi V ?

— C'est romain, déclara Charles avec hauteur. L'an 1554, quoi ! *Ceste meson fut faicte par Guillaume Ladiré à qui Dieu donna bonne vie.* Je ne sais si Dieu a donné bonne vie à ce Ladiré, mais à maître Rigoult, c'est certain.

— J'avions jamais rien vu..., moi qui passons devant tous les jours ! bredouilla Antoine.

Pas moins de douze doubles fenêtres perçaient la façade à étage, leurs petits carreaux en losange étincelant dans le plein soleil. Linteaux, poteaux et frontons des quatre portes étaient sculptés de têtes grimaçantes qui parurent fort profanes à Antoine. Charles l'arracha d'une main brusque à sa contemplation et ils pénétrèrent dans une grande cour pavée de briques et de grès, toute close de larges dépendances aux toits ployés. Dessiné dans les grès, dans le mitan de la cour, le sieur Ladiré avait fait composer en grès plus sombres un vaisseau dont on devinait encore le bordage et le mât se détachant sur un ciel de silex. Béat, Antoine admirait tout. Dans le coin, en entrant à droite, une tourelle de grès permettait d'accéder à une coursive desservant les appartements des Rigoult. Des cuisines, des réserves et des celliers du rez-de-chaussée, de l'écurie bruissante de bêtes et d'hommes, montait l'odeur du bien et d'une activité foisonnante. Deux souillons qui portaient des seaux ricanèrent dans leur cauchois en dévisageant les deux garçons. Charles-Constant tira à nouveau Antoine par la manche et l'entraîna dans la tourelle d'escalier en colimaçon et le long de la galerie suspendue. Encore tout ébaubi, Antoine se retrouva dans un grand bureau à boiseries bleu ciel soulignées de blanc et aux poutres cérusées de jaune paille. Devant une cheminée de briques, maître Rigoult arborait une bedaine énorme et une face prospère. Ficelé au négoce par son père autant que par son mariage, Modeste Rigoult était un négociant en voiles, cordages et poulies qui rêvait d'or et d'épices, des Indes, du Brésil et de Robinson Crusoé en regardant osciller devant sa fenêtre la belle forêt des mâtures. C'était un homme sage et rusé, à l'égocentrisme chaleureux, dont l'imagination plus que la prudence tempérait la vanité.

— Raconte-moi ton aventure, mon garçon ; j'aime les beaux récits !

— Je ne savons guère..., balbutia Antoine, constatant avec horreur que ses pieds nus laissaient des traces boueuses sur le parquet. Et c'est si ordinaire...

— Ta-ta-ta, mon garçon, je t'écoute. Et si tu me berces d'aise, tu n'auras qu'à t'en réjouir ! Asseyez-vous tous deux près de mon feu...

— Eh bien, j'allons su'l'port, pour *tracher* de l'ouvrage...

— Ta-ta-ta, mon garçon ! « J'allais sur le port pour chercher de l'ouvrage... »

Rougissant, Antoine chercha secours dans les yeux de Charles-Constant qui regardait ailleurs ; il poursuivit son récit, butant ici ou là, écorchant une syllabe, avalant un r.

— Voilà un garçon courageux, qui vit dans une grotte comme Robinson et sauve Charles comme Vendredi ! s'exclama maître Rigoult, applaudissant de ses mains potelées. Même si nos Valleriquais ne sont point cannibales ! continua-t-il. Tu me plais, mon garçon. Si tu le veux, je t'engage auprès de mon contremaître qui gère mes entrepôts. Tu auras le gîte et le couvert, dix livres l'an et une pièce de drap à la Saint-Michel. Ne dis rien, j'aime être utile et ce n'est point de la charité. J'imite Monsieur Voltaire qui, à Ferney, fait de sauvages incultes des citoyens libres, éduqués et prospères. Saint Vallery est mon jardin. Me comprends-tu ?

— Non, maître Rigoult.

— Charles-Constant, tu lui expliqueras.

— Je lui ai déjà fait lire des passages du *Dictionnaire philosophique*, maître.

— Ha ! Excellent ! Tu lui parleras aussi du jardin de Candide ; Saint Vallery est un port mais je le cultive comme un jardin ! Bien, au travail ! Car que dit Monsieur Voltaire à propos du travail, Charles-Constant ? demanda M. Rigoult en soulevant son énorme panse de son fauteuil.

— Qu'il éloigne de nous trois grands maux : l'ennui, le vice et le besoin, récita Charles-Constant.

— Ah ! Quel diable d'homme ! s'exclama encore le gros homme en ouvrant sa porte. Moi aussi, je me remets au travail !

Son grand rire ébranla les boiseries de tout le corridor et la porte se referma. En longeant le couloir, Charles-Constant souffla :

— Il dit qu'il va travailler mais ce n'est pas vrai. Il va s'installer devant la fenêtre, dans son meilleur fauteuil, avec son brûle-gueule, et relire pour la millième fois *Robinson Crusoé.*

— Qui le rend si riche, alors ?

Charles-Constant mit un doigt sur sa bouche et s'arrêta à une autre porte, murmurant très bas :

— Elle. C'est elle qui traite et abat l'ouvrage. Une fille d'aristocrate de Pleine-Sève, un pouilleux qui poussait les mancherons de sa charrue... Bien décidée à ne jamais retomber dans la gêne. De toute façon, c'était Rigoult ou le couvent. Voici son salon particulier. Je la soupçonne d'être au mieux avec le contremaître, et avec d'autres, mais garde cela bien serré pour toi ; M. Rigoult ignore jusqu'à l'usage d'un chagrin domestique... Et ne te laisse pas troubler par ces femelles mal *éducaillées* ! ajouta Charles-Constant avec une moue méprisante.

— Quelles fem... ?

— Entrez ! s'exclama une voix vibrante.

Dans une double pièce aux poutres blanchies, toute baignée de tentures roses où des bergers couraient après des moutons et des princesses à moins que ce ne fût l'inverse, Mme Rigoult, grasse mais l'œil vif, joviale mais empesée comme ses jupons, était assise dans une robe de taffetas framboise qui claquait. Elle détailla Antoine des pieds à la tête.

— Encore mieux bâti que Charles ne l'avait dit..., minauda-t-elle d'une voix suave. Qu'en dites-vous, mesdemoiselles ?

Hébété, le feu aux joues, Antoine remarqua alors deux fillettes roses comme des pêches, parfumées comme des bouquets, l'une brune et l'autre blonde, posées sur des bergères, dans des robes qui miroitaient devant le feu, entre un clavecin et une table tout en marqueterie.

— Cette péronnelle brune, Reine-Élisabeth, est ma fille. La blonde est ma petite cousine, Céleste de Sainte-Colombe, la branche riche de la famille ! Elle s'ennuie fort sur les terres de sa mère, vit pratiquement chez nous et partage, je devrais dire, désespère, le même précepteur que Reine-Élisabeth. Saluez ce héros, mes filles.

Elles se levèrent, firent une manière de révérence qui plongea Antoine dans une stupeur totale, pouffèrent de rire en se rasseyant tandis que le visage de Charles-Constant se murait dans une sévérité pleine de réprobation. Mme Rigoult fit tinter une clochette d'argent avec nonchalance.

— Il te faudra des godillots, des sabots, que sais-je ? mais je ne tolère aucun pied nu dans ma demeure. Tous nos gens sont propres, chaussés et coiffés, selon les principes de M. Rigoult. Tu as sans doute eu droit au discours sur le jardin, le vice et le besoin ? Hummmm ? Es-tu muet, grande niquedouille ? N'as-tu à nous offrir qu'une superbe carcasse de géant sans cervelle à l'intérieur ?

Charles-Constant heurta le flanc d'Antoine d'un coup de coude bien senti, ce qui fit encore pouffer les deux demoiselles.

— N...on, maîtresse. Je veux dire oui, je connais Voltaire, et enfin je sais lire, et saurai me rendre... utile.

— Voilà qui est mieux, claironna Mme Rigoult tandis qu'une soubrette entrait, la mine avantageuse, les joues de belles pommes rouges, le sein ferme sous le châle cauchois.

— Voilà un nouveau dans le sérail, Françoise. Tu veilleras à renouveler une couche propre au-dessus de l'écurie et à trouver quelque part des souliers à sa taille !

Après avoir visité son logis de paille chaude, Antoine se retrouva sur le port auprès de Charles, fort satisfait de lui et de la réalité des principes voltairiens.

— Allons visiter les entrepôts. Tu y verras Jean le contremaître, et l'office où je mets les comptes et les commandes au propre.

Le crachin avait recommencé à tomber, nappant tout le port d'une brume épaisse dans laquelle se diluait une sorte de mélasse grise, suffocante, qui saisissait la gorge et le nez.

— J'te remercions..., murmura Antoine.

Ils restèrent un instant immobiles au bord du quai. Les portes de bois de l'écluse, profitant de la marée, étaient béantes et laissaient aller et venir, de l'arrière à l'avant-port, des chapelets de doris. Des hommes puissants et silencieux manœuvraient les voiles en passant sous les arches.

Les deux garçons remontèrent la route du Hâvre de Grâce. Des bataillons de mouettes, presque invisibles dans le brouillard, lâchaient sur leurs têtes des cris stridents. Les coups de marteau sur les enclumes rythmaient le flot des vagues qui heurtaient la grève et léchaient le flanc des bateaux à quai.

— Je te remercions, murmura à nouveau Antoine.

— À partir de maintenant, tu dis « je te remercie » et tu apprends tes conjugaisons. Et puis remercier de quoi ? marmonna Charles, remettant sur sa tête son petit tricorne noir.

— De me faire quitter la *gobe*, de me faire revenir parmi les vivants...

— Comme tu dirais, c'était écrit..., répliqua le futur séminariste d'un air narquois, bourrant les côtes de son ami de petits coups vifs.

— Faut-y que tu partes si vite pour Fécamp ? Nous ne serons plus ensemble...

— Ce n'est pas une geôle, je reviendrai régulièrement... Et je t'écrirai, cela te forcera à pratiquer la lecture... et la conjugaison.

— Alors, à la vie à la mort ? murmura timidement Antoine.

— À la vie à la mort, mon ami. Que ni homme, ni femme, ni Dieu, ni roi ne nous séparent jamais.

Minuit sonna à Notre-Dame-de-Bon-Port. La nuit se pétrifia.

Rien ne bougeait dans le couvent ; le froid rampant des dalles pénétrait peu à peu son corps immobile.

Qu'est le passé sinon l'assemblage pâli des pièces d'un être qui n'existe plus ? songeait Antoine, fixant les cadavres de ses fleurs. Que reste-t-il d'une vie quand, à la veille de mourir, on contemple l'absence du troupeau que l'on suivait ? Que reste-t-il, sinon la nuit et le renoncement ? La nuit, pourtant, m'a toujours guidé ; nuit aimable, qui autrefois fit de moi un être aimant rejoignant son aimée...

7
1778

La main vieillie et tremblante de maître Rigoult leva son verre et tous fixèrent avec inquiétude le vin rouge qui tangua dans le cristal.

— Mes enfants, c'est un plaisir de vous avoir tous réunis ici pour la Nativité...

Le verre pencha encore plus dangereusement. Tous se hâtèrent de lever le leur et de joindre aux souhaits de maître Rigoult les exclamations de leur joie un peu forcée. Joyeux Noël, maîtresse Rigoult ! Joyeux Noël, Charles-Constant... Que tu as l'air sévère en cet habit tout noir ! Joyeux Noël, Reine-Élisabeth, je me vois mal en marquis poudré comme votre promis ! C'est vrai que tu n'as pas une tête de promis ! Joyeux Noël, Antoine Dubourg, tu as belle allure dans cette nouvelle redingote de drap brun, mais par pitié cesse de gigoter ou bien tu vas faire céder une nouvelle fois la chaise de ma cousine ! Joyeux Noël, Céleste de Sainte-Colombe, ce que je casse, je le répare ! C'est fort naturel, mon cher Antoine, car ton Voltaire t'a suffisamment farci la tête avec l'amour du travail ! Mademoiselle Céleste, tout le monde n'a pas la chance de naître inutile et parasite !

M. Rigoult s'étouffa de rire sur une grosse bouchée de rôti qui le fit suffoquer. Antoine claqua ses doigts dans la direction du valet, fit resservir un nouveau verre de vin au maître et lui frappa gentiment dans le dos. En face de son époux, à l'autre bout de la belle table d'acajou dressée pour l'occasion de porcelaine de Chine et d'argenterie piratée aux Anglais, Mme Rigoult, toujours plus grasse, leva les yeux au ciel, tirant sur les boucles courtes de sa coiffure à la nouvelle mode de Paris.

— Mon cher Antoine, je crains que mon époux et son Voltaire ne t'aient trop bien réussi !

— Mère, ne parlez pas de ce Voltaire dont père porte toujours le deuil ! susurra Reine-Élisabeth Rigoult, en lançant un coup d'œil narquois vers son père qui lui fit les gros yeux comme lorsqu'elle avait six ans.

— Voyons ma cousine, minauda Céleste, ce Voltaire n'y est peut-être pour rien, il ne faut point négliger ce don si naturel du peuple pour l'insolence et la bassesse !

— Auquel s'ajoute désormais le goût pour les leçons de morale ! s'exclama gaiement Reine-Élisabeth. Antoine, tu ressembles trop à notre jeune curé tout frais, et, en ce jour de Noël, vous me rappelez tous deux les faces de carême de mon couvent !

Le menton fier, Antoine allait répliquer et Charles-Constant ouvrait une bouche amère, mais déjà Céleste s'exclamait, mutine et les yeux pétillants :

— Tu étais plus drôle, Antoine Dubourg, quand tu courais pieds nus aux entrepôts de mon cousin en disant à chaque instant : « J'allons *tracher* Jean, j'allons faire *déjuquer* ce paresseux de commissaire aux douanes... » Vous souvenez-vous, ma cousine, comme ce lourdaud de *gobeux* était plus drôle que ce croque-mitaine qui régente aujourd'hui votre négoce ?

— Vous déplaît-il tant, Mlle Céleste, grinça Charles-Constant qui avait enfin réussi à prendre la parole, de voir sortir de leur condition ceux que votre caste y humilie chaque jour ?

— Allons, mon jeune abbé, ne sois pas plus voltairien que Voltaire, grogna M. Rigoult en tendant à nouveau son verre au valet, si ces dame et demoiselles avaient à ce point les préjugés de la noblesse, ma femme, née Sainte-Colombe, eût-elle accepté de m'épouser, moi fils de regrattier enrichi par l'affrètement des bateaux ? Céleste eût-elle accepté, depuis toutes ces années, de partager notre table et même, Antoine, Charles-Constant, je vous le demande, de me laisser vous y convier ? Vous êtes tous comme moi, mes amis, mes enfants..., aimant la belle jeunesse éduquée, les langues bien pendues, l'esprit de critique et de repartie qui sied si bien aux filles et aux gars de notre temps !... Reine-Élisabeth, ma chère fille, tu es promise au chevalier de Yerville, et Céleste, au comte de Bréauté..., j'en suis fort aise, et Mme Rigoult plus encore que moi. Charles-Constant, tu es nommé chapelain à Quiberville et toi, Antoine, tu en sauras bientôt plus sur le commerce des toiles à voiles, des cordages et des poulies qu'un Malouin de la Compagnie des Indes ! Tout va pour le mieux, le monde n'est pas si mal fait que Voltaire le disait et je lève à nouveau mon verre...

— Monsieur Rigoult, votre goutte ! gronda la maîtresse du lieu, souriante et affable.

— Au diable la goutte ! Je bois à la nouvelle

année qui verra s'épanouir le beau destin de ma maisonnée !

On leva à nouveau les verres où scintillait un vin d'Espagne épais, presque noir, et chacun, avec un peu d'humeur et d'ironie pétillant encore dans les prunelles, se sourit, trinqua et se mit à babiller des choses légères et sérieuses. Seul Charles-Constant tentait avec une politesse aussi feinte que raide de cacher l'exaspération que provoquait en lui la seule présence des femmes, celle de Mlle de Sainte-Colombe en particulier.

Reine-Élisabeth Rigoult était restée le petit pruneau brun et sec de son enfance, le téton plat, le museau pointu, le décolleté dissimulant mal deux clavicules saillantes comme des arêtes de poisson. Au contraire, les formes blondes de sa cousine s'étaient épanouies comme des valleuses normandes. Ni chair fade et sèche de famille au sang taré, ni bouche pincée, ni peau plâtrée de céruse, ni regard torve assotté de pudibonderie, Céleste de Sainte-Colombe avait à vingt ans la fermeté resplendissante du pays cauchois.

— Le chevalier ne doit-il pas se joindre à nous, ma fille ? demanda Mme Rigoult en ordonnant au valet d'apporter les entremets.

— Pour le souper, mère, répondit Reine-Élisabeth, les yeux brillants d'une excitation qu'elle ne put dissimuler alors que sa cousine cessait de sourire.

— M. de Bréauté n'a pas répondu à notre invitation ? s'enquit maître Rigoult que la vue de son assiettée réjouissait à nouveau.

Antoine avança plus en avant encore le nez dans son assiette de crème tandis que Céleste demeurait silencieuse un instant et, alors que tous les visages interrogatifs de la tablée se tournaient vers elle, elle ne sut trop ni pourquoi ni comment elle eut l'audace de répondre :

— Il est fort difficile à mon fiancé d'être auprès de moi, en ces jours de fête...

— Le service du roi, ma chère Céleste ? demanda innocemment M. Rigoult dont les yeux suivaient l'assortiment de macarons présentés par le valet.

— Non, mon cousin, le service du bordel de Fécamp où il a ses habitudes.

M. Rigoult s'étrangla sur son macaron ; Madame poussa le même petit cri que lorsque son barbier, qui était aussi son amant, la saignait ; Reine-Élisabeth pouffa dans sa serviette. Antoine et Charles-Constant se regardèrent, partageant la même consternation stupéfaite.

Tandis que M. Rigoult laissait échapper un bruit de gargouille dans son verre, Céleste, fixant ses mains jointes, articula d'une voix froide qu'il était suffisamment difficile d'être vendue comme une vache pour sa dot sans qu'en plus on la prît pour une bécasse. Les couvents n'étaient plus ceux du temps de Mme sa cousine ; Céleste et Reine-Élisabeth y avaient appris que les enfants ne naissent pas dans des choux et que les hommes, aristocrates ou gueux, courent certaines maisons, qu'ils fussent fiancés, mariés, ou bien veufs ayant fait crever leurs femmes à force de les engrosser !

— Quand je pense à ce que nous a coûté l'éducation de ces filles..., soupira, fataliste, Mme Rigoult, en levant les yeux au plafond. J'espère, ma chère Céleste, que votre mère ne vous a jamais entendue chanter cette chanson ?

Céleste jugea qu'elle aurait encore eu bcaucoup à dire sur une mère qui connaissait à peine le son de sa voix, mais elle s'abstint.

— Buvons une dernière fois, peut-être, puisque nous sommes réunis, reprit Céleste en levant son verre. Buvons à la jeunesse et à l'amour, comme je lève mon verre à M. et Mme Rigoult, qui ont été toute ma famille, que je veux remercier pour ces belles heures que j'ai passées auprès d'eux et de Reine-Élisabeth... Peut-être ne nous reverrons-nous plus..., mais s'il vous arrive un jour de penser du mal de moi, sachez que je ne vous en voudrai jamais et que je resterai, en mon cœur, votre dévouée et reconnaissante Céleste.

Deux grosses larmes coulèrent sur les bajoues de M. Rigoult dont le verre, rapidement vidé, trembla plus que jamais et, avec une impulsion maternelle, Mme Rigoult prit la main de Céleste et la porta à sa joue. Reine-Élisabeth se leva, fit le tour de la table et se précipita dans les bras de Céleste.

— Mais Céleste, avec ou sans nos maris, nous nous verrons toujours, rien ne nous séparera... Tu es comme ma sœur !

Céleste embrassa Reine-Élisabeth sur ses deux joues maigres et lui fit un grand sourire triste. Antoine, ses grosses mains croisées sur ses genoux, mal à l'aise sur ces délicates petites chaises régence, ne disait rien et baissait la tête. Charles-Constant, s'il était ému, se contentait d'arborer un petit sourire compatissant qui adoucit quelque peu la sévérité de ses traits austères.

On se leva pour prendre le café dans le petit salon et, tandis que ces dames s'éloignaient, enlacées, vers les banquettes, Charles s'approcha d'Antoine qui restait figé, mains dans le dos, face à une des fenêtres qui donnaient sur le port.

— Quelle mouche a piqué cette péronnelle, de nous sortir le couplet de la fille mal mariée ? souffla-t-il à son ami.

— Ce n'était ni le jour ni l'heure, grommela Antoine, visiblement furieux, ce qui réjouit Charles.

Tous les traits de celui qui avait été l'enfant de la *gobe* semblaient ces dernières années taillés à la hache, et en cet instant l'inquiétude modelait les saillants de son visage, forçait les traits d'une concentration farouche. Il passa une main large comme un battoir dans son épaisse tignasse blonde qu'un simple catogan disciplinait mal. Charles, tondu, maigre et tout noir dans son habit de prêtre, lui arrivait sous l'épaule, frêle coque endeuillée sous la protection d'un vaisseau amiral.

— Allons, les garçons ! Le café est servi.

M. Rigoult s'approcha, ayant de plus en plus de mal à mouvoir sa large panse et une jambe capricieuse que la goutte torturait.

— Mon cher Antoine, murmura le maître, qui devait casser sa nuque pour tenter de fixer les yeux bleus du jeune homme, je sais que cela te peine, mais je te demanderai de ramener Céleste chez elle avant la nuit... Elle a raison, il n'est plus si drôle d'être des aristocrates... Ruinés par l'État, le jeu ou la guerre ; décapités, même, par le régent, comme ces bouillants nobles bretons ! Puis décapités par M. Law... C'était dans ma jeunesse, bien sûr... Mais voyez-vous, Mme Rigoult, que j'aime fort, qui m'a rebattu les oreilles de sa naissance pendant des années, sera peut-être un jour fort satisfaite d'être une Rigoult, plutôt qu'une Sainte-Colombe !

— J'en suis certain, gronda Charles-Constant ! Je l'ai toujours dit à Antoine, ajouta-t-il en lançant un regard flamboyant à son ami.

Pendant ce temps, Reine-Élisabeth s'était mise au clavecin. Antoine songea que c'était à peine plus audible et supportable que le crincrin de son enfance à *La Confiance* ; il lança un petit regard en coin à Charles-Constant et le coup d'œil qu'il lui rendit au-dessus de sa tasse de café le persuada qu'il songeait à la même chose. Il sentit entre eux, toujours vivante comme une bête chaude, cette amitié, cette complicité qui s'était enrichie au cours de ces huit années, des lettres du séminariste, de ses visites, de ses conseils, des livres prêtés. Antoine eut soudain honte de lui mentir depuis des années, mais l'instinct sûr de celui qui avait survécu à la *gobe* l'invitait à se montrer prudent.

— Il serait peut-être plus convenable que ce soit moi, un prêtre, qui ramène Céleste. Je sais conduire la calèche aussi bien que toi, argumenta Charles avec un petit rire sec.

— Mais oui, peut-être, bredouilla Antoine soudain gêné. Que Mlle Céleste décide.

Céleste, muette, fixait sa tasse de café.

— Le plus simple est peut-être que Céleste passe la nuit chez nous..., murmura Reine-Élisabeth en jetant un long regard à sa mère, qui opina avec sa nonchalance coutumière.

Le silence prit soudain la pièce comme les glaces et l'on n'entendit plus que le grand feu qui crépitait dans l'âtre et le vent cauchois qui rageait sur les vitres, porteur des bourrasques hivernales qui semblaient avoir englouti tout le port.

8

Trois mois plus tard, Antoine Dubourg mettait le pied à l'étrier noueux de la vigne vierge pour accéder au balcon de Céleste de Sainte-Colombe. Il ne pouvait savoir que ce pas fou d'inquiétude et d'amour allait faire basculer une nouvelle fois sa vie et son monde.

Car le monde est un bourg qui n'est fait que de l'espace du cœur des hommes.

Car la vie est pareille à une jarre de terre qui éclate en morceaux et que le vent disperse.

Le matin même, le cœur fier et léger, fort satisfait de sa vie, de sa belle réputation, la conscience quelque peu alourdie par le secret de cet amour qui le taraudait depuis des années, il marchait gaillardement dans la rue Saint-Léger. Sortant d'une fabrique où il venait de houspiller un maître voilier qui faisait traîner la dernière livraison, il força la voix une nouvelle fois.

— Tu *m'éluges,* Martin ! Si tu continues à travailler comme un *quin pissant,* j'irai *tracher* l'ouvrage à Fécamp ! avait-il grondé, retrouvant son cauchois.

Frère Marc avait étouffé un petit rire sec et l'observait, planté au beau milieu de la rue où l'avait arrêté la voix coléreuse de son protégé.

— *Quin pissant !* Je l'avais encore jamais entendu ! ricana le vieux moine.

— C'est vrai que je n'avais encore jamais traité personne de « chien pissant », cela ne veut pas dire grand-chose mais cela a fait son effet, j'aurai mes voiles comme prévu !

Ils avaient marché côte à côte, silencieux soudain, observant les allées et venues des remailleuses.

— Penses-tu toujours à ta mère quand tu me croises, fils ? demanda frère Marc alors qu'ils longeaient *La Confiance.*

— Je pense à elle presque chaque jour, frère Marc... Je ne vous en ai jamais voulu. C'était écrit.

Frère Marc fit osciller sa tête pelée de vieille chouette, serrant contre lui son sac de lin.

— Encore des malades à voir ? demanda Antoine, la voix plus légère, voyant que le frère ne se dirigeait pas vers la ruelle des Pénitents.

— Oui, fils. Je vais aux *caloges* ; je vois chaque jour un monde de misère grandissante, que tu ne connais plus...

— C'est vrai, sourit Antoine. Il est bien loin le temps de votre purée de navet sur mes engelures ! Mais maître Rigoult est fort satisfait de votre décoction d'orties que je lui fais prendre contre ses rhumatismes.

— Il n'y a pourtant rien à faire pour ce viveur qui creuse sa tombe avec ses dents, grommela frère Marc.

Ils s'arrêtèrent face aux bateaux et Antoine resta un instant rêveur à les contempler.

— Te voilà devenu presque riche, et puissant, fils, et fort craint aussi par les artisans du port..., murmura le frère, la voix pleine de reproches discrets.

— Riche, cela m'importe peu. Puissant, je ne le suis pas en réalité. Craint, peut-être. Mais pas ingrat...

Sa voix devint plus grave et rauque. Le regard de frère Marc s'attendrit. Le ciel, au loin, paraissait tout inondé.

— Chaque matin, continua Antoine en fixant les grands mâts, quand j'ouvre les yeux, je rends grâces à Dieu de m'avoir laissé vivant, par deux fois. Vivant au sortir du ventre de ma mère, vivant au sortir du ventre de la falaise... Je ne suis pas riche, je ne suis pas puissant, frère Marc ; mais je suis vivant ! Et je sais goûter cet os-là jusqu'à la moelle...

Frère Marc eut un mince sourire et fixa un nuage au-dessus de la falaise, tremblant comme une goutte de brume suspendue sur la paroi du ciel.

— Je serai toujours cet enfant de la *gobe,* ce gamin aux engelures qui cherchait sa mère, qui cherchait un toit..., murmura le jeune homme, plus bas, comme pour lui-même. Aucun bien ne comblera jamais cela... Mais, continua-t-il en forçant la gaieté de son ton, je suis vivant, et je suis décidé à vivre heureux, frère Marc. Seulement heureux... *Le paradis est là où je suis...*, disait le sieur Voltaire.

— File donc, garnement ! grogna le moine en

sursautant, faussement scandalisé. Oser m'écorcher les oreilles du nom de ce mécréant !

Ils se séparèrent en se souriant, avec de grands gestes de salut qui battaient l'air de la mer comme un vol de mouettes.

Le soir même de cette journée de printemps cauchois, la nuit était balayée par le vent d'est, sec et âcre, porteur de l'odeur des falaises. Il fouetta le sang du jeune homme qui, après avoir jeté sa redingote dans les rosiers renaissants, s'était agrippé à la liane noueuse qui courait sur le mur de brique du château. Quinze pieds au-dessus, Céleste l'attendait le cœur battant, les nerfs à vif. Sa chambre, dans la tourelle est, donnait sur les champs et les bois des Sainte-Colombe, et nul n'aurait jamais dû s'apercevoir de ce rendez-vous qui n'était pas le premier. Il agrippa fermement le balcon de pierre qu'il enjamba et les jeunes gens s'étreignirent.

— Quand Mme Rigoult m'a annoncé qu'elle se préparait pour la célébration de ton mariage, j'ai cru que la terre se dérobait sous mes pieds...

— Et Reine-Élisabeth ?

— Comme sa mère ! Totalement affolées par cette nouvelle, et en larmes, furieuses d'être prises au débotté comme des domestiques ! D'où vient cette précipitation ? On n'a jamais vu cela !

— Je crois que j'ai..., enfin, je n'ai pu m'empêcher, l'autre soir, de faire des remarques..., à Bréauté, à ma mère..., sur notre mariage, la dot, ces unions iniques et contre nature...

— Je ne comprends toujours pas..., il semble n'y avoir personne au château, tout est calme ; il n'y a rien de la presse habituelle qui précède les cérémonies...

— Ma mère m'a assuré que ce soir même..., avec son chapelain personnel, enfin, je ne sais plus. Crois-tu que...

Ils se contemplèrent, incertains, inquiets, réalisant le gouffre au bord duquel leur secret les avait menés.

— Oui, cela ressemble fort à un piège, continua Antoine en serrant Céleste contre sa poitrine, et qui tombe au plus mal..., la marée est basse et l'homme que je pensais circonvenir est en mer... Il nous faut fuir jusqu'à Fécamp. Il sera plus facile de s'y cacher et d'y trouver un doris pour l'Angleterre...

— Regarde, j'ai revêtu des habits de voyage et non des habits de noce. Si tu n'étais pas venu, je me serais enfuie. Je n'ai pris que mes bijoux.

— N'as-tu pas peur ? Tu peux renoncer...

— Jamais...

Ils s'embrassèrent encore une fois mais Antoine la regarda à nouveau avec un visage douloureux.

— Tu le sais, n'est-ce pas, que je ne suis rien. Rien qu'un homme dont tu as fait le bonheur, rien qu'un roturier. Pire, un ancien *gobeux*...

— ... que j'aime plus que ma vie, depuis le premier jour, quand tu as pénétré dans le salon de ma cousine. Je t'ai aimé en silence pendant toutes ces années où j'ai bridé mon cœur jusqu'à le blesser. Que de temps perdu, mon amour, pour de sottes convenances. Que de mensonges et de comédies ! Je n'en supporterai pas davantage. Fuyons !

Antoine plongea son visage dans les seins de

Céleste, roula sa grosse tête blonde sur cette peau douce et parfumée qui avait embrasé sa vie.

Mais soudain, des pas précipités frappèrent les couloirs parquetés de l'étage du château, des fracas de voix éclatèrent contre la porte de la chambre.

— La *gobe*, souviens-toi de la *gobe*..., murmura encore Antoine dans une dernière étreinte, dans un dernier baiser.

Antoine courut droit à son cheval attaché à la lisière du bois de Sainte-Colombe. Mais où se cacher ? Galopant vers Saint Vallery, mille terreurs, projets et incertitudes se bousculaient dans sa tête. Qui les avait trahis ? Comment désormais faire s'échapper Céleste ? Comment, lui-même, échapper à la haine et l'humiliation féroces des Bréauté, fiers chasseurs qui n'abandonnaient jamais ni une bête ni une bataille, dont le sang versé avait empli l'histoire de Normandie. Depuis trois cents ans, montaient de leurs terres la clameur des bêtes forcées et les larmes d'agonie de leurs ennemis.

Arrivé au galop à l'entrée de Saint Vallery par la route du Hâvre de Grâce, il mit son cheval au pas et descendit vers le port désert. La masse serrée des mâts noirs oscillait dans la brume où se détachait la tourelle du pont-écluse. Que fallait-il faire ? Remettre le cheval à l'écurie, se cacher ou fuir à Fécamp ? Chercher la malle préparée chez les Rigoult et se terrer dans la soupente de *La Confiance* ? Il tâta d'un geste nerveux la ceinture qu'il portait, remplie de ses économies.

Tenant son cheval par la bride, il passa sous la porte cochère de la maison Rigoult et traversa la cour vers l'écurie. Le valet qui y couchait leva sa lanterne vers Antoine et le salua d'un ton rogue, puis repartit se jeter dans sa paille d'un pas titubant. Ayant dessellé le cheval, Antoine resta à nouveau indécis. Bréauté savait-il qu'il était l'amant de Céleste ? Qui avait parlé ? Mme Rigoult les aurait-elle surpris ? Trahis ? Il resta un instant immobile au milieu de la cour, le cœur battant, rongé par l'inquiétude que lui causait le sort de Céleste, biche livrée au couteau du chasseur. Il devina sous ses pieds les pavés formant le cœur de grès, le vaisseau dessiné en son mitan. Il crut entendre les voix enfantines de Reine-Élisabeth et Céleste, chantonnant, sautillant à cloche-pied sur les pavés du cœur. *Qui est-il ? Qui est-il celui qui marche sur les remparts de votre cœur ? Mon cœur, mon cœur, n'est pas une citadelle, il ne s'y promène pas de sentinelle...* Puis il tira la clé du trousseau qui lui était confié depuis des années, ouvrit la porte de la tourelle et monta quatre à quatre les marches jusqu'au premier étage. Les lanternes qui brûlaient toute la nuit jetaient sur le mur de l'escalier et de la galerie l'ombre immense du jeune homme. Il allait rejoindre sa chambre, car il avait depuis longtemps quitté le logis au-dessus de l'écurie, quand il vit la porte du grand salon ouverte et des lumières vacillantes qui l'attirèrent. Face à l'âtre éteint, Charles-Constant se tenait, les mains sur ses genoux, raide dans son froc noir, le regard fixe.

— Te voilà revenu de ta folie, Antoine Dubourg ? lâcha-t-il enfin d'une voix glacée.

Appuyé au chambranle de la porte, Antoine contemplait avec stupeur l'ombre noire et sèche se détachant dans le halo de la bougie posée à son côté. Une autre brûlait sur la cheminée de marbre.

— Charles..., c'est toi ? C'est toi qui as prévenu Luc de Bréauté ? Je ne peux pas le croire...

Charles-Constant tourna sa face maigre et blafarde vers Antoine.

— Pouvais-je croire que tu m'avais menti ? Que tu m'avais joué cette comédie de la grande détestation des aristocrates ? Vous avez dû bien rire, entre vos... ébats, bien rire de nous tous, bien rire de moi !

— Nous n'avons jamais ri de personne, Charles, et j'ai souvent songé te dire combien je l'aimais..., combien cet amour impossible nous déchirait, combien cette comédie nous pesait et nous humiliait. Le mois dernier encore, Charles, j'ai poussé à cheval jusqu'à Quiberville pour te parler mais....Tu me connais, Charles, je... je suis comme un doris de pêcheur, je ne flotte qu'avec la marée..., j'aurais renoncé, mais elle..., elle est si courageuse.

— Une capricieuse oui, une parasite qui s'ennuie ! s'écria Charles-Constant. Pour laquelle tu as gâché ta vie, ton avenir chez les Rigoult ! Oui, ton avenir, imbécile, car je sais que le maître t'a couché sur son testament !

Antoine s'approcha à pas lents, ses longs bras ballants, colosse tout de glaise soudain, dont Charles-Constant redouta la chute à ses pieds. Il se leva lentement, recula vers le centre de la pièce puis fit face.

— Nous n'avons été heureux que lorsque cette catin était au fond de son couvent ! cracha-t-il avec désespoir.

Antoine secoua tristement sa tête.

— Non, Charles ; nous nous aimions déjà. Mais tu ne voulais pas savoir ces choses-là.

Antoine marcha à nouveau vers Charles-

Constant, qui ne laissa pas échapper une plainte quand les mains puissantes le saisirent, le hissèrent à la hauteur du visage de son ami.

— Sais-tu qu'ils sont à ma poursuite, qu'ils vont me pendre ou m'égorger comme une bête, puis qu'ils la tueront aussi ou l'enterreront dans un cloître ? As-tu vraiment voulu cela, Charles-Constant Havas, toi, mon ami, toi que j'ai sauvé un jour, par la grâce de Dieu ?

— J'ai payé ma dette et tu m'as trahi..., souffla Charles-Constant, étranglé dans sa soutane, suspendu aux mains d'Antoine comme un poisson au bout de son fil.

— L'amour n'est jamais une trahison. Je savais que tu souffrirais, j'ai voulu t'épargner... Et toi, tu nous livres à nos bourreaux, à ces tyrans que tu m'as si bien appris à haïr ! Tu es toi-même un tyran, Charles-Constant Havas, de la race de ceux que l'on exécute !

Et d'un geste puissant, il lança comme un ballot de lin tout le corps de Charles-Constant qui traversa la pièce, vola par-dessus le divan et s'écroula sur l'âtre de la cheminée. Il y eut un choc mou, un bruit mat, celui du crâne du chapelain sur la brique. Une flaque de sang s'étala peu à peu sous son cou maigre, miroitant dans la flamme de la bougie. Antoine contempla le corps inerte, entendit les grincements du parquet, des pas à l'étage des domestiques. Il tourna les talons pour redescendre par la tourelle mais, saisi d'une impulsion soudaine, il fit demi-tour, reprit la galerie et entra dans le bureau de M. Rigoult. À tâtons, il décrocha du mur un des couteaux de chasse, cadeau de la maîtresse au maître pour le faire rêver à ces vies d'aventures qu'il ne connaîtrait jamais. Glissant le poignard dans sa ceinture, Antoine redescendit, passa sous le porche, hésita un instant et marcha vivement vers le quai d'aval.

Pourquoi les Bréauté n'étaient-ils pas déjà là, déchirant la nuit, le port, les ruelles, du fracas de leur colère et de la chasse à l'homme ? Antoine, marchant sur le quai, songea un bref instant à se cacher au milieu d'une de ces brigantins dont les coques grinçaient, se touchaient, se cognaient, bercées par les vagues. Mais il renonça tout en marchant plus vite et il avança vers la jetée de bois. Ce fut à ce moment-là qu'il entendit les chiens.

Un tonnerre de fer, de roues et de piétinements de chevaux éclatait en haut de la route du Hâvre. Il comprit que les Bréauté avaient pris le temps de rentrer sur leur domaine, d'y trouver une charrette et d'y mettre les chiens. Il se rappela aussi qu'il avait laissé la veste de son habit dans les rosiers, au pied du château de Sainte-Colombe, et il se mit à courir.

La brise marine fouettait son corps, sa face, lâchait dans le port l'odeur de la sueur de l'homme en fuite. Les aboiements se rapprochaient. Il compta deux chiens. Il courait toujours, butant sur la plage de galets qu'il avait atteinte. La mer, mugissant de vibrations lointaines, avait disparu dans l'immensité des ténèbres du ciel, un gouffre d'un noir total lui fit face tandis que dans son dos saillaient les aboiements rauques des chiens, le galop des chevaux, les voix des hommes qui excitaient leurs bêtes. Il songea que les cavaliers seraient obligés de quitter leur monture sur la plage mais qu'ils avaient sans doute des pistolets. Il se demanda, en passant devant l'enceinte des canons, si les douaniers du château Trompette oseraient sortir l'aider.

Les chiens sans doute avaient hésité mais, désormais, ils avaient pris le vent et Antoine, courant toujours, sut qu'ils étaient tout près. Quand il fut au pied de la falaise de son enfance, il se retourna, à peine essoufflé. Il saisit le couteau dans sa ceinture et fit face.

Les deux molosses n'attaquèrent pas en même temps. L'un, moins massif et plus rapide, eut quelques pieds d'avance et sauta en visant la gorge, faisant basculer tout le corps d'Antoine qui chuta lourdement sur les galets. Cependant, Antoine, qui tenait son couteau bien en avant, laissa la bête s'empaler d'un seul bond sur la lame. Inondé du sang de l'animal, il n'eut que le temps de tirer le couteau pour recevoir l'autre chien sur la poitrine. Plus lourd, moins mobile, c'était une bête énorme, la tête carrée, les oreilles courtes, un boulet de muscles qui lui laboura en un instant toute l'épaule gauche et déchira le cou, la poitrine. Roulant, se débattant, donnant des coups de couteau dans le vide, dans les pattes, il décuplait la rage de la bête. Alors qu'il tentait de repousser la mâchoire monstrueuse du chien, celle-ci se referma sur sa main. Il hurla. Les crocs venaient de trancher net son auriculaire gauche. Roulant dans un corps à corps furieux, les yeux, la bouche inondés de sang, Antoine parvint dans un geste désespéré à blesser le chien à l'œil, puis, dans un ultime sursaut de tout son corps déchiré, après avoir fendu une oreille, il fit pénétrer la lame par le côté, jusqu'à la garde, dans la gorge du molosse. Avec un long gémissement, la mâchoire se referma sur son bras gauche, les crocs pénétrèrent jusqu'à l'os. Les cris d'excitation des hommes se rapprochaient. Rassemblant ses dernières forces, il bascula le corps du chien puis fracassa la mâchoire du molosse d'un coup de manche du poignard qu'il lâcha ensuite.

Des laquais, sans doute, suivaient leurs maîtres en tenant des lanternes, lucioles dans la nuit qui devinrent floues, inondées de pluie, lui sembla-t-il. Il sentit venir l'évanouissement, se redressa et marcha vers le flanc de la falaise auquel il s'agrippa. Les yeux aveuglés, la tête pleine de cahots et de douleurs, il retrouva sous sa paume droite les gestes de l'enfance, les plis dans la craie, l'odeur musquée de la vase et des algues qui lui piqua le nez et réveilla ses sens affaiblis. Il ne voyait plus rien, il lui semblait n'être déjà plus vivant, à peine un mollusque rampant et amputé que la *gobe* avala au moment où des cris de stupéfaction rageuse montaient de la plage.

Le lendemain matin, à l'heure de la marée, ce fut frère Marc qui vint chercher la *creuille* de poissons promise aux Pénitents. Furetant partout, il entendit les conversations des pêcheurs sur le port. Des cadavres de *quin* ? Oui-da, des *quins* gros comme des veaux ! Égorgés su' la plage d'aval, cheu' nous'aut' ? Oui, *mé'* Malandain, c'est comme j'vous l'dis... même que les gens des sieurs de Bréauté continuent de *tracher* l'Toine dans tout Saint Valle'y, chez les Pénitents même, et qu'ils ont bousculé ce brave maît' Rigoult qui sait rien de rien, le brave homme ! Est'y mort, l'Toine ? Sûr que les *quins* l'ont *maqué* ! Sûr que les Bréauté, ces tueurs du pauvre peuple, l'ont jeté à la baille, le cadavre de l'Antoine ! Mais, 'est un gars bâti comme un roc ! Qui sait s'il est point *muché* chez les Anglais, à c't'heur' ! Et il avait fait quoi, l'Toine Dubourg, qu'était ben courageux – moi qui vous parle j'ai connu son pauvr' *pé'* et sa pauv' *mé'...* –, pour que les Bréauté lui ont collé aux chausses ? Faut'y fair' queuq'chose, *mé'* Malandain, quand on est gueux, pour s'attirer la colère des grands ?

Balançant sa *creuille* de poissons en rythmant son pas décalé, saluant à petits coups de tête tous ceux qui le connaissaient, frère Marc traversa le pont-écluse, son sac à maladies sur l'épaule. Passant sur le quai d'aval, il allait, boitillant, vers la mer et la falaise. Les cadavres de chiens qui faisaient tant jaser avaient disparu et, après s'être assuré qu'il était seul sur le rivage, que nul pêcheuse ni canonnier ne fût à errer sur la plage, il avança lentement au pied de la falaise, tête levée, tâtant de son œil perçant le flanc de craie jusqu'à ce qu'il y débusquât, au bout d'un long moment, ce qu'il cherchait. Il fixa un certain temps l'œil noir planté dans la craie, le trou par lequel il doutait de pouvoir se glisser. Il se tint encore un instant, hésitant, incertain de son rôle, quand il se souvint de la mort de Marie Dubourg. Il posa alors son lot de poissons à l'abri des mouettes, dans un trou d'herbes et de roches éboulées au pied de la falaise et il retroussa son froc en priant. Donnez-moi la force d'accomplir ce que je crois juste, même si c'est une folie, murmura-t-il, tandis que son corps bancal se jetait à l'assaut de la muraille. Ô Dieu, aidez mon ascension, que cette falaise soit pareille à l'échelle de Jacob, en toute humilité, Seigneur, car je ne suis pas Jacob et ne sais quel combat mener. Vous qui n'aimez ni le serpent ni le rampant, vous qui avez fait l'homme pour la verticalité..., Seigneur, soutenez-moi, le vertige me prend ! La hauteur, Seigneur, la verticalité ! Le seul espace qui distingue le beau du laid, le haut du bas et découvre le ciel ! *Déjuque* donc, sale mouette, maudit charognard !

Un bruit le réveilla. Quelqu'un cherchait-il déjà à piller la chapelle ? Avait-on crevé le tabernacle ? Il se redressa, inquiet, et n'entendit plus rien que le mugissement habituel du vent. Il s'allongea à nouveau sur sa paillasse, resserrant son unique couverture sur ses épaules. Il caressa l'étoffe rude qui sentait le suif et le salpêtre. Une couverture..., comme la vie, ce presque rien que l'on tient en soi et qu'il faut encore partager, ou abandonner. Pareille au couvent ou pareille au manteau de saint Martin, ainsi était la vie. Ou bien non, plutôt semblable à la tunique du Christ : faite pour être déchirée, pour être jouée, livrée aux dés. Tout était au choix. C'était selon. Il songea qu'il aimerait respirer cet instant fragile, quand le dé s'immobilise. Le dé qui dit oui. Le dé qui dit non. Le destin qui roule sur le sol.

Ses paupières se refermèrent.

9

De nuit comme de jour, frère Marc soigna Antoine dans la *gobe.* Il dépouilla la poitrine du jeune homme de sa chemise et de son gilet en lambeaux et, bouleversé, découvrit le corps déchiré, abandonné dans ce tombeau de craie, paumes en sang offertes, flanc et poitrine percés, tempes, cou, oreilles ensanglantés.

Ô Christ, mon frère, mon semblable.

Il découvrit l'auriculaire tranché qu'il dut achever de couper, à vif, dans l'articulation de l'os qui déjà pourrissait, mais seul le ventre de la falaise entendit le cri de son enfant torturé. Il protégea les plaies de ses cataplasmes de lys, appliqua des emplâtres de consoude autour du doigt tranché, emplâtres qu'il fallait lever tous les trois jours. Il posa une attelle au bras gauche qu'il dut défaire et refaire, luttant contre l'infection. Dans la grotte, il trouva des briques qu'il chauffa sur des braises et disposa dans des toiles sous la tête et sous les pieds d'Antoine.

Cependant, vite épuisé par sa tâche, frère Marc se résolut à partager son secret avec les neuf autres moines. Les plus jeunes, frère François, frère

Sébastien et frère Thibaud, acceptèrent tout de suite d'escalader cette étrange gobe que leur décrivit frère Marc. Ils y vinrent, à toute heure tardive, chacun son tour, vérifier les prescriptions de frère Marc, donner à boire et à manger.

Quand le blessé reprenait connaissance, distinguant mal les visages des moines dans le halo de leur lanterne, il suppliait dans son délire que l'on remît son corps à la mer. Ma *mé'*..., avez-vous bien ravaudé vos filets de petite pêche... ? Non, non ma mère, pas ce vilain bois *d'échoue* plein de sel, j'allons vous en chercher des aut' à c't'heur'. La falaise, c'est le ventre, c'est ma mère, c'est bon et chaud, doux, on n'ira pas nous chercher là, Marie Dubourg, et les hommes ne *toupineront* plus autour de vot' cotte, on viendra plus vous faire de mal dans la *gobe,* c'est chez nous, chez nous aut'... Ma mère..., Céleste, oh Céleste !... *Mon cœur n'est pas une citadelle...*

Les moines priaient, lavaient à nouveau les plaies boursouflées, les chairs déchirées que frère Marc avait tenté de recoudre, soufflaient sur les braises entretenues et toujours l'un demeurait, la journée ou la nuit entière, auprès d'Antoine.

Une nuit de la fin avril, Antoine eut assez de force pour se lever et se laisser descendre, attaché à une corde que maintenait frère Sébastien, le long de la falaise. Ils ne croisèrent dans le port que deux bas-officiers de la garnison qui considérèrent, en les saluant, que ces Pénitents étaient trop braves de ramener chez eux tous les pêcheurs pris de boisson. Au couvent, frère Marc fit déposer Antoine dans une cellule vide, la dernière au bout du couloir de l'étage. Par la petite fenêtre, on voyait la mer au loin.

Antoine resta des jours entiers comme une pierre, sentant peu à peu entrer dans sa chair le rythme du couvent, le son de la cloche, les chants, le grincement de la porte d'entrée, la poulie du puits. Il tentait parfois de reconnaître des voix, montant du jardin, les voix de ceux qui réclamaient frère Marc et qu'il soignait dans une cellule face au puits, son infirmerie. Puis il retombait en une léthargie d'où le tiraient les douleurs de sa gorge, de son dos, de son bras gauche, cassé en plusieurs endroits. Dans la lumière de la lampe à huile, il contemplait parfois l'étrange asymétrie de sa main gauche, amputée de son auriculaire, puis il la laissait retomber avec indifférence sans rien répondre au soliloque de frère Marc qui, des heures durant, vérifiait qu'il prît bien ses poudres et ses onguents.

— L'ortie blanche, tu dois connaître... ? Beaucoup d'enfants connaissent parce qu'on les a battus avec ! Non ? Pas toi ? Ta mère ne t'a jamais battu, bien sûr... Sens cette odeur âcre. Une fois réduite en poudre, c'est le mieux pour les douleurs des femmes et les rhumatismes... Hein, que dis-tu ? Non, rien ? Bois, fils, bois mon coquelicot, ma fleur de l'oubli. Oublie, fils. Bois tes songes et tes regrets car tu es désormais dans la maison du Père.

— Frère Marc..., je ne veux rien oublier. Céleste attend un enfant.

— Mais comment l'approcher désormais, mon fils ? Et est-elle seulement encore à Sainte-Colombe ?

— Où cacher sa honte sinon chez soi ? Elle restera enfermée au château, jusqu'à la délivrance, j'en suis sûr. Et dès que l'enfant sera né, à la Saint-Michel, a-t-elle dit, j'irai les retrouver. Je ne sais encore comment. Je me déguiserai, je me cacherai, je serai là ; près du château. Nuit et jour, je surveillerai. Il n'y a pas de forteresse imprenable, je les sauverai, elle et l'enfant. Nous donnerez-vous asile, en attendant l'Angleterre ?

— Bien sûr ! bougonna frère Marc, inquiet, mais songeant que les gens des Bréauté avaient cessé de poser des questions et d'écumer les alentours.

— Je voudrais faire prévenir maître Rigoult...

— Certes pas. Trop risqué, ce braillard ! Avec une fille amoureuse d'un Yerville, n'est-ce pas ? Impossible de faire confiance à une femme amoureuse, on dirait que tu ne le sais pas ! fulmina frère Marc.

L'été passa dans un calme étrange, doux et chaud à l'extérieur, frais entre les pierres de la cellule ; il acheva de totalement rétablir Antoine. Rongeant son frein, sa colère contre les Bréauté et son désir de liberté, il lui suffisait cependant de songer à Céleste attendant sa propre délivrance pour reprendre courage et patience. De la fenêtre de sa cellule, par-delà le clocheton d'ardoises et les toits du quartier Saint-Léger, il contemplait l'embouchure du port, sur laquelle il voyait s'abattre l'immensité d'un horizon liquide.

Antoine rendait déjà bien des services à frère Marc, triant, écrasant, nettoyant l'immense herbier qui séchait dans la cellule en tas composites qu'il commençait à reconnaître. Un soir de la fin du mois d'août, il entra dans le réfectoire, hésitant entre deux belles vénéneuses, une jusquiame tendre et une belladone au rose fané. Ce fut alors qu'il surprit une conversation entre frère Sébastien et frère Thomas.

— ... la constance de nos Cauchois à fabriquer des superstitions n'en sera que renforcée !

Antoine sursauta.

— Constant, dites-vous ? Parle-t-on d'un certain Charles-Constant dans le pays, à qui il serait arrivé malheur ? demanda-t-il, la voix incertaine.

— Point du tout, Antoine. Je ne connais pas ce nom, dont personne ne parle... J'évoquais la constance dans les mœurs superstitieuses, ainsi que l'aventure de Mlle de Sainte-Colombe le démontre !

Les mains d'Antoine se mirent à trembler, ses gros poings réduisant les fleurs en miettes. Il dut s'asseoir sur le banc de la longue table du réfectoire.

— Céleste de Sainte-Colombe ? parvint-il à articuler.

— C'est bien ce prénom... On parle beaucoup de cette jeune fille dans le pays. On dit qu'elle visite beaucoup les pauvres et qu'elle a sauvé une famille de paysans malades de la variole rouge. On dit même que c'est un miracle, mais, n'est-ce pas..., vous connaissez nos paysans..., commenta le moine avec une petite moue triste et dubitative.

— Sauvé, frère Sébastien..., comment est-ce possible ? Céleste, enfin, je veux dire, cette personne n'est pas médecin...

— Qui a besoin des soins mortels d'un médecin ? pouffa le moine. Non, non, mon fils, on dit qu'elle a pris la maladie sur elle..., qu'elle s'en est revêtue, et qu'elle est morte à leur place.

— Morte... à leur place..., répéta Antoine.

Les murs du couvent se mirent à bouger, à prendre de la gîte, à sentir la mer, la nuit, la tempête. Il se vit basculer, avalé dans un trou, chu dans la falaise de l'enfance. La falaise était un ventre mou et dur, la peau d'une tombe, la spirale d'entrailles terrestres prise dans le vertige de toute sa chair. Assommé, fracassé comme une barque drossée sur les récifs, le corps à nouveau roué de souffrances, Antoine sentit tout l'univers aspirer son cri, se refermer sur lui et l'écraser. Un Cauchois ne pleure pas. Un Déluge a suffi.

L'aube secoua Antoine avec la dureté d'un seau d'eau glacée qui réveilla la douleur dans les os de son bras gauche : le vent était à la pluie. Le couvent respirait encore et Antoine sentit cogner le cœur du mur gris auquel il porta ses lèvres. Il respira l'odeur fraîche de la pierre comme autrefois il s'abreuvait à celle de la falaise. Hébété, il fixa son plafond, les fleurs séchées, puis se hissa de sa couche et se mit à genoux pour la première prière.

Quelques instants plus tard, dans le couvent silencieux, il marcha, une bougie à la main, jusqu'à la cuisine où il trouva dans la huche un quignon de pain qu'il trempa dans un peu de tisane froide. Puis il passa dans le lavatorium, se dévêtit et s'aspergea au-dessus d'un grand baquet d'eau, retourna dans la cuisine, ouvrit un coffre près du tas de bois, se saisit d'un lourd marteau et d'un burin, les soupesa puis sortit dans le jardin où il prit aussi sa pelle. Il leva les yeux vers l'aube palpitante qui montait de la mer, respira l'air embaumé puis avança jusqu'à la grand-porte qu'il entrebâilla, jeta un coup d'œil rapide en face dans le bois, dans la ruelle encore noire et déserte, retraversa son jardin et passa sous le promenoir dont il fit le tour plusieurs fois. Ses outils bien en main, il contempla les murs, les arcades, le plafond du promenoir, lambrissé dans un bois sombre en forme de coque de bateau. Il détailla chaque parcelle de son jardin. Enfin, il sembla trouver l'endroit qu'il cherchait et se mit à l'ouvrage.

10

Le lendemain de l'annonce de la mort de Céleste, alors que frère Marc l'obligeait à avaler un bol entier d'une décoction – « Excellent l'aubépine, grognait-il, excellent pour les battements du cœur » –, Antoine jeta le bol droit devant lui, qui alla se fracasser contre la porte de la cellule. Impassible, frère Marc ne bougea pas, fit une drôle de moue pointue qui allongeait son visage de musaraigne et se contenta d'évoquer la tout-puissance de Dieu.

Antoine cracha qu'il n'avait que faire d'un Dieu qui avait laissé un prêtre le trahir et, pour finir, lui avait volé celle qu'il aimait. Qu'étaient les hommes, sinon les rats de la cale d'un navire fou dont le capitaine ignorait l'existence avec mépris ! Un simple coup de dé l'avait tiré de sa *gobe* avant de sans doute l'y replonger !

— Allons, suffit ! grogna frère Marc. La *gobe*, c'est du passé. On ne revient pas à son passé, même s'il ne vous quitte jamais. Il y a mille choses pour renaître : l'Angleterre, la Hollande, ou même Paris, la pêche hauturière, l'armée ou la flibuste ! Que sais-je ? Et je te le dis, il y a Dieu aussi.

— Tout est absurde ! s'écria Antoine d'une voix douloureuse, et inutile, la vie comme la mort...

— Utile ! Inutile ! Qu'est-ce que cela veut dire ?

— J'ai posé la question, un jour, à un ami..., gémit Antoine en fermant les yeux.

— À celui qui s'est laissé crucifier ? Car c'est à lui qu'il faudrait poser cette question ! À lui seul ! Sa mort n'avait-elle pas toutes les apparences de l'inutilité ? Mais voilà, c'est ainsi, le salut des hommes, le renversement complet du monde, sont nés de l'acte le plus inutile et le plus gratuit...

Éperdu, Antoine se hissa de sa couche et sortit, titubant, sans force pour claquer la porte derrière lui. Corps épuisé, ventre déprimé, souffle court, il tourna dans le jardin du couvent, appuyant sa main atrophiée sur la margelle du puits. Et soudain, comme poussé par la marée, monta du port et de ses faubourgs, de la rue Saint-Léger et de l'église de Saint Vallery, un chant de ferveur, un chant d'action de grâces. Les voix aiguës et fausses des femmes criaient leur foi et leur espoir. Alléluia. *Deo gratias.* Accueillez à votre droite l'âme très pure de notre sainte qui est morte pour nous ! Accueillez en votre sein la très sage demoiselle de Sainte-Colombe ! Il sembla à Antoine que la procession avançait, roulait, tonnait, tempête dans le cœur suppliant des hommes, tourné vers le grand silence du ciel. Il tomba à genoux au pied du puits.

Ce soir-là, comme chaque soir de chaque été, mais en particulier de cet été-là, plus sec qu'un coup de trique, frère Marc sarclait et arrosait son jardin pendant qu'Antoine tirait l'eau du puits.

— Dieu ! Dieu ! Ils n'ont que ce mot à la

bouche ! s'exclama soudain le vieux moine à la stupéfaction d'Antoine qui n'avait rien demandé et arrosait en silence chaque pied de plante. Dieu, c'est un luxe pour ceux qui ont du temps, du bien, du pouvoir, de l'imagination ! La vie, Antoine, a tellement plus de poids, qui vient te chercher le matin au saut du lit quand un enfant souffre de catarrhe, la vie qui te mène tout le jour d'une rage de dents à une crise d'asthme phtisique, de la *caloge* puant le poisson pourri au trou d'un tisserand tout suffoquant dans la poussière de son chanvre... Mais Dieu ? L'as-tu rencontré sur le port, dans ta *gobe* ? Dieu est moins réel que le vent, l'air, la mer, moins vrai que l'oiseau qui s'envole, que le galet au pied de la falaise qui est là aujourd'hui, et qui n'y sera plus demain...

— Je ne vous comprends pas, soufflait Antoine, le dos rompu, les os roués par de lancinantes douleurs, fixant le bois luisant du seau.

— Comprendre ! Tu as trop lu ce Voltaire qui rêve de rallier le monde à la bannière de la raison ! Quoique ce niais de Rousseau me paraisse avec ses rêves de pureté le plus dangereux de tous ! Comprendre la nature du Mal, extraire le Mal... Il est fou ! Ce Rousseau ferait mieux d'être barbier et d'arracher les dents pourries si cela lui soulage le sang ! Comprendre ! Qu'y a-t-il à comprendre ? Quand j'ai passé une heure sans penser à Dieu, il me semble, tout simplement, que j'ai oublié de respirer, que la vie devient soudain laide et vaine, que ça ne vaut plus la peine de réduire la passiflore en poudre pendant des nuits, que ça ne vaut plus de tuer mes yeux à suivre la sueur de ma reine-des-prés dans la cornue... Je pense à Dieu, et soudain quelque chose en moi se tend qui m'empêche de me noyer... Vas-y..., comment dites-vous tous ?... comprendre ! Comprendre quelque chose ! Allez, fils, c'est l'heure, lâche ce seau et va avaler ton bol de coquelicot et de belladone au lieu de me regarder avec ces yeux de hareng saur ! Oublie, fils, oublie, et toi le survivant, mon miraculé, mon naufragé accroché à sa planche..., un jour, tu toucheras au port.

— Vous ne compre.... enfin, vous ne savez pas... Ce désir de Céleste qui me crève le corps, qui rompt mes reins, cette torture de la savoir morte avec l'enfant qu'elle portait... Je la vois, frère Marc, tout son beau corps crevassé de la peste rouge... J'entends ses plaintes dans la nuit et je voudrais rassembler mes forces pour tuer tous les Bréauté... Moi, l'enfant de la *gobe*, j'étais enfin si près du but, si proche du bonheur... Alors, si vous croyez me sauver en me faisant moine, vous avez tort... Si vous croyez accomplir votre devoir en m'enfermant dans cette geôle de pierre, vous avez tort encore...

— Je te l'ai déjà dit : il y a les Amériques, l'Angleterre, l'armée, que sais-je encore ; le monde est vaste ! Et ce serait arrogance de ma part de considérer que, hors du couvent, le monde n'est que perdition ! Sache seulement que ce n'est plus dans la matérialité des choses et des êtres que tu trouveras remède à ta peine. Les pierres, les oiseaux, les plantes, t'enseigneront plus qu'aucun maître ou capitaine de corvette..., souffla encore frère Marc, penché sur une mauvaise herbe qu'il arracha d'un coup sec. Tu désires trop encore... et tu désires trop voir. Tends seulement ton oreille et tu découvriras qu'il y a pour toi, quelque part, un endroit pour vivre, protégé par le rempart de la discipline et de l'amour de Dieu... Tu te crois unique parce qu'on t'a trahi, parce que tu as perdu celle que tu aimais. Qu'as-tu perdu de plus que celui qui est mort sur la Croix ?

Abasourdi et exaspéré, Antoine monta dans sa cellule et resta sans pensée, les yeux rivés aux solives du plafond. Seule la voix de frère Marc résonnait entre les murs... « Demain, je le veux, tu confectionneras avec moi ta décoction de coquelicot pour ton sommeil et tes douleurs, et les emplâtres de millepertuis pour tes cicatrices. Et ne crois pas que je veuille te garder prisonnier ici. Ne crois pas non plus que ta vie aurait eu plus d'utilité si tu avais été un héritier, un négociant marié. Voulais-tu vivre auprès de Céleste comme auprès d'une conquête, d'une revanche ? Voulais-tu vivre enchaîné à la galère du matérialisme ? Tu peux partir quand tu veux. Embarquer pour où tu veux. Le monde entier peut aussi être un couvent comme il peut naître un couvent dans le cœur de chaque homme. »

Antoine s'endormit une fin d'après-midi mais les douleurs le réveillèrent, coups de hache dans l'épaule et les os du bras gauche. Il lui semblait sentir encore l'haleine fétide du molosse sur sa bouche, la patte griffue déchirer son cou. Il passa une main hésitante sur les sillons étroits et profonds qui marqueraient à jamais sa gorge, son menton. Des frissons le parcoururent et lui revint l'image de sa mère, mouette blessée chutant de la falaise dans le grand tourbillon des ténèbres. La nuit. Le néant. Il ferma les yeux, respirant, lui semblait-il, les effluves âcres et entêtants des fleurs séchées de frère Marc. Le coquelicot et la valériane avaient alourdi tous ses gestes, enrobé ses douleurs. Il ne restait que la nuit. Il respira la nuit, la huma, s'en soûla tandis que résonnèrent les complies.

Soudain il se leva, passa la culotte qui lui restait, avec une cotte de marin qu'on lui avait trouvée, et il quitta le couvent. La nuit était profonde, pleine d'une pluie qui tombait par paquets, le fouettait et rinça tout son corps en quelques pas. Il parvint sur le quai de la Batellerie, hébété, passa devant la maison Rigoult, toute noire et silencieuse, se demanda ce que dirait le maître si, tel un revenant, il frappait à sa porte. Il resta un instant, face aux fenêtres noires de la maison du roi Henri. Paumes offertes, visage tendu, ruisselant de pluie, il attendit un improbable appel de maître Rigoult. Robinson ! Robinson ! Te voilà enfin ! Reviens parmi nous, Robinson, et qu'as-tu fait de ton Vendredi ? Mais seul l'assourdissant vent cauchois tintait dans ses oreilles et, se détournant de la maison du roi Henri, il passa sur le pont-écluse. Le radier semblait près d'exploser sous la poussée de l'eau de l'arrière-port, suintant par les fentes et ruisselant dans la marne du fond du port vide. Il marcha le long du quai, ne rencontrant âme qui vive, dans une nuit morte et déserte, abandonnée, livrée à la dure bataille des éléments. Il s'arrêta quand il fut face à la mer.

Indifférent, l'accouplement hâtif des nuées remuait la voûte obscure accroupie sur un horizon de ténèbres. Des crêtes de clarté saillait la matière même de la nuit en un gémissement tourmenté et lointain. Fallait-il donc que son cœur, brassé et charrié par-dessus bord par les vagues, fût exclu de cette grande frénésie de la vie et de la matière ? Fallait-il retourner à l'océan d'où, comme tout homme, il était sorti et où il revenait ? Chancelant sous le poids du désir d'étreindre la nuit, il se demanda si sa survie était inscrite là-bas, en face, dans cette terre anglaise que beaucoup nommaient d'exil ou d'asile. Puisque Céleste et leur enfant étaient morts, puisque lui-même était mort pour les Rigoult, puisqu'il avait tué Charles-Constant, qu'avait-il de mieux à faire que de mourir vraiment, que d'aller rejoindre l'âme de ses parents engloutis par la mer ? La terre. La mer. Oublier la terre et la mer. Oublier Céleste. Oublier le sel et le baiser sur la peau. Oublier d'être un homme. Pour renaître. Pour croire que, au cœur de ce chahut douloureux qui l'étreignait, la vie à nouveau pût pousser une radicelle dans l'entaille inguérissable de sa chair.

Puis il remonta lentement le long du quai, emplissant ses poumons de l'odeur puissante des filets entassés qui faisandaient. Parvenu au couvent, saisi du vertige de l'anéantissement, il se jeta sur sa paillasse.

Chaque nuit, il lui semblait sombrer très loin et les matines le hissaient d'un gouffre sans fond. À l'aube, les plantes cessaient de faire effet mais la nuit était toujours là, aimante, consolante, en lui. Il lui sembla peu à peu contempler sa vie passée comme au sortir d'un étrange brouillard, comme si la disparition de Céleste en mettait brusquement au jour les renoncements misérables, les consentements médiocres : les caprices et les infidélités de maîtresse Rigoult, les bavardages vains, la charité sénile de maître Rigoult, les criailleries de Jean, un des amants, les interminables livrets de commandes, les marchandages, les prix toujours rabattus, au moindre prétexte, aux plus pauvres des artisans, les détournements, les petits mensonges et les gros trafics, la double comptabilité et les louis d'or cachés dans les barils de saumure. Avait-il voulu fuir par amour ou pour renoncer à cette vie médiocre et confortable ? La mort de Céleste changeait-elle son désir de fuite vers un ailleurs idéal ? Il contemplait parfois, dans le creux de sa main, les louis d'or qu'il avait cachés dans sa ceinture puis il les rejetait au fond du coffre en bois de sa cellule. Il lui sembla que, de ce naufrage total, ne surnageait que la tache rouge et gluante qui continuait de pousser, chaque nuit, dans ses rêves, sous le crâne de Charles-Constant.

Un jour très frais et très clair, quand les matines cessèrent de tintinnabuler, il comprit que sa troisième vie commençait. Sa crainte d'être reconnu l'empêchait d'assister aux messes dans la chapelle où nombre de familles du quartier Saint-Léger venaient prier. Mais, sa paume amputée caressant les parois, il s'assit sur le muret qui reliait les arches de grès. Dans l'aube qui nappait le jardin du couvent, surgit le puits, irradié de rayons pâles. Un chant très pur monta de la chapelle. Les yeux fixés sur la margelle du puits, il se souvint à cet instant des tourterelles qu'il avait vues en poussant la porte du couvent pour la première fois, comme il se souvint du dernier conseil que sa mère lui avait donné : « Trouve-toi un endroit loin des hommes..., loin du Mal. » Elle avait même dû utiliser le mot Enfer. Vivre loin de l'Enfer. Loin du Mal. Mais non, ce n'était pas de cette imposture facile dont il avait besoin pour nourrir son existence. Il lui fallait vivre fidèle à la *gobe*, fidèle à sa mère, fidèle aux pauvres, et surtout fidèle à la mémoire souffrante de Céleste, puisque vivre ailleurs eût peut-être donné une chance à l'oubli et à la consolation. Qui l'appelait, en cet instant, pour conserver cet amour souffrant, sinon Dieu ?

Le sentiment déchirant de l'innocence le cloua soudain sur place et le laissa foudroyé un long moment. Il lui suffisait désormais de consentir à l'irrémédiable.

Il devint simple frère convers, frère Antoine. Tant que frère Marc vécut, celui-ci lui enseigna tout ce qu'il savait des plantes, des hommes, des humeurs du corps, des mystères de la douleur. Les cinq premières années, Antoine sortit le moins possible du couvent et ceux qui venaient s'y faire soigner se remettaient totalement entre les mains de frère Marc, indifférents à la présence discrète de ce frère immense qui apportait potions et breuvages aux malades, qui courbait la tête aux ordres de frère Marc. Puis Antoine finit par apprendre la mort de la *mé'* Malandain, la paralysie de maître Rigoult, dont la femme menait grande vie à Rouen, et la mort du curé Colombel. Polyte était mort aussi et son auberge était désormais tenue par un sien neveu venu de Cany. Seul fantôme du passé, la grande carcasse d'Havas faisait toujours trembler les murs de *La Confiance*.

Il attendit encore presque une année et enfin, un jour de printemps, Antoine décida de descendre sur le port. Rien n'avait changé. La forêt des mâts et des voilures affalées, la salinité de l'air, la mer ardoise et vert opaline, le flanc de la falaise laiteuse, la pauvreté nauséabonde des *caloges* sur la plage, les cris des calfats sur le chantier. Des femmes, pieds nus, riant en tenant leur coiffe blanche d'une main, et le *pousseux* sur le sable, de l'autre. Le désir de revoir la *gobe*, de respirer son odeur musquée, le saisit au ventre mais il lutta contre le désir comme il avait appris à le faire et s'en fut vers le port.

Désormais, quand il venait mendier la *creuille* de poissons que les pêcheurs offraient toujours aux Pénitents, on le regardait à peine. Il souriait, heureux d'avoir trouvé sa place dans le nid animal de l'anonymat, dans la simplicité des remerciements des pauvres qu'il commençait à soigner. Ils ne le voyaient pas, ils ne le connaissaient pas, ils n'étaient guidés que par sa bure misérable, par l'adresse de ses grandes mains sur leurs plaies vives, par la douceur des conseils qui soulageaient leurs misères. Voici un petit clou de girofle, *mé'* Panel... à mettre dans votre chicot, trempez-le dans un peu d'eau-de-vie et quand l'inflammation sera calmée, allez voir le maréchal-ferrant qui vous arrachera la dent en un tour de main... Voici de la camomille et du bleuet pour les yeux de l'enfant, et un cataplasme de liseron pour ces furoncles et un onguent au soufre pour cette gale qui mange sa joue et ses mains...

— Tu es fait de métal, mon fils, murmura un soir frère Marc, quelques heures avant de mourir.

Le grand vent cauchois soufflait sur la colline, grondait et tournait dans le jardin du couvent dépouillé par l'hiver. Sur sa paillasse, frère Marc s'éteignait doucement comme une vaillante chandelle dont le suif vient à manquer.

— Finissez de boire cette tisane qui va vous soulager...

— Allons, fils, soupira frère Marc. Point de boniments avec moi... mais merci de ta patience pour un vieil homme qui n'est plus bon à rien... Chut, écoute, ne dis rien. Tu es fait de métal, non de ce fer sec et dur, inutile dans sa force meurtrière. Tu es d'un métal sonore qui retentit comme une cymbale.

— Une cymbale bien silencieuse..., murmura Antoine. Qui se demande encore chaque matin si elle vibrera encore... Disons que je suis enfin... utile.

— Qu'est-ce que ça veut dire, utile... ?

Le regard d'Antoine s'assombrit.

— Nous en avons parlé un jour..., soupira-t-il. Personne ne sait répondre...

Le regard du mourant se rétrécit, concentrant les dernières flammes de sa vie pour un ultime message.

— Tu es vaillant, mais encore incertain, je le sais. Laisse-moi te dire..., nous avons tous été posés vifs sur le gril des mêmes inquiétudes. La première, c'est la chair, qui te hante, dont la vision assaille tes nuits... Ne baisse pas les yeux. Je sais, nous savons tous. Et ces visions, fils, elles ne disparaîtront jamais, elles ne déserteront pas le champ de bataille... Mais une autre angoisse va surgir, aussi dévastatrice : n'avoir personne, ni enfant, ni épouse, à tenir contre soi, dont on pourrait sentir la chaleur. Cela passera, s'évanouira. Peut-être. Et puis, le plus terrible, un jour..., on se réveille avec la conviction que tout être est construit pour en aimer un autre..., et il ne reste plus qu'à prier pour ne jamais rencontrer cette âme sœur... Ta vie a fait que tu as déjà rencontré cette âme sœur, et que tu l'as perdue... Il ne te reste donc que les deux premières batailles à gagner. À gagner tout à fait.

La voix de frère Marc était devenue presque inaudible, Antoine tendait son oreille tout près de la bouche malade.

— Courage, mon fils... Je t'appelle fils, car je t'ai aimé comme ce fils que je n'ai pas eu... Tu vas devenir l'âme de ce couvent. Je te confie son cœur, son jardin. Prends bien soin d'eux. Ne les abandonne pas. Le couvent a poussé en toi. Tu es le couvent. Promets-moi de ne jamais l'abandonner...

Antoine promit.

Puis il appela les autres frères mais ce fut lui qui ferma les yeux de frère Marc et qui saisit entre ses immenses bras charpentés le corps maigre et léger pour aller l'ensevelir sous les dalles du promenoir.

11

Septembre fut à nouveau là, doux et parfumé, plein des effluves de poisson frais et de l'odeur âcre des filets mêlée à celle, plus douceâtre, des falaises. Septembre porteur de l'odeur des premières tempêtes, des premiers orages depuis l'été. Septembre bleu et clair et dont le ciel tout soudain se prenait à ferrailler à grands tranchants d'éclairs qui moissonnaient toute la montée des flots. Puis le temps de la tempête s'évanouit sur l'horizon, laissant comme un parfum la promesse de revenir pour le mitan d'octobre.

Un matin, quelques jours avant la Saint-Michel de 1787, Antoine descendit au port pour l'arrivée des pêcheurs. Il avait peu à peu abandonné la courbure soumise de sa haute charpente et, dans le grouillement renouvelé du petit peuple décimé par les maladies et les tempêtes, il s'était redressé, avait retrouvé sa puissante démarche, la sérénité un peu alourdie de son grand corps devenu celui d'un Pénitent. Il entendait bien, ici ou là, des grognements exaspérés, des doléances revendicatives, les critiques venant de quelques hargneux soumis mais jamais il ne sentit contre sa personne la moindre fâcherie, la plus petite ironie menaçante. Frère Marc le lui avait bien dit : tout le monde aimait les franciscains. On pouvait haïr les jésuites, se méfier des dominicains, les craindre même et comploter leur perte, mais qui se souciait des disciples d'un saint qui parlait aux oiseaux ?

Il marcha à pas lents le long de la rue Saint-Léger. Les criailleries des enfants dans les courettes, les coups de marteau, le roucoulement des rabots montaient par vagues, s'enflaient, crevaient dans des chansons avinées puis grondaient à nouveau. *En mon chemin j'ai rencontré / Celle que mon cœur aime / Avec un autre à son côté / Savoir qui de nous deux l'aura...* Il jeta un regard furtif, courbant, l'échine, en passant devant *La Confiance*, mais la porte était bien close. *Au sabre ou à la pointe / Il fallait voir le sang couler / C'était pi' qu'une fontaine / J'y ai crevé la veine / Il fallait des bottes pour passer / Dans la rue Saint-Léger !...* La presse était grande sur le pont-écluse, qui semblait ployer sous l'échine souple et écumeuse du grand ciel normand. Le radier était ouvert, unissant les flots des deux ports. On voyait tout le peuple oscillant des doris, surgi du néant de l'horizon, arrachant de toutes les poitrines la même clameur devant ce miracle à chaque marée renouvelé. Laissant passer le plus gros de la foule et les femmes qui poussaient en l'air leurs paniers de jonc, il resta sur le quai de la Batellerie, les mains dans le dos, se balançant légèrement d'avant en arrière, le regard perdu dans la forêt des mâtures, quand il sentit entre ses épaules une pression aussi forte qu'une brûlure. On l'observait, il en était sûr ; un regard s'était planté entre ses omoplates. Son cœur se mit à battre, une suée froide roula sur ses tempes. Il se retourna. Il savait qu'il ne devait pas le faire mais il se retourna et planta ses yeux dans une fenêtre entrouverte, au premier étage de la maison du roi Henri.

Maître Rigoult, que le barbier de son épouse avait décrété paralysé après une mauvaise chute, ce qu'il avait laissé dire par ennui et par lassitude, ne quittait plus guère une confortable méridienne aménagée comme un lit, rehaussée par l'ébéniste et installée au plus près de la fenêtre, dans laquelle il passait ses jours et ses nuits.

Il avait demandé à la petite bonne de laisser la fenêtre entrouverte et avait posé sa grosse face fatiguée sur le rebord, nez au vent, mufle de dogue à l'affût, *attendant la mort,* comme disait Defoe, *nous préparant pour un autre monde car il ne nous restait rien ou que peu de choses à faire en celui-ci...* Alors, Modeste Rigoult n'était plus la pauvre carcasse molle d'un négociant malade, il était la vigie de Vasco de Gama ou celle de Cortes. Il allait crier « Terre ! Terre ! » ; l'odeur de fruits inconnus avait chassé celle des harengs, la peau cuivrée des sauvages avait balayé la pâleur rougie des peaux cauchoises quand claqua dans le grand vent la bure brune d'un missionnaire bénissant le Nouveau Monde. Il vit sa main, ses épaules et sa tête rase pivoter vers lui. Il crut recevoir en pleine face une vague violente qui le laissa tout suffocant.

Alors ses vieilles mains se mirent à trembler, le roman de Daniel Defoe et la loupe qui servait de marque-page chutèrent sur le parquet. Il voulut crier, appeler, mais seul un gargouillis sonore sortit de sa gorge enflée. Il retomba en arrière, le souffle coupé, au milieu de ses oreillers. Puis, d'un geste plein de rage désespérée, il repoussa coussins et couvertures et, dans un immense effort, jeta ses deux jambes sur le côté. Stupéfait par cet exploit, soufflant et renâclant, il s'agrippa au dossier de la méridienne et se mit debout, laissant flotter comme un drap sa chemise longue sur son gros corps et ses jambes nues. Il resta un instant indécis, entre la stupéfaction et la peur, pris d'une suée violente qui gouttait de son nez sur la protubérance difforme de son ventre. Il parvint à s'ébranler, avança jusqu'à la porte et l'ouvrit. Il s'appuya contre le mur de la galerie, y cala son épaule droite et avança à pas lents. Sans rencontrer ni fille ni servante, il descendit l'escalier de la tourelle, agrippé à la corde qui servait de rampe comme à un bout d'amarrage. Courage, Robinson. Il passa de la cour sous le porche puis sur le quai. Des papillons noirs voletaient devant ses yeux écarquillés ; ses mains potelées, aux articulations douloureuses, se tendirent en avant. Avec une lourde démarche d'automate, il avança vers les bateaux. Le vent plaqua l'ample chemise de linon sur son corps rond. Trop de monde. Il y avait trop de monde. Il entendait rire, sentait des coups de boutoir dans son dos, sur ses épaules et un tambour se mit à battre dans ses oreilles. Il avançait toujours, agrippant sur les pavés humides ses doigts de pied déformés par la goutte. Une douleur fulgurante traversa sa poitrine. On riait toujours. Le brouhaha s'enflait comme vent dans les voiles, la tempête avait abattu le mât de misaine. Courage, Robinson. Les toiles se déchirèrent. *À mesure que nous approchions de la rive, la terre nous semblait plus redoutable que la mer.* Un fracas terrible éventra tout le navire *qui fut bientôt brisé en mille pièces par le choc de la mer.* Robinson ! Robinson ! Il sut qu'il n'irait pas plus loin ; ça n'était plus nécessaire ; il était au bout du voyage. Il ne se sentit pas tomber mais il sut qu'il avait enfin touché son île, qu'il respirait l'odeur chaude et sucrée des sables lointains et immaculés, si différente de celle du froid galet cauchois. Il sentit toute la mollesse de l'île l'accueillant dans ses bras, le soutenant. Il était enfin sauvé du naufrage.

— Maître Rigoult, murmurait le beau visage de Robinson penché sur lui. Quelle folie..., je vais vous ramener chez vous.

— Oh, Robinson, je savais bien..., Robinson ne meurt pas..., Robinson est immortel... Robinson, qu'as-tu fait de Vendredi ?

— Vendredi ? murmura la voix enrouée par l'émotion.

— Dans quel naufrage vous ai-je perdus tous deux ? Oh, mes fils, mes fils rêvés et bien-aimés..., le beau destin de ma maisonnée..., qu'êtes-vous devenus ? Oh, mon sauvage Vendredi...

— Est-il vivant ? Ou bien disparu, simplement, comme moi... ?

Agité de spasmes, le bras gauche de maître Rigoult agrippa soudain la bure d'Antoine, tira son visage au plus près de sa bouche, hoquetant un flot de mots qui mouraient dans le brouhaha de la foule massée autour d'eux.

— Je ne vous entends plus, maître Rigoult. Ce n'est pas grave, ménagez vos forces... Maître Rigoult, je n'ai pas voulu me montrer ingrat... Mais il est vrai que je suis mort..., le Robinson que vous avez aidé et éduqué est bel et bien mort... M'avez-vous pardonné ?

— ... et le jardin... ? Et l'île qu'il faut cultiver... Robinson... Où est ton île ? Où est ton jardin ?

Le cri strident d'une jeune femme bouscula la foule compacte.

— Ici, madame de Yerville, ici... Votre père est ici...

Agenouillé, Antoine sentit contre sa poitrine un sursaut qui souleva l'énorme corps flasque, méduse monstrueuse qui se colla à sa bure, à ses jambes, à ses mains avant de se raidir. Antoine posa la paume de sa main droite sur les yeux fixes de maître Rigoult.

— Il n'y a plus rien à faire, murmura-t-il, se relevant, dénouant les mains agrippées à lui et laissant la servante prendre sa place auprès de la grosse face blafarde du mort.

À peine s'était-il relevé en faisant le signe de croix qu'il sentit une paire d'yeux noirs et vifs posés sur lui, agrandis par la surprise. Il tressaillit, recula puis s'éloigna vivement en bousculant la foule. Le cœur battant, le souffle court, il remonta vers le couvent à grands pas, sans regarder derrière lui.

La tête de Reine-Élisabeth, éperdue, voletait de droite et de gauche comme une girouette. Oubliant les manières raides qu'elle mimait d'après celles de son époux, la bouche ouverte sur un cri muet, elle agita les bras, pareille aux femmes de pêcheurs saluant le départ des doris. Puis elle s'agenouilla auprès du cadavre de son père.

Deux jours plus tard, Antoine fut appelé à l'infirmerie. Son cœur fit un bond douloureux dans sa poitrine.

Dans la cellule qui servait à l'accueil des malades, une femme se tenait sous un voile noir. L'allure, le voile, la longue robe de satin noir, la rectitude de l'attitude sur le banc, tout révélait une autre personne que les pauvresses qu'il soignait. Il resta figé sur le seuil de la cellule et murmura enfin :

— Je n'ai jamais soigné une dame de votre condition..., je ne sais si...

Elle releva alors son voile sur son visage défiguré et répondit d'une voix très douce.

— Soigné, non. Aimé, oui.

12

« La *gobe* ! Souviens-toi de la *gobe* ! » avaient été les derniers mots d'Antoine.

Elle connaissait la *gobe*, elle y avait joué avec lui, elle lui y avait même volé un baiser. Un premier baiser que, restant tout ébahi et bouleversé, il n'avait su lui rendre.

« La *gobe* ! Souviens-toi de la *gobe* ! » Elle s'arracha alors avec force et sang-froid à leur ultime étreinte et poussa Antoine vers le balcon. Ce ne fut que lorsqu'elle le vit courir à travers la terrasse qu'elle poussa le verrou de sa porte, qui commençait à céder.

Luc de Bréauté, immense et mince comme une lame, fit face à Céleste. Il était suivi de son frère, plus calme, plus âgé, qui lui ressemblait trait pour trait. Mme de Sainte-Colombe, secouant ses fausses mèches sous une coiffe commandée à Paris, pleurait dans un mouchoir en dentelle.

Céleste allait s'adresser à Bréauté mais il lui répondit d'une gifle qui partit comme un poing et qui la projeta au pied du lit. Il se rua ensuite sur le balcon, hurlant, ameutant ses gens. Mon cheval ! Mon cheval, manants !

Puis, sortant à grands pas, il baissa les yeux vers madame mère qui marmonnait et répétait : « Ah monsieur, quelle indignité, si son père avait vécu... »

— Qu'importe les Sainte-Colombe, morts ou vifs ! Vous pouvez, désormais, garder votre catin ! hurla Bréauté.

Deux servantes eurent ordre de la veiller, l'une assise devant la porte, l'autre devant la fenêtre. Par défi, elle s'assit de même sur la minuscule chaise de sa coiffeuse et resta, toute la nuit, immobile dans ses habits de voyage.

À l'aube, livide et les yeux rougis, sa mère entra à nouveau dans sa chambre.

— Votre suborneur est... mort, ma chère ! articula Mme de Sainte-Colombe. L'honneur des Bréauté est lavé dans le sang de ce manant, mais non point le nôtre ! Vous resterez donc enfermée ici jusqu'à... mon Dieu, je ne sais ! Que Dieu ait pitié de nous !

Alors que la porte allait se refermer sur Mme de Sainte-Colombe, un cri déchira la poitrine de Céleste. Elle alla, titubante, jusqu'à sa mère, saisissant son bras, entrant ses ongles dans la vieille chair molle couverte de dentelle.

— Vous serez maudits ! Vous et les Bréauté ! Que vos noms brûlent en Enfer ! Que Dieu me donne la force de détruire tout ce qui vous a été donné ! haleta-t-elle alors que sa mère la repoussait, glapissant d'une voix aiguë :

— Vous ne ferez rien de la sorte ! Nous saurons vous en empêcher !

La porte se referma sur le parfum entêtant de madame mère. Céleste resta un instant hébétée, la bouche entrouverte sur un cri muet. Elle murmura « Antoine, Antoine, mon amour, ma vie », puis sa vue se troubla, puis tout son corps fut empoigné par une marée nauséeuse qui la submergea et inonda sa robe. Elle chuta, sans connaissance, au pied de la porte close. *Mon cœur, mon cœur n'est pas une citadelle...*

Prisonnière.

Elle était prisonnière en ses appartements, dépouillée de tout ; de ses bijoux, de ses flacons, de ses miroirs, comme si l'on craignait qu'elle s'en coupât les veines, et même de ses rideaux, comme si l'on craignait qu'elle s'y pendît, et même de son feu, comme si l'on redoutait qu'elle pût incendier le château.

Prisonnière.

Fenêtres et lumière du jour scellées par des volets intérieurs et par des barreaux. Porte verrouillée. Pour les repas, assiette et gobelet d'étain, et l'unique visite d'une domestique sourde et muette qu'elle n'avait jamais vue. Elle fut dépouillée de tous les instruments qui pouvaient donner la mort, alors même que tous espéraient qu'elle mourût, et que disparût avec elle le nom déshonoré des Sainte-Colombe.

Oh Dieu, ayez pitié ! Écoutez-moi, je n'ai plus d'autre désir que celui de rejoindre Antoine. Laissez-moi mourir de faim, de soif, de chagrin alors que l'enfant qui pousse en moi se repaît de mon désespoir !

Mais Céleste ne parvint pas à mourir. Elle survécut, s'étiolant tout en grossissant ; ses seins s'épanouissaient et les cernes de ses yeux mouillés se creusaient ; son ventre et ses cuisses enflaient mais sa bouche se froissait sous les grimaces du chagrin. À demi folle, elle se roulait sur son parquet, ne se lavant ni ne se coiffant plus, rampant sous le lit où elle restait terrée des heures, maculée de poussière, respirant auprès du cadavre d'une souris l'odeur de sa propre fin, l'exaltation de son martyre. Mais elle ne mourait pas. Les jours passaient, elle respirait toujours et se réveillait, ayant perdu toute notion du jour ou de la nuit, stupéfaite et anéantie de sentir une vie rapace accrochée en elle comme un coquillage au rocher.

Avant la fin du mois d'août, bien trop tôt dans le décompte que son innocence avait supposé, Céleste accoucha seule. La sourde et muette avait reçu l'ordre de disposer près de la couche un baquet d'eau tiède, des linges et un très court morceau de lame. Tandis que la tête de l'enfant sortait entre ses cuisses et qu'un flot de sang l'inondait, Céleste ne cria pas, s'étant juré de ne point satisfaire la maisonnée de cette souffrance que plus qu'une autre elle semblait mériter. Elle songea seulement à la petite lame brisée qui brillait sur le drap trempé de sang. Haletante, elle fixa le fragment qu'avec effort, peut-être, elle eût pu plonger dans la gorge de l'enfant et dans la sienne.

L'enfant. Elle le contempla, hagarde, serrant au creux de la main le petit morceau de lame. C'était un garçon magnifique, dont la taille lui sembla monstrueuse.

Quand on ne put que constater que ni la mère ni l'enfant n'étaient morts, une femme vint chercher le nourrisson que Céleste abandonna avec une indifférence hébétée, puis deux domestiques eurent ordre de prendre soin d'elle. On descella les volets de bois et lorsque le flot de lumière envahit à nouveau sa chambre, elle gémit et cacha ses yeux. Puis on la lava, on démêla ses longs cheveux que l'on coupa, que l'on désépaissit des paquets de nœuds sales qui les emprisonnaient. On baigna les croûtes de ses pieds, de son dos, ses seins gonflés et douloureux. Un chirurgien qu'elle n'avait jamais vu vint aider à la cicatrisation de ses chairs. Sans la saluer, il remit son tricorne de peau, reprit son cuir anglais qui tintinnabulait de bruits inquiétants. Il s'en fut à pas lents, suivi de ce bruit métallique qui pouvait faire croire qu'il avait volé l'argenterie, songea Céleste, que cette visite, pareille à celle d'un maquignon, inquiéta plus que tout.

Cinq jours après ses couches, on lui remit une robe de velours grenat dont la jaquette cintrée et la robe sans panier évoquaient la tenue d'une écuyère, assortie d'un joli tricorne à plumet. Une domestique, autorisée à lui parler, décrivit ce qu'on disait de la nouvelle mode de Paris, perruques rehaussées et décolletés en dentelle. Ce fut avec une indifférence totale qu'elle serra son ventre déformé dans ces habits neufs et elle crut, en descendant au salon où la mandait sa mère qu'elle n'avait pas vue depuis six mois, que la Céleste de Sainte-Colombe était bel et bien morte, que seule une carcasse vide, propre et indifférente se montrait. Elle comprit qu'elle avait tort, qu'elle allait continuer de souffrir quand elle vit, face à sa mère, un jeune homme et son père assis sur le sofa devant la haute cheminée du grand salon où flambait le demi-tronc d'un pommier. Ses yeux se posèrent sur la devise des Sainte-Colombe, gravée dans la pierre de la cheminée : *In Victis me retinet virtus. Le courage me retient dans les chaînes.*

Croisant haut des jambes maigres gainées de soie champagne, le nobliau avait le maintien raide, le visage maussade et déformé d'un tic qui agitait sa paupière gauche et donnait à son visage en lame de couteau une étrange asymétrie.

— Ainsi, voici la demoiselle, grogna le père, un gros homme au mufle épais, à la perruque de travers et qui ajouta en prisant : si l'on peut dire...

Céleste, s'asseyant dans une bergère sans qu'on l'en priât, posa un regard froid et un sourire poli sur le jeune homme qu'elle jugea rapidement : un imbécile vaniteux, perclus de dettes, creux comme une courge, que l'on avait sommé de l'épouser. Sans doute Mme de Sainte-Colombe avait-elle dû gonfler la dot et sacrifier quelques fermages et terres pour appâter un nouveau prétendant. Sans un mot, Céleste se contenta de hocher la tête quand on parla contrat, notaire, date de mariage ; chacun jugeant des fiançailles parfaitement inopportunes.

Elle obtint ainsi l'autorisation de sortir en calèche, accompagnée de son futur, d'un valet de pied et d'un cocher. De fort mauvaise grâce, le promis proposa une promenade quoiqu'il trouvât en ce début septembre une avancée de l'automne cauchois fort rigoureuse et venteuse, regrettant son hôtel particulier de Rouen où il avait hâte de se retrouver, une fois la cérémonie du mariage expédiée.

— Je vous remercie, murmura-t-elle en baissant les yeux, car m'a grandement manqué le verdoyant plateau cauchois, si beau, si frais, dessiné comme un parc, ne trouvez-vous pas, cher marquis ?

Dans la calèche oscillante, elle reposait, alanguie sous une couverture de fourrure, près du fiancé compassé. Il prisait en faisant claquer sans cesse sa tabatière, serrant sur ses maigres épaules une cape qui n'avait d'officier que le nom. Céleste eût aimé revoir Saint Vallery, la grande presse du port et les bateaux, mais d'un air outré on ne lui avait autorisé que la campagne.

— Qui peut aimer ce pays arriéré ? grogna le fiancé. Vos manants ne sont même plus capables de rempierrer les chemins... Et ces villages ! Ils puent le rance, le chanvre, la charogne, le fumier !

Il cracha en particulier toute sa hargne jalouse en passant Néville, au cœur du fief des Bréauté. À l'entrée du village, le calvaire érigé à la gloire de la famille crucifiait le ciel gris qu'un lourd torchis épais plâtrait d'un bout à l'autre de l'horizon. Ce fut seulement à ce moment-là que Céleste se rendit compte que le village était étrangement silencieux ; les chaumines au ventre gonflé par l'eau se tenaient tassées dans un grand silence atone, aucun enfant ne courait par les chemins, poussant une vache et son veau. Après la combe qui sépare le village de Néville de celui de Cailleville, sur le plateau, à une lieue du port de Saint Vallery, le même silence meurtri les accueillit. Alors que la calèche passait sous la puissante voûte de hêtres que l'on appelait le chemin de cathédrale, le cocher dut retenir les chevaux et les mettre à l'arrêt car une procession occupait tout le chemin qui passait par la place de l'Église. C'était un pauvre enterrement mené par un curé en soutane mitée que précédait un enfant de chœur en sabots, crasseux et hirsute dans une chasuble qui avait perdu sa dentelle. Une étroite caisse de sapin était portée par deux hommes seulement, suivie de quatre enfants frissonnants et d'une vieille serrant entre ses bras un bébé en haillons. Deux autres paysans, la tête inclinée, marchaient en psalmodiant. Ils saluèrent la calèche avec une indifférence obséquieuse et ce fut alors que Céleste remarqua leur peau tavelée, les scrofules sur les mains, les croûtes sur les visages des enfants. Prise d'une impulsion soudaine, elle se leva, ouvrit la portière, bondit de la calèche, tirant derrière elle, dans la poussière humide, la couverture de fourrure.

— Céleste, êtes-vous folle ? Revenez immédiatement ! Je vous l'ordonne ! Et que ces gueux ne touchent surtout pas vos habits, ni cette couverture de fourrure, elle sera perduuuuue...

Accablé, sans plus de voix, blême de peur, le petit marquis se laissa retomber sur le siège de la calèche, agrippé à la portière, les yeux exorbités. Céleste s'était déjà approchée des enfants les plus âgés et avait remis entre leurs mains la couverture de fourrure qu'ils contemplèrent, hébétés. Puis elle s'accroupit, prit contre son visage les mains de la fillette qui tenait serré près d'elle un petit qui tremblait de froid, malingre, la peau creusée de plaies rouges. Alors que le marquis hurlait à nouveau, que le valet et le cocher trépignaient de peur sur leurs sièges, Céleste avait pris les enfants contre son cœur, créant une telle stupéfaction que l'enfant de chœur se signa et que le curé resta la bouche ouverte, tenant un bréviaire tremblant. Céleste retira alors sa cape de velours et en couvrit les épaules de la fillette qui ébaucha un signe de croix, puis elle l'embrassa encore sur les deux joues. Ensuite, elle glissa un mouchoir en dentelle dans les mains du plus petit ainsi que sa bourse de velours emplie de quelques louis ; elle retira aussi ses boucles d'oreilles en perles et la broche en or qui retenait la dentelle de sa cravate qu'elle mit dans les mains de la vieille dont la bouche noire et édentée béa sur un cri muet. Elle ôta également une bague ouvragée, qu'on lui avait rendue et qu'elle tenait de sa grand-mère. Elle la glissa dans la main de la fillette. Enfin, Céleste se pencha sur le bébé gémissant dont les croûtes suintaient d'un liquide rougeâtre qu'elle recueillit de ses baisers passionnés. Elle saisit d'une bouche gourmande les lèvres du nourrisson comme si elle s'en abreuvait.

— Vous mériteriez le gibet, glapit le fiancé, les flammes de l'Enfer et la malédiction sur toute votre descendance !

— Quelle descendance, mon cher marquis ? Celle que l'on m'a volée ? Celle que je n'aurai jamais avec vous ? répliqua-t-elle en le fixant d'un air farouche.

Et, dans un dernier geste, elle releva sans honte sa jupe de cavalière, dégrafa deux jupons de dentelle qu'elle glissa sous un bras de la vieille abasourdie. Ce fut alors que la pluie se mit à tomber, crevant le ciel de son crépitement sec et dru, charriant derrière le clocher d'ardoises des nuées noires qui se tordaient en de monstrueux tubercules. L'eau ruisselait sur le visage rayonnant de Céleste, sur les faces abasourdies des paysans, sur le cercueil de sapin dont le nom, tracé au charbon, s'effaçait peu à peu. Enfin, le curé agita ses bras, le cortège s'ébranla à nouveau vers la grille du cimetière et Céleste se retourna fièrement vers le marquis qui s'égouttait à la porte de la calèche.

— Je vous déconseille de vous approcher de moi, cher marquis. Je rentrerai au château seule, à pied, ce qui me fera le plus grand bien car j'ai fort longtemps été privée de ma belle campagne cauchoise.

Dans un dernier geste provocant, elle retira son tricorne à plumet et le lança loin dans le ciel saturé d'une pluie drue qui le fit retomber comme un oiseau à la chasse. Elle resta un instant, bras en croix, offerte à la pluie du ciel qui crépitait sur la peau limpide de son visage. Puis elle se mit en marche, longeant le mur du cimetière d'un pas militaire que rythmait le balancement de ses bras. La fillette quitta le cortège et quoique embarrassée par la longue cape de Mlle de Sainte-Colombe, elle courut vers le tricorne qu'elle ramassa et tint serré contre sa poitrine. Elle fixa longtemps le tournant du chemin de Cailleville, derrière le cimetière, par lequel avait disparu Céleste sans un regard pour la calèche qui faisait demi-tour.

Dans la semaine qui suivit, tout le pays sut que Mlle de Sainte-Colombe s'était dépouillée de tout ce que la décence permettait pour une nichée de *laboureux* pouilleux et scrofuleux que, ô malheur, elle avait embrassés. On le dit partout, dans les champs, dans les tavernes et sur le port, et les frères Pénitents allant chercher leur aumône le surent aussi.

Cependant, à son grand désespoir, Céleste survécut à la maladie qu'elle avait si passionnément étreinte mais une part de ses vœux fut exaucée puisqu'elle demeura, après de longues semaines de souffrances, totalement défigurée. De ses lèvres fraîches, de sa peau transparente de fine porcelaine, de sa poitrine rose et ronde, il ne resta que le charnier d'une terre crevassée par la mitraille. Débarrassée du marquis qui alla soupirer ailleurs et de sa mère que la variole n'épargna pas, Céleste de Sainte-Colombe se retira en une solitude qui n'avait jamais cessé de l'accompagner, hormis les rares instants qu'elle avait passés entre les bras d'Antoine. Elle fit répondre à ceux qui tentèrent de s'approcher du domaine qu'elle n'y était plus pour personne, pas même pour Reine-Élisabeth qui repartit en pleurant dans la calèche de son époux, le chevalier de Yerville. Marion, une femme de chambre, qui était née au château, tenta de lui parler de l'enfant, au lendemain de l'enterrement de Mme de Sainte-Colombe. Semblant sortir de la torpeur dans laquelle elle sombrait, Céleste leva un long regard vide vers sa domestique.

— Il n'y a rien à savoir, entends-tu ? Si tu veux demeurer à mon service, tu ne me parleras plus du monde, qui a cessé d'exister.

Et l'on dit bientôt dans le pays que le château de la sainte, sainte Céleste, sainte Colombe, était un château fantôme, désert et lugubre, que les portes du domaine avaient été scellées en une nuit, par quelque magie sans doute, et que lors des soirées de grand vent d'est, des cris déchirants s'échappaient des fenêtres closes et poursuivaient par les *cavées* les paysans qui rentraient des champs, la faux sur l'épaule.

13

— Soigné, non. Aimé, oui.

Antoine et Céleste restèrent face à face, anéantis, livides, et les larmes jaillirent au même instant de leurs yeux, ruisselèrent sur leurs joues, leurs lèvres, tombèrent sur leurs habits, dessinant des chapelets de petites taches sombres.

— Un Cauchois ne..., parvint-il à articuler bêtement.

— ... pleure jamais. Oui, je... sais..., hoqueta Céleste.

— Un Déluge...

— ... a suffi. Oui, je sais.

Il s'avança enfin, presque titubant, s'agenouilla devant elle et, de ses gros doigts, caressa chaque cratère dessiné dans la chair du front, du nez, des joues.

— Tu n'es pas morte ? murmurait-il, incrédule.

— Tu es vivant..., répondait-elle, posant ses longues mains crevassées sur le visage d'Antoine, tâtant avec une stupeur douloureuse l'arête puissante du nez, les lèvres charnues, les profondes cicatrices de la gorge et du menton. Elle porta la main gauche d'Antoine, amputée de l'auriculaire, à ses lèvres et posa un baiser sur la cicatrice boursouflée.

Leurs larmes coulèrent longtemps, longtemps, pour toutes les larmes cauchoises qui n'avaient jamais été versées, mouillant les mots, les phrases hachées, rompant le souffle. Ils restèrent prostrés, inondés de souvenirs brûlants, de révélations déchirantes.

— C'est Reine-Élisabeth, n'est-ce pas ? articula-t-il.

— Oui. Que ne lui ai-je ouvert ma porte plus tôt... Que ne t'a-t-elle reconnu il y a dix ans... Comme il faut peu de chose pour vous perdre ou vous sauver... Comme elle est lourde la parole d'un homme, celle d'un Charles-Constant, un aigri comme du mauvais vin, et qui fauche tant de vies innocentes...

Il posa sa tête sur ses genoux, abattu sous le poids dérisoire de l'existence des êtres.

— Sais-tu ce qu'est devenu l'enfant ? souffla-t-il.

Elle hésita un instant, puis murmura :

— Il est mort. Il n'a pas survécu...

— Comme tu as dû souffrir..., soupira-t-il, comme tu dois souffrir encore.

Elle se raidit un peu, essuya ses yeux, prit entre ses paumes le visage d'Antoine, s'y contemplant comme dans l'eau d'un lac.

— Non. Simplement, je m'étonne parfois encore, en me regardant dans mon miroir, d'être devenue cette femme-là. Ça ne devait pas être cela, ma vie. Je suis cette femme laide et haineuse, qui m'est une inconnue, qui est au couvent, pareillement, en son château. Pour elle aussi le monde est mort. Si elle sort parfois, marcher dans les bois, ou si elle fait passer son cocher par Néville, c'est pour raviver sa haine qui parfois faiblit, c'est pour jeter de l'huile sur la malédiction dont elle abreuve les Bréauté chaque jour que Dieu lui laisse vivre... et qui un jour les foudroiera, elle en est certaine. J'en suis certaine.

Antoine baissa la tête, embrassa les paumes de Céleste puis se releva et s'éloigna pour regarder, par la petite fenêtre, son jardin. Son couvent.

— Notre temps est passé. Celui de la haine, de la revanche et de la discorde aussi..., murmura-t-il.

— Le couvent t'a donc consolé de tout ? demanda-t-elle d'un ton amer.

— C'est lorsque j'ai cessé de vouloir être consolé, compris ou vengé que j'ai enfin été libéré.

Elle se leva brusquement.

— Je ne sais ce que j'ai espéré en acceptant d'ouvrir ma porte à Reine-Élisabeth, ni en venant te voir. C'était stupide de ma part..., comme rouvrir une plaie, comme oublier que celle que je suis devenue est si... repoussante...

— Non ! la coupa Antoine, se retournant brusquement. Cela n'a rien à voir. Ce n'est pas toi... C'est moi. Ce n'est pas que tu aies été blessée, ou changée ; non, cela m'importerait peu... C'est moi, seulement moi. Je te suis reconnaissant d'être venue, de m'avoir tout raconté... Mais, si je suis encore dans le monde, je suis aussi hors de ce même monde et je ne saurais plus quitter ce couvent désormais. Je ne survivrais pas à un nouvel arrachement.

— Ne pas survivre ? Toi ? émit-elle avec un pauvre ricanement. Mais quand nous étions enfants, que je t'observais et même te suivais en cachette, car je mentais, racontant que j'étais chez le curé Colombel, je te voyais, sur le port, portant les messages, houspillant les charretiers, bondissant dans le chantier ; je savais déjà que tu étais de la race des survivants... Tu es comme ce pays, de grès autant que de craie..., bâti pour l'éternité.

On frappa doucement à la porte et Antoine resta figé un instant avant d'ouvrir. Céleste fit retomber d'un geste vif son voile sur son visage. Les mains dans ses manches, frère Thomas passa son petit visage maigre et intimidé dans l'entrebâillement de la porte pour murmurer qu'une femme de pêcheur attendait avec ses deux enfants, tremblants de fièvre. Céleste s'avança vers la porte qu'Antoine ouvrit très grande devant elle. Elle murmura « Adieu », et ses yeux se posèrent sur l'enfant que la femme tenait contre elle. C'était un bébé maigre, de moins de un an, dont les cheveux blonds partaient par plaques rouges. L'aînée souffrait de la même pelade et ses gros yeux étaient presque totalement scellés par d'épaisses humeurs jaunâtres. La porte se referma sur eux. Céleste passa sous une des arches de grès sans se retourner, traversa le jardin et disparut derrière la haute porte.

Elle resta prostrée plusieurs jours, déchirée par le sentiment des regrets, plus douloureux que celui de la perte. Puis, un jour, l'aube la saisit, la laissant transie et brûlante à la fois. Les mains sur sa tasse de lait chaud, elle leva soudain les yeux vers sa domestique.

— Où est-il ? À qui a-t-il été confié ? Aujourd'hui, je veux savoir.

L'aimable Marion posa sur sa maîtresse ses gros yeux effarés puis balbutia :

— Le notaire, mademoiselle. Celui près de la grande église de Saint Vallery... Je ne sais si l'enfant était pour lui, ou quelqu'un de sa famille...

— Fais atteler, je te prie...

La calèche s'arrêta devant l'étude de maître Blondel, une haute maison de briques entourée de marronniers, qui, sur la place, faisait face au presbytère et à la vaste église paroissiale de Saint Vallery. Très en retrait de la grande presse populaire du port, l'église trônait au milieu de maisons proprettes, de briques également. Devant la porte de l'étude, une jeune domestique repoussait d'un balai nonchalant l'accumulation des feuilles froissées dont l'automne déjà maculait la ruelle. Son petit visage rougeaud, à demi caché par une coiffe trop grande pour elle, se figea à la vue du spectre noir qui sortit de la calèche dont elle reconnut les armoiries et lui adressait la parole d'une voix douce en réclamant à voir maître Blondel. Il s'agissait d'une affaire qui ne pouvait souffrir aucun retard. Pétrifiée, elle resta la bouche ouverte, laissant choir son balai. Puis elle fit une génuflexion et se signa plusieurs fois avant d'ouvrir la porte. Alors que la jeune femme passait dans le hall de la maison, la domestique effleura son long voile noir, s'inclina pour l'embrasser avec ferveur et se signa encore. Enfin, elle courut à l'étage. Ses galoches tapaient avec trépidation sur les marches de bois.

Il y eut des pas précipités à l'étage, des portes qui claquèrent, des jurons étouffés et des plaintes. Maître Blondel parut, le visage rouge, le front moite, une main sur son cœur, l'autre sur la balustrade de l'escalier où il se tint, toisant Céleste d'un regard plein de colère puis d'effroi quand elle souleva son voile.

— Je... je n'ai rien à vous dire... ! Je ne suis plus votre notaire depuis... depuis des années ! C'était la volonté de votre mère...

— Maître Blondel, je vous conjure de...

— Rien ! glapit le notaire tout empourpré. Je ne sais rien, ne vous dois rien ! Il ferait beau voir, mademoiselle l'aristocrate, que vous vous mêliez de salir l'existence laborieuse d'un honnête bourgeois ! Votre temps est passé, le vôtre et celui de vos pairs !

— Vous m'en voyez ravie ! s'exclama Céleste, indignée non par le discours du bourgeois nouvellement éclairé mais par l'hypocrisie qu'il recelait.

Elle fit quelques pas et commença de monter les marches de l'escalier, relevant sa robe noire d'une main tremblante. Maître Blondel eut un mouvement de recul, toute sa panse tressauta dans son gilet de satin.

— Sortez de chez moi ! Je suis un homme libre et non point votre laquais ! Le temps est fini des lettres de cachet qui forçaient les portes ! Le vent de la liberté va vous balayer, vous, vos terres et votre arrogance !

— Qu'avez-vous donc fait de si laid, monsieur le notaire, pour que vous vous réfugiiez derrière les idées à la mode comme derrière un bouclier ? demanda Céleste d'une voix sévère.

Le notaire eut un sursaut de tout le corps, il ouvrit la bouche et battit des mains comme un noyé et, sans plus un mot, rentra dans son cabinet avant d'en claquer la porte.

Abasourdie, Céleste resta immobile, puis rabattit son voile sur son visage. La jeune domestique dévala l'escalier bruyamment et, au moment où elle lui ouvrait la porte à nouveau, souffla en s'inclinant

— Votre seigneurie... Dans l'église, en face...

Céleste inclina sa tête en signe d'assentiment, sortit, souffla quelques mots au cocher. La calèche partit au trot, longea l'église qu'elle dépassa et disparut. À pas vifs, Céleste passa sous le porche de l'église.

Elle resta figée, la main gantée de noir au-dessus du bénitier, incertaine. Elle leva les yeux sur la hauteur des voûtes grises, sur la statue de la Vierge qui, près de l'autel, tenait serré contre son sein un enfant Jésus rose et souriant. La peinture dorée des cheveux de l'enfant et de la mère s'écaillait, elle sentit les larmes lui monter aux yeux quand les sabots de la petite domestique la firent tressaillir. Elle s'agenouilla sur un prie-Dieu. La servante fit de même. Elles restèrent un instant, côte à côte, en silence, le visage incliné dans leurs mains. Trois autres femmes, toutes de noir vêtues, priaient sur les chaises des premiers rangs et ne s'étaient pas retournées.

— Mademoiselle de Sainte-Colombe..., je suis Mariette Vaast, la cousine de Fanchon, de Néville...

— Fanchon de... Néville ? souffla Céleste sans comprendre.

— Oui, mademoiselle. Fanchon que vous avez embrassée, et sauvée de la peste rouge, en la prenant toute sur vous... On vous croyait morte... Depuis ce miracle, on vous croit morte, et tout le village, toute la famille prient pour vous...

La voix de Mariette tremblait d'émotion. Ses yeux étaient remplis de larmes, mais n'osant regarder Céleste, ils contemplaient, agrandis par l'extase, la statue de la Vierge.

Émue, Céleste fixait ses mains gantées de noir.

— Sauvée, dis-tu ? murmura-t-elle enfin.

— Oui, sauvée, mademoiselle. Les autres aussi... Sauf le *bésot*. Bien sûr, ajouta-t-elle avec assurance, comme s'il eût été parfaitement incongru et hors de portée de tout miracle de sauver un être si petit et si faible.

— Que voulais-tu me dire, Mariette ? souffla Céleste.

— Ma mère, qui était déjà servante ici, a su par sa cousine, la sœur de votre cuisinière, qu'un enfant était né à Sainte-Colombe, mais il se disait aussi que vous étiez morte... ou que vous étiez morte après la naissance.... murmura Mariette le plus bas possible. Ce qui est sûr, c'est que cet enfant a bien vécu dans la maison Blondel, plusieurs mois. Ils avaient ordre de dire que la sœur du maître avait enfin vu ses espoirs réalisés !... Madame la sœur, qui s'appelle Blondel aussi, car elle a épousé un cousin germain, est partie avec l'enfant quand il avait un an.

— Pourquoi ? demanda Céleste, sans ressentir en elle l'émotion qu'elle s'était imaginée.

— Le mari était négociant avec les Anglais.

— Pourquoi dis-tu... était ?

— On ne les a jamais revus, mademoiselle. Ma mère racontait que le maître se fâchait quand on posait des questions, affirmant que le cousin était un forban, un pirate...

Céleste resta immobile, plus anéantie par le

désert de son cœur que par les nouvelles que lui apportait la jeune fille. Mariette la dévisageait avec une adoration rayonnante, éblouie d'être si près de ce miracle vivant. Sa petite main sale s'approchait subrepticement de la robe noire, en effleurait les plis. Elle se pencha davantage, rêvant de respirer l'odeur du voile, de s'abreuver de toute la personne de Mlle de Sainte-Colombe, de sa chair, de son parfum, rêvant de rouler ses lèvres sur les joues crevassées de la jeune femme, de fondre son visage dans les mains inertes et gantées, paumes ouvertes sur une offrande perdue.

— Voulez-vous que je cherche des choses chez le maître, des papiers peut-être ? souffla encore Mariette, éperdue. Je ne sais pas lire... mais je peux écouter aux portes, faire parler la maîtresse, une grosse, une sanguine qui se languit, se plaint de tout et de son mari... On peut arracher des secrets à ces sortes de personnes-là.

Céleste resta les yeux fixés dans le vide, murmurant, comme pour elle seule :

— Cela n'a plus d'importance... Fanchon n'a pas assez prié pour moi... Je suis devenue un cœur sec, une âme stérile. Je suis entrée, moi aussi, dans la méchanceté du monde...

— Oh, non, mademoiselle ! Ne dites pas cela ! Les mauvais, je sais qui ils sont... Maître Blondel, par exemple ! continua Mariette avec une moue fâchée. Il détourne la valeur des biens qui lui sont confiés, il court les catins à Cany, il fait le coq devant les échevins avec des mots qu'il a recopiés dans les livres qu'il fait venir de Paris, je l'ai vu faire !

— Mon cousin Rigoult disait que les livres apportaient le bonheur, soupira Céleste en se levant, mais je crains qu'ils ne gonflent les hommes comme des baudruches et ne les laissent stupides, parés des plumes du dernier paon à la mode...

— Si vous le dites, mademoiselle de Sainte-Colombe, souffla Mariette, béate, se signant au sortir de l'église.

— Adieu, Mariette. Prends bien soin de toi. Quand on est une fois victime, on est toujours victime. Et j'espère que tu ne vas pas te faire battre à cause de moi....

— Dites, mademoiselle, voulez-vous bien que je fasse des choses pour vous ?

— Des choses ? Oui, peut-être... Sois mes yeux et mes oreilles, dans le bourg, sur le port. Le vent tourne... Prends garde aux anciens maîtres..., et prends garde aux nouveaux. Et prends aussi ceci, ajouta-t-elle en glissant une pièce dans la main de Mariette. Devant la dénégation de la jeune fille, elle insista.

— S'il te plaît. C'est peu de chose.

Alors Mariette fit un signe de croix avec le poing refermé sur la pièce tandis que Céleste rabattait son voile sur son visage. Elle passa sa main gantée sur la joue de Mariette qui, dans un mouvement impulsif, la saisit et l'embrassa. Puis Céleste s'éloigna, s'arrêta, se retourna.

— Connais-tu le nom de cet enfant ?

— Dieudonné, mademoiselle.

Le vent s'était levé avec la marée, il se roulait dans le long voile de Céleste qui s'éloignait, ployant la mince silhouette noire le long du mur de l'église. Mariette la regarda disparaître, éperdue de bonheur, et quand la cuisinière l'accueillit d'une gifle vigoureuse pour son absence, Mariette leva un petit nez provocant, tordit sa bouche en une moue de défi :

— Vous pouvez me battre ! Je ne crains rien... Fanchon me l'avait bien dit, quand on rencontre une sainte, on ne craint plus rien, pour tout le reste de sa vie !

Laissant la cuisinière éberluée, Mariette s'en retourna fièrement à ses seaux et à ses torchons.

Dans la calèche qui la ramenait au château, Céleste avait à nouveau repoussé son voile et laissait les larmes inonder son visage, ses mains gantées, blâmant le ciel de l'avoir laissée venir au monde et maudissant sa destinée.

Durant les trois années qui suivirent, et jusqu'au 15 septembre 1791, on vit encore par les routes et par les *cavées* creuses des villages la calèche de Mlle de Sainte-Colombe et le grand voile noir qui s'en échappait, dressé dans le vent, oriflamme de son adieu au monde.

14
16 septembre 1791

Antoine était presque au bout de son labeur quand il entendit le bruit de la calèche. Il posa brusquement ses outils sur le sol, se releva et avança à grands pas vers la porte que Céleste poussait déjà, ordonnant à son cocher de rester à l'attendre dans la ruelle et de veiller à ce que personne n'entrât dans le couvent.

— J'étais certaine que tu resterais, murmura-t-elle en repoussant son voile. Allons un instant dans la chapelle. Je sais que nous avons peu de temps.

Par la petite porte latérale, sous le promenoir, elle entra la première et Antoine remarqua qu'elle ne se signait pas. Elle tourna le dos à l'autel et ouvrit un petit sac de cuir qu'elle tenait contre elle.

— Je croyais ne tenir à aucun bien en ce monde mais je me suis souvenue de ceci.

Et la main lépreuse s'ouvrit sur une broche d'or, d'un ovale parfait au milieu duquel brillait un rubis, escarboucle de sang qui battait comme un cœur dans la pénombre de la chapelle.

— Ce n'est pas que je tienne à sauver le trésor des Sainte-Colombe, mais ce bijou me vient de ma grand-mère dont on disait qu'elle avait fait un mariage d'amour et que ce rubis lui avait été rapporté des Indes par son époux. Je l'ai retrouvé après la mort de ma mère, avec le testament de cette grand-mère qui tenait à ce qu'il me soit remis le jour de mes noces, si elles étaient des noces d'amour. Comme tu le sais, il n'y aura pas de noces, ni d'amour d'aucune sorte. Jamais. Mais je voudrais te le remettre néanmoins, à toi, à ton couvent... pour que, si nous disparaissons dans cette tourmente qui se lève, quelque chose de ce que nous aurions pu être survive et échappe à la fureur des hommes...

Antoine prit le bijou, le contempla un instant, referma sa grosse main dessus et dit doucement à Céleste :

— Viens...

Elle le vit s'approcher de l'autel, s'agenouiller, se relever et se diriger vers le tabernacle qu'il ouvrit pour en tirer le ciboire qu'il lui apporta. Elle contempla alors avec indifférence le calice d'or finement martelé.

— Cadeau des Bréauté, il y a cent cinquante ans..., et que j'allais mettre en un lieu plus... discret.

— Nous ne serons donc jamais débarrassés de ces maudits Bréauté, soupira-t-elle, levant à nouveau les yeux vers lui.

Miroitant dans la pénombre, leurs visages statiques étaient maquillés par l'or des cierges qui brûlaient dans les deux petites chapelles latérales pour le repos des Bréauté, pour celui d'autres gentilshommes et dames professes qui y dormaient depuis plus de cent ans. Puis, s'arrachant à la contemplation l'un de l'autre, Antoine souffla à nouveau « Viens... », et ils sortirent de la chapelle. Ils jetèrent un rapide coup d'œil à la porte close derrière laquelle se tenait toujours la calèche et les deux chevaux que l'on entendait renâcler, puis traversèrent le jardin. La nuit s'agrippait encore par lambeaux, mêlant déjà à ses ombres des écheveaux rosés.

— Quel beau moment pour se séparer..., murmura-t-elle, ni tout à fait la nuit, ni tout à fait le jour...

— C'est la lisière des ténèbres..., pareille au bord de la vie..., continua-t-il, levant les yeux vers les dernières étoiles.

— Je voudrais demeurer ici pour toujours, soupira-t-elle.

— À mi-chemin, entre le jour et la nuit...

— Entre le passé et l'avenir...

— Entre notre jeunesse et notre fin.

Ils marchèrent lentement, faisant crisser le petit gravier de l'allée sous leurs pas.

— Ou bien entre ciel et terre, ou entre ciel et mer, comme dans la falaise à l'intérieur de laquelle j'ai vécu...

L'aube poussait, enflait, chassait hors des murs la voûte de la nuit.

— Même moi, en mon château, je suis pareille à toi. À jamais entre le jour et la nuit, car c'est ce à quoi nous appartenons. C'est ainsi, et pour cette seule raison, que nous sommes nés.

Il la regarda soudain à la dérobée et murmura :

— Attends-moi.

Il tourna les talons, disparut sous les arcades et Céleste, prise de lassitude, s'appuya contre un pilier de grès. Le ciel devint soudain presque blanc, pris à l'ouest de vibrations liquides. Quand Antoine revint, elle ne put retenir un soupir douloureux. Sa peau se mit à brûler, ses jambes à trembler : il se tenait devant elle comme autrefois, vêtu en pêcheur, pieds nus, lui semblant seulement plus grand encore, plus proche, plus humain dans ces toiles de coutil miséreuses qui craquaient sur sa charpente. Ne semblant pas prendre garde à l'émotion de Céleste, il roula dans sa bure le calice et le bijou et y ajouta, après les lui avoir montrés, une poignée de louis d'or.

— C'est l'argent qui devait accompagner notre fuite... Je n'ai jamais pu me résoudre à en faire quoi que ce soit... Suis-moi.

Sans un mot, elle le contempla et durant l'espace d'un bref instant, tout s'évanouit, le mal, la douleur et les regrets. Ils existaient à nouveau l'un pour l'autre, ils étaient ensemble, partageant le secret du calice, du bijou et des louis d'or, unis devant l'arrivée imminente d'une tempête qui la laissait indifférente mais dont elle devinait les ricochets sur leurs existences.

Il se remit à l'ouvrage entrepris avant l'arrivée de Céleste.

Elle l'observa en silence, actif et précis et, adossée à une arche, elle jetait parfois un regard prudent sur la porte close du couvent. Elle songea à la devise des Sainte-Colombe qui semblait avoir été taillée dans la pierre pour l'ancien *gobeux* et pour personne d'autre. *Le courage me retient dans les chaînes.*

— *In victis me retinet virtus.*

— Que dis-tu ? souffla Antoine, tout à sa besogne.

— Rien, une vieille chose en latin, que l'on disait dans ma famille... As-tu appris le latin ?

— Seulement les prières. Les franciscains n'ont pas ces vanités.

Quelques instants plus tard, tandis qu'elle restait à errer lentement au milieu des simples dont les derniers parfums rampaient entre les murs clos avec les premiers rayons du soleil, Antoine disparut, ses outils à la main. Il revint vers elle quelques instants plus tard, essuyant ses mains sur son pantalon déchiré aux genoux.

— Que vas-tu faire ? murmura-t-il.

— Comme toi. Attendre la tourmente... Mais avant qu'elle ne m'emporte, j'aurai effacé le nom des Bréauté...

— Renonce à la haine, à la vengeance, soupira-t-il.

— Renoncerais-tu à ta maison ? À celle qu'on va encore te prendre ?

— Il n'arrivera rien..., articula-t-il en lui souriant, rien de grave, rien d'irrémédiable.

— Un autre Antoine va-t-il encore naître ? Et survivre ? Aurais-je droit à un baiser de cet Antoine-là, de cet inconnu ?

Il s'approcha, timide comme autrefois, emprunté dans ses gestes et sa cotte raide de crasse et de sel. Il l'enlaça. Il posa ses lèvres sur les lèvres crevassées de Céleste et ils restèrent un instant, leurs souffles mêlés, le corps tendu, les yeux clos. Puis il s'arracha aux bras de Céleste, fit retomber son voile sur son visage, laissa couler sa main le long de la taille fine, sur la robe qui rendit un bruit d'eau, un soupir de soie déchirée. Sans plus un mot, Céleste se dirigea vers la porte. Antoine détourna son regard de l'ombre noire de la jeune femme qui semblait flotter dans le vent marin. Il entendit le grincement de la porte, le claquement de la portière, le fer des roues sur les galets de la ruelle peu à peu absorbé par la rumeur du port qui enflait comme la marée. Il sentit dans tout son corps un grand remuement douloureux. L'amour, enrobé de souffrance, était vivant, bête assoupie dans ses entrailles mais dont il n'eut pas honte.

Il se rendit dans la salle du chapitre, immense, glacée, avec ses bancs figés où plus aucun de ses frères, de ses amis, ne vient s'asseoir pour écouter et prier. Il ressortit et, par le couloir latéral, passa par le réfectoire pour aller jusqu'au lavatorium où il plongea sa tête dans un baquet d'eau froide. Il resta un instant à s'ébrouer, à contempler sa face dans l'eau assombrie. Puis, d'un geste résolu, il empoigna son rasoir et un morceau de savon, les contempla fixement, les reposa pour aller allumer le feu et faire chauffer un peu d'eau dans la cuisine.

La lame froide du rasoir crissait sur la peau de son crâne, taillant dans le poil blond et dru dont les petits tas mousseux glissaient sur son cou et qu'il chassa d'une chiquenaude de la lame. Enfin, penché sur l'eau du seau, il découvrit une tête de galérien dont il fut satisfait et qui le fit même sourire. Puis il jeta dans le feu la loque sur laquelle il avait essuyé la lame maculée des boules de cheveux rasés et il ressortit dans le jardin. Il faisait clair et frais, le ciel était une grande nappe bleue immaculée qu'il contempla en s'asseyant près du puits, au milieu de ses simples parfumés. Il passa sa main à quatre doigts sur son crâne lisse et nu. Il sourit, il huma l'air d'une inspiration profonde, s'adossa aux pierres du puits, leva les yeux vers le clocheton d'ardoises de la chapelle, mât de misaine dans l'océan du ciel.

Il songea à une phrase que frère Marc murmurait parfois, tout haut, sans raison apparente, ni pour quiconque en particulier : « Tiens ton esprit en Enfer. Et ne désespère pas. »

Puis il attendit.

Deuxième époque

15

Le jeune officier chamarré de neuf le fixait curieusement. Arrivé de Rouen dans le mitan du jour, avec deux sections de sa compagnie, des chevaux et deux chariots de munitions, le capitaine Augustin Malville venait d'établir à grand fracas ses quartiers dans la salle du chapitre et se tenait face à Antoine, derrière la table du réfectoire qu'il y avait fait transporter. On avait installé la lourde table devant les stalles du mur du fond et l'officier y avait pris place, quoique ce fût un peu bas pour écrire à son aise. Plusieurs bancs de la chapelle y avaient été également installés.

Le capitaine avait jeté son bicorne blanc et bleu au milieu d'une montagne de papiers qu'il paraphait d'un geste nerveux, à la lumière des cierges de l'autel qu'il avait fait sceller dans une motte de cire fondue près de son encrier. Il resta une nouvelle fois la plume en l'air, l'œil attentif. Descendue de la falaise, la plainte d'un tambour roulait sur le toit, porteuse d'un orage qui approchait à grandes enjambées.

— Je ne comprends toujours pas bien qui tu es, citoyen...

Tenant un bonnet de pêcheur entre ses grosses mains, les épaules voûtées, son regard mauve tout maquillé d'un grand vide, Antoine bredouilla, faisant tanguer sa charpente :

— Antoine Dubourg, m'sieur l'capitaine. J'sommes qu'un pauv' portefaix du port ; j'dormons ici, là, dans l'couvent, sous falaise ; j'servions d'homme de peine aux moines, avant qu'ils se soyent tous *muchés* chez les Anglais, charrions les cailloux du jardin, et l'*iau* du puits, vu que l'*siau,* l'était *rien* lourd pour les pauv' moines...

Antoine sentit la sévérité de l'officier le jauger. La tête et les épaules carrées, le poil dru et sombre, l'officier semblait sorti d'une seule masse mal équarrie. Fils de laboureur... ou de charpentier, imagina Antoine, fuyant le regard sombre du jeune homme qui se leva avec brusquerie et jeta la plume d'oie que son ordonnance remit dans l'encrier d'un air blasé.

— Citoyen Dubourg, ces temps obscurs où tu étais victime d'exploiteurs est fini ! Tu es libre !

— J'sommes ben reconnaissant mais... vos chevaux baguenaudent dans le jardin des moines, c'est guère raisonnable..., si j'pouvons me permettre...

— Mes chevaux ont bien droit à la salade des moines !

— C'est que... c'est point de la salade ! J'connaissons un peu les simples qui soignent, rapport aux moines qui étaient herboristes... Faut point laisser vos bêtes traîner dans la belladone..., pourraient bien mouri' à c't'heur' !

Le capitaine se rua dehors par la porte qui ouvrait sur le jardin, nappé d'un vent frais, porteur d'une odeur d'eau et de sel.

— Qui m'a fichu cette compagnie d'incapables ! hurla-t-il tandis que les chevaux divaguaient, mâchouillant des herbes saccagées au milieu des caisses de munitions sur lesquelles des soldats bleus, dont certains n'avaient pas dix-huit ans, fumaient béatement.

— Rangez toutes les munitions dans les cellules ! Videz tous les bancs de la chapelle, installez-y les chevaux ! Ou dans le bois, en face, s'il n'y a pas de place pour tous ! Trouvez des anneaux, du foin ! Sergent, venez chercher les ordres de réquisition !

Il revint en faisant claquer ses bottes et se planta devant Antoine. Sa main nerveuse tâta quelques boutons de sa culotte blanche à pont, puis il tira sur son gilet, redressant sa taille un peu courte et épaisse devant la carrure du géant.

— Pourrais-tu soigner nos chevaux, s'ils ont mangé ta bell... quoi ?

— Belladone, capitaine.

— Et les hommes, sais-tu les soigner ?

— Oh, ça doit pas être beaucoup plus compliqué que les chevaux...

— Vois ce que tu peux faire..., j'ai plusieurs cas de dysenterie.

Il s'interrompit, regarda à nouveau cet étrange civil à qui il n'avait aucun droit de donner des ordres.

— Si tu acceptes, tu auras la reconnaissance de la patrie, bougonna-t-il, le droit de vivre ici, si tu le veux, mais rien de plus. La Nation a été ruinée par les rois et nous sommes cernés d'ennemis !

Antoine s'inclina, étonné de l'innocence du monde. Il marmonna de son accent traînant, que, foi de jardinier, il allait arranger ce qui pouvait être arrangé. Il suivit l'officier qui retourna vers la porte vérifier l'exécution de ses ordres. L'ordonnance tendit un bon à un sergent, un grand borgne dont les parements bleus pendaient et qui salua d'un geste las.

Dehors, on avait rassemblé les chevaux et, par la porte grande ouverte, on les voyait installés dans le petit bois où ils arrachaient les feuilles des noisetiers de leurs lèvres pleines d'écume. Antoine, voûté comme une faucille, glissa un regard curieux sur le visage de l'officier. Soucieux, loyal, raidi dans le désir de vaincre et de faire triompher son idéal, il sembla à Antoine une lame franche que l'inexpérience de sa jeune troupe plongeait dans des réflexions affligées. Il avait le front large, le nez un peu fort, le teint doré des gens du Sud.

— La Nation nous appelle... pour vivre... et pour mourir..., murmura-t-il pour lui-même.

Antoine cacha un sourire, gratta sa tête rase d'un geste bête mais il surprit les yeux du capitaine s'assombrissant avec la brusquerie du ciel cauchois. Ses lèvres tremblèrent en désignant les hautes portes du cloître.

— Dégondez-moi ces portes, hurla-t-il soudain, elles peuvent servir d'abris ou de tables au campement dans le bois ! Sergent, trouvez-moi un ferronnier ou un maréchal-ferrant !

Antoine resta un instant immobile, consterné par la violence inattendue de cet ordre. Allait-il rester planté comme une fourche à fumier ? N'était-ce pas criminel que d'être encore là, déguisé, ânonnant son cauchois, à les regarder détruire sa maison ? Il eut envie de se redresser, de saisir ce jeune capitaine par ses épaulettes dorées, de se précipiter avec lui au fond du puits mais, il ne sut pourquoi, il avança vers les soldats qui soupiraient et suaient, accrochés aux ventaux de bois. Ils donnèrent tout de suite une place à cette grande charpente qui aida à basculer chaque masse de chêne d'un coup de reins. Anéanti, il vit les soldats saisir les portes, traverser la ruelle et les déposer brutalement contre des arbres du petit bois.

L'officier retournait déjà dans la salle du chapitre. Antoine entendit sa voix forte qui exigea que l'ordonnance lui relût le dernier courrier : *La ci-devant chapelle du dit couvent des Pénitents est fort appropriée aux besoins de ma troupe et de mes chevaux, mais je reconnais la réclamation du commissaire du directoire exécutif qui exige la nécessité d'un lieu pour les réunions du club des Jacobins normands...*

Frottant son épaule droite, Antoine traversa son jardin. Un petit crachin fin et gris s'était mis à tomber, appuyant sur la tête des fleurs écrasées, courbant l'échine des centaurées fragiles et dépouillées, affaissant la fragile dentelle de la bourrache mélangée à la boue. Il se pencha, tenta de redresser quelques tiges décapitées, de replanter, d'un coup de pouce machinal, une racine dénudée. Tout le ciel, couleur d'anthracite, bousculait des nuées moirées qui crevaient au-dessus de sa dernière moisson. Il resta un moment à genoux sous la pluie, dans la boue.

Il se releva enfin et entra, ruisselant, presque titubant, dans sa cellule. Deux soldats hilares s'y trouvaient, se jetant à la tête des brassées de fleurs séchées.

— Votre capitaine a dit qu'il fallait prendre

garde aux herbes ! gronda Antoine, la tête basse, épaules rentrées.

Les deux soldats le fixèrent d'un air ahuri, ricanèrent puis recommencèrent à se lancer les bouquets.

— Vous allez tous crever ! s'exclama Antoine en se redressant, les poings sur les hanches, et vos chevaux avec ! Le capitaine m'a donné l'ordre de soigner la dysenterie mais si vous trouvez plus malin de détruire les médications, allez le lui expliquer !

Antoine se mordit soudain les lèvres, effrayé de la virulence qu'il venait de laisser échapper, bien indigne d'un simple jardinier. Les deux soldats se regardèrent à nouveau, inquiets malgré tout. Le plus âgé jeta en soupirant un bouquet de menthe sur la grande table mais regarda Antoine d'un air soupçonneux.

— Parce que tu t'y connais, toi, en plantes ?

— Tiens, ton furoncle, là, dans le cou..., je te le fais tomber dans la semaine !

L'autre ricana bêtement, se croisant les bras sur le ventre, mais le soldat au furoncle toucha sa pustule d'un air circonspect. Antoine s'approcha, bouscula les deux hommes en maugréant, plongea ses grosses mains dans le fouillis de sa table.

— Approche donc, soldat...

L'homme au furoncle resta stupide et immobile. Antoine ouvrit un de ses bocaux, y plongea l'index qu'il mit sous le nez du soldat béat. Il lui tira le col de sa tunique et appliqua rapidement son onguent sur le cou sale.

— Reviens tous les soirs... Et toi, ajouta-t-il en s'adressant au soldat goguenard, cette pelade rougeâtre qui te prend derrière l'oreille...

Le soldat porta une main crasseuse sur son oreille. Ce fut au premier de rire à son tour.

— Tu seras chauve dans peu de temps et la peau te tombera par lambeaux. Tu ne dis rien ? Alors, *escapez*-vous donc, que je remette un peu d'ordre et que je trouv'..., que j'trouvons les potions des moines contre la dysenterie...

Les deux soldats, médusés, sortirent à reculons, en silence, traînant leurs fusils comme des balais. Mais celui à la pelade aperçut soudain sur le mur le mince crucifix de bois, au-dessus de la paillasse. Il bouscula Antoine, se saisit de la croix avec assurance et, d'un air bravache, lança :

— Les plantes, peut-être. Mais ça, c'est fini !

Et il sortit. Antoine ne fit pas un geste. Il contempla la trace blanchâtre de la croix sur le mur.

Le soir même, Antoine avait distribué des remèdes contre quinze furoncles, dix chicots, deux pelades, trois catarrhes. Les soldats atteints de dysenterie étaient couchés à l'étage, sur de la paille fraîche, dans les cellules qui avaient été celles des frères Sébastien, François et Thibaud. À la nuit tombante, alors qu'il allait traverser son jardin, Antoine s'immobilisa, fixant d'un regard douloureux l'ouverture béante du cloître, les plaies saillantes sur les montants de grès qui miroitaient sous les rayons de lune. Il lui sembla que ses entrailles lui tombaient du ventre. Accablé, il contempla le chaos du monde, songeant qu'il allait se perdre et perdre cette bataille que nul ne lui demandait de livrer. Les bancs de la chapelle avaient presque tous été alignés sous deux promenoirs, un autre gisait, renversé, au milieu du jardin, un autre était près de la porte béante. Un soldat y dormait, enlacé à son fusil, le bicorne sur le visage. Un troisième banc encore brûlait, alimentant le feu de camp qui rougeoyait au milieu du petit bois.

Dans le jardin, autour du puits, Antoine ne reconnut plus rien : millepertuis, sauvagine, bleuets, coquelicots, bourrache, digitale, tout était écrasé, haché, rompu, piétiné, broyé, dans une fange marécageuse, une boue épaisse dont les soldats avaient maculé toutes les dalles du promenoir. La pluie avait cessé. Un vent léger coulait sur les ardoises, léchait les murs détrempés.

Antoine hésita puis aperçut le capitaine, mains dans le dos, qui l'observait par la porte latérale de la chapelle. Il s'approcha de lui, courbant son vaste corps. Des hennissements doux, des claquements de sabots sur les dalles, montaient, résonnaient dans la chapelle.

— Mon capitaine...

— Viens voir mes juments, je te prie...

Antoine serra les dents. La chapelle, dans laquelle déambulaient plus de trente chevaux et deux ânes, puait déjà le fumier. Une odeur chaude et grasse montait des bêtes en sueur. Tous les cierges avaient disparu, sauf un, planté entre deux soldats qui, allongés sous l'autel, jouaient aux cartes. Le capitaine s'approcha de plusieurs chevaux, enjambant les flaques de pissat, flattant leurs encolures, caressant leurs museaux veloutés. Il montait de sa gorge un son rauque et tendre, une plainte sourde qu'il chuchotait à l'oreille des bêtes. Une pouliche isabelle posa sa tête sur son épaule et lui arracha un petit rire d'enfant, une autre, un poulain contre son flanc, lui donna dans le dos un gros coup de tête affectueux. « Plutôt un fils de maquignon ce soldat », songea Antoine.

— Leur mort me désespérerait..., murmura le capitaine. Que te semble celle-là, cette brave percheronne, elle a été la plus gourmande dans le jardin des moines...

Antoine tâta le ventre, renifla près du museau, fixa l'œil globuleux qui miroitait dans la pénombre, souleva la queue dorée.

— On sera tout à fait sûr demain... mais pour le moment, tout va.

Le capitaine passa encore une main affectueuse sur les museaux qui se tendaient puis, suivi d'Antoine qui retint sa main pour ne pas se signer, il sortit dans le jardin.

— Capitaine, faudrait éviter de ruiner tout à fait ce jardin..., il reste encore des graines et des racines à récolter...

— Que veux-tu, citoyen Dubourg. Ce sont des soldats. Or la patrie a besoin de soldats. Pas de jardiniers.

Le dernier mot sonnait étrangement, comme une menace sourde qui pénétra dans le cœur d'Antoine. Il baissa la tête, grommela qu'il s'arrangerait pour sauver ce qui pouvait être sauvé, mais qu'on ne lui demande pas de faire des miracles ! L'homme affectueux et inquiet qui, quelques secondes encore auparavant, posait ses lèvres sur le flanc chaud d'un cheval regarda soudain Antoine d'un œil dur. Un homme à deux faces, incertain et changeant comme le ciel cauchois, jugea Antoine. Ils restèrent un instant silencieux, côte à côte.

— Crois-tu aux miracles, jardinier, à ces contes pour enfants dont on a abêti le peuple ?

Antoine fixa ses pieds nus et sales. Il revit ses pieds crevés d'engelures sur le sol crayeux de la *gobe*, ses pieds nus et sales sur le paquet brillant de maître Rigoult. Il déglutit. Que faisait-il là ? Sa seule présence, devant cet officier, était une traîtrise ; sa résistance une insulte. Allait-il laisser pousser aussi le mensonge en sa bouche comme une mauvaise herbe ?

— J'croyons qu'un homme qu'a la déripette, c'est plus un homme, c'est un vaincu ! Vous ferez point marcher pour la liberté des soldats qu'ont les tripes en feu, ni plus de dents, vu que c'est avec les dents qu'on ouvre les cartouches, voilà ce que j'croyons, parce que j'l'avons vu tous les jours ! gronda Antoine en regardant par terre.

— Tu es plein de bon sens, s'exclama le jeune capitaine, radouci, mais je te conseille de trouver un autre endroit pour semer tes graines. J'ai ordre de transformer ce lieu en cartoucherie et en caserne. Et je veux me hâter, avant qu'un ordre de Paris ne donne tous les droits aux Jacobins..., à moins qu'il ne faille le vendre...

— Le vendre ? murmura Antoine, cachant son trouble en fixant son balai. Qui voudrait d'un couvent ?

— Tout se vend ! La pierre est rare et le peuple est prêt à se saisir de ce dont on l'a spolié ! Donc, il me faut très vite des barres à mine pour fermer chaque arcade du promenoir et faire des grilles ; il faudra aussi maçonner la porte principale de l'église, détruire les chapelles attenantes, abattre les arbres du petit bois pour construire une poudrière et monter les toiles des soldats que ces murs ne peuvent abriter... Puis-je compter sur toi ?

Antoine hésita un instant, sans lâcher son balai du regard.

— Pourquoi pas ? C'est un bon logis ici, ni chaumine ni *caloge*... C'est mon intérêt de le voir en caserne plutôt que dépecé...

— Bien raisonné, répliqua le capitaine.

Une flamme narquoise brillait au fond de ses pupilles.

— Le reste de ma compagnie, encore quatre-vingts hommes, va arriver ce mois-ci et sera répartie en ville..., reprit-il d'une voix légère. À propos, une question m'est venue... N'as-tu pas idée de ce que sont devenus les trésors de cette chapelle ?

— Trésor ? Les Pénitents de saint François est le plus pauvre de tous les ordres...

— Il y a toujours un trésor ! Un chandelier, un ciboire, par exemple...

— Les moines sont partis avec tous leurs baluchons... L'est déjà *muché* chez les Anglais, le ciboire ! répliqua Antoine sans se troubler.

— *Muché*, hein ?

— Caché, quoi...

Augustin Malville fit une drôle de grimace.

— Et de quoi as-tu parlé à l'instant ? De chaumine et de ca...

— *Caloges*. Des vieilles barques transformées en maisons.

— Des Français qui ne savent même pas parler français, qui comptent en toises ou en pieds ! Tout est à faire, citoyen, de la cave au grenier..., il n'est pas une pierre qui mérite de rester en place !

Puis, changeant d'humeur à nouveau, il demanda d'un ton presque badin :

— Connais-tu une auberge pour moi, dans le pays ?

— Oui-da, grommela Antoine entre ses dents. Celle du Polite. Enfin, on l'appelle toujours l'auberge du Polite, en face du marais. C'est la plus grosse. Et la plus propre.

Fixant Antoine droit dans les yeux, quoiqu'il fût plus petit de taille, le capitaine Malville articula froidement :

— Cet endroit ne ressemblera en rien à celui que tu as connu...

— Chez Polite ? demanda innocemment Antoine.

— Tu sais très bien que je parle de ce couvent. Il ne s'y élèvera plus qu'un temple au dieu Mars !

Pas un trait du visage d'Antoine ne bougea. Il resta un instant silencieux, semblant observer quelque chose dans le lointain, puis, baissant ses yeux vers le jeune capitaine, il répondit, forçant le ton traînant des Normands :

— Le dieu Mars ? 'est *rien* vieux c'te *histouère*-là C'est-y ce que vous appelez faire du neuf ?

Antoine se mit à balayer devant la porte latérale de la chapelle d'un geste nonchalant puis, plantant à nouveau ses yeux dans ceux du jeune capitaine, il dit :

— Élever un temple, hein ? Ici, i'disaient toujours que tout ce qui s'élève, ça tombe ; et que tout ce qui s'abaisse, ça dure...

— Mais qui es-tu ? gronda la capitaine.

— Ce que vous voyez..., seulement ce que vous voyez, répliqua Antoine.

Puis, laissant le capitaine Malville interloqué, il fit pivoter son grand corps et s'en fut à pas lents à travers son jardin ravagé.

Dans sa cellule, allongé sur sa paillasse, il se sentit épuisé, le corps douloureux, et songea à se préparer une décoction de coquelicot mais, y renonçant par économie, il souffla la bougie. « Je pourrais encore changer de vie, m'enfuir, disparaître ; je pourrais ne pas assister ni participer aux ordres de ce capitaine bleu ! Frère Marc me parlait toujours de l'Angleterre, et il y a Céleste, à nouveau, je n'ai qu'un mot à dire, qu'elle attend..., songea-t-il. Et quitte à trahir et mentir, à devenir encore un autre, je pourrais aussi devenir criminel, les empoisonner tous, ou les rendre malades comme des chiens... Mais ai-je vécu tout ce que j'ai vécu, tout ce à quoi j'ai survécu, pour ressembler à mon ennemi ? D'ailleurs, ce capitaine bleu est-il mon ennemi ? »

Accablé, les yeux grands ouverts sur le poids des ténèbres qui l'encerclaient, il lui sembla se noyer mais une voix murmura soudain à son oreille, une voix toute de chair qui lui parlait de son enfance, dans la *gobe*. Une voix butée qui le ramenait à lui-même, là où habiter un seul instant en vaut mille partout ailleurs.

Il finit par s'endormir si profondément qu'aucun des bruits incongrus de cette nouvelle caserne ne le réveilla avant l'aube.

16

Antoine passa les jours qui suivirent à rassembler le plus possible de graines et de racines, sarclant, récoltant, triant, nettoyant tout le jardin jusqu'à ce qu'il ne restât plus autour du puits qu'un désert brun, boueux et dépouillé, raclé jusqu'à l'os. Tout en travaillant, il apercevait, surgissant devant la porte béante, quelques faces terrifiées de femmes ou d'enfants envoyés aux nouvelles. Ils hésitaient, *toupinaient* de droite et de gauche, n'osant répondre aux plaisanteries des soldats. Puis ils disparaissaient. D'autres revenaient encore, surtout de jeunes garçons qui ne résistaient pas à la tentation de toucher un fusil, d'effleurer la pointe de la baïonnette. Les plus hardis se laissaient coiffer du bicorne d'un soldat que la vue des enfants rendait mélancolique.

Soudain, déchirante, presque inattendue, la voix du capitaine retentit :

— Aux portes de la chapelle, soldats !

Antoine voulut tout d'abord s'enfuir dans sa cellule, serrant contre son cœur ses sacs de graines, mais il resta figé et, malgré lui, il se sentit appelé dans la ruelle tandis que des femmes de pêcheurs se signaient. Plusieurs d'entre elles, le verbe haut, les mains serrant leurs paniers de harengs bleus, s'interpellèrent puis rameutèrent leurs voisines tandis qu'une vieille, sans dents mais l'œil vif, apostrophait le sergent qui apportait le pied-de-biche. Avait-on demandé de casser les églises, à c't'heur' ? Et comment que t'allais te *débernaquer* de cette mauvaise affaire, soldat, quand ton Créateur te demandera des comptes ? Et quel mal y'a t'y donc si le peuple est *encrucheté* à la Vierge comme un *bésot* au sein de sa mère ? Ça regarde-t'y les beaux messieurs de Paris ? Et notre saint François ? Faut'y que vous nous en dépouilliez aussi, à c't'heur' ?

Toute une foule désormais se pressait dans la ruelle, regardant avec une stupéfaction pleine de réprobation les quatre soldats bleus attelés à chacune des hautes portes. Elles tremblèrent, elles vibrèrent dans un grincement déchirant. Antoine, statufié, s'imposa de regarder, serrant dans ses grands poings ses sacs de graines. Un grand « oh ! » de surprise horrifiée sortit de toutes les poitrines ; une femme tomba à genoux quand les deux portes, pareilles à deux grandes ailes d'oiseau foudroyé, furent hissées dans le ciel gris, puis elles tremblèrent et basculèrent. La porte de gauche fut la plus vite abattue et abandonnée contre le mur de grès mais l'autre oscilla ; un des soldats, la porte à l'horizontale sous le menton, trébucha sur la dernière marche de grès. Antoine s'approcha. Le soldat, se sentant emporté par le poids, bondit en jurant, lâchant tout. La porte s'abattit brutalement, provoquant l'effarement de tout l'attroupement qui hua la maladresse des soldats. Il y eut des insultes, puis un grand cri. La foule, dans un saisissement ahuri, se tint sans agir au seuil de l'effroi, de la méfiance et de la curiosité. Un des soldats à furoncle sacra tout ce qu'il pouvait, bousculant le monde. Le cri jaillissait comme du sang de dessous la porte abattue.

— Jardinier ! Où te caches-tu ? Un gamin a le pied pris sous cette maudite porte !

Antoine, en un bond, fut près du soldat au furoncle, lui mettant ses sacs entre les bras.

— Prends soin de cela ! Sur ta vie ! Et vous autres, vite, dégagez-le !

À demi évanoui, le garçonnet gémissant fut porté par deux soldats et déposé sur la paillasse d'Antoine tandis que les glapissements de la foule résonnaient d'un bout à l'autre du couvent. Pendant ce temps, on accompagnait jusqu'au bois les deux battants de la porte, qui se transformèrent en abris de fortune, rejoignant les deux battants de la porte du cloître.

— Brisée en deux endroits, marmonna Antoine en tâtant la cheville de l'enfant qui gémit.

— Je veux voir mon frère, laissez-moi passer, bande de brutes !

Une voix aiguë de harengère hurlait dans le jardin et força l'entrée de la cellule. Antoine leva les yeux. Une jeune fille aux très longs cheveux blonds emmêlés, maigre, les yeux vifs, le bonnet de travers, l'interpella d'un air inquiet et suppliant.

— Peut-on sauver le pied ? Faut'i' querrir le barbier ? demanda-t-elle, les yeux effarés sur l'enflure énorme et violacée.

— Patience..., grommela Antoine, agenouillé avec une boîte d'onguent, des bandelettes et des attelles. Faudra plus qu'il bouge pendant plusieurs semaines si tu veux pas un estropié à vie !

Les soldats avaient quitté la cellule. L'enfant, sur la paillasse, étouffait et mâchait ses sanglots avec un courage buté.

— Ça leur portera pas bonheur de détruire le couvent, gronda la jeune fille, les poings sur ses hanches plates. Ce que veut le peuple, c'est de la justice et du pain, pas des ruines, ajouta-t-elle en s'accroupissant près de son frère, lui caressant le front.

— Comment t'appelles-tu ? demanda Antoine.

— Jeanne Ochard. Et lui, c'est François. Nos parents sont morts. On vit dans une des *caloges.*

— Les *caloges*..., murmura Antoine. Tiens-lui les épaules pour qu'il ne bouge pas. Les *caloges*... Il y avait la famille Dubosc, et aussi les Malandain..., autrefois.

— La fille Dubosc s'est mariée, les fils se sont perdus en mer, alors on a pris la *caloge* après la mort de la vieille... Mais je vous connais, n'est-ce pas ? Il y avait un moine qui venait, on l'appelait le frère aux herbes...

— Frère Marc est mort, il y a trois ans..., murmura Antoine, alors que l'enfant gémissait plus fort. Voilà, c'est fini, t'es un brave gars. Mais il ne faut plus bouger.

— Je sais que frère Marc est mort... J'ai jamais fait appel à l'autre frère, un grand blond qui...

Jeanne se tut soudain et tourna ses yeux vifs vers la porte. On entendait venir du jardin des coups de marteau brisant la pierre, des cris furieux, des mouvements de charrette, des chocs de burin crevant le grès. Pas un trait du visage d'Antoine n'avait tressailli. Ils se regardèrent à nouveau.

— J'ai point d'argent pour dédommager..., murmura-t-elle en le fixant toujours. Mais je pourrais vous monter des poissons, quand j'aurai fini ma petite marée...

— Merci. Ce sera très bien..., répondit Antoine en la regardant toujours, s'essuyant les mains à une loque qui pendait au mur.

Elle leva les yeux vers la cornue, les bocaux, puis vers le cœur du mur, sur la trace blanche laissée par le crucifix.

— Ils vous l'ont volé, n'est-ce pas ?

Antoine eut un petit sourire. Il prit sur la table une fiole qu'il porta aux lèvres blêmes de l'enfant.

— Mais tu vois qu'il y est toujours...

Elle resta silencieuse, interdite, observant la trace, saignée blanche dans le mur gris.

— Alors ils casseront les murs, comme ils ont cassé les portes, soupira-t-elle. Ou bien ils mettront le feu, comme à l'église de Veules, et à Fécamp...

— Pas si ces murs peuvent leur être utiles..., murmura Antoine, comme pour lui-même. De toutes les manières que tourne cette aventure, je serai toujours là, continua-t-il, replaçant la fiole parmi les autres. Viens, je te raccompagne à la *caloge.* Je porterai François.

Il souleva l'enfant sans effort, suivi des petits pas vifs de Jeanne qui avança la tête haute au milieu des réflexions goguenardes des soldats. Passant sous le porche béant, ils croisèrent le capitaine qui, le sourcil froncé, les doigts fébriles sur ses boutons dorés, surveillait l'avancée des travaux. Ce fut pour Antoine un nouveau coup de masse en plein front.

À la place des portes de la chapelle, une rangée de pavés de grès était déjà montée, obstruant le passage à jamais. Les soldats faisaient la chaîne avec les pierres d'un tas déversé au milieu de la ruelle ; deux maçons scellaient, ajustaient, maniaient la truelle avec dextérité, plaisantant et sifflotant avec les soldats. Antoine prit une profonde inspiration quand son regard rencontra celui de Malville.

— Hé bien, Dubourg, as-tu pu faire quelque chose ? marmonna-t-il, le front soucieux.

Jeanne se mit près d'Antoine, posant une main sur la poitrine de l'enfant tout somnolant.

— Si mon frère meurt, ce sera la faute à vos maladroits de soldats, lui jeta-t-elle à la face.

— Tu es bien insolente pour une *taiseuse*, répliqua le capitaine avec un léger mouvement de recul, car j'ai cru comprendre que c'est ainsi que l'on nomme les Cauchois... Pour des *taiseux*, je trouve qu'ils font grand bruit, ce qui ne plaira guère au nouveau commissaire du directoire général, dont j'attends la visite...

— Mieux vaut être un *taiseux* qu'un *diseux* de sornettes longues comme des gaules ! s'exclama encore Jeanne, les poings sur les hanches, avançant sur le capitaine d'un air farouche.

Le capitaine Malville, courageux sabreur et trompe-la-mort qui n'avait connu que des ribaudes ou des cantinières, ne craignait dans la vie qu'une chose : les femmes honnêtes ; surtout quand elles avaient le regard franc et la langue acérée. Il se sentit soudain lourd et maladroit, ne sachant que faire de ses pieds et de ses mains.

— Va soigner ton frère avec notre... herboriste. Nous ne sommes pas des tueurs d'enfants ! finit-il par grommeler, baissant la tête, avant de faire demi-tour en claquant les talons.

Fixant le visage livide de François, Antoine ne disait rien. Les coups des maçons ajustant les grès lui entraient dans la tête. La cloche tinta brusquement sur le toit de la chapelle, plainte métallique, soubresaut chagrin, étouffé, qui lui sembla annoncer l'évidence douloureuse d'un désastre. Il se mit en route comme un automate, sans détourner le regard de la robe de droguet bleu de Jeanne qui oscillait devant lui, battue par le vent que la marée ramenait. Sa chevelure blonde flottait sous son bonnet, elle tenait son fichu serré et parfois jetait par-dessus son épaule maigre un regard vif et inquiet. Le ciel fut soudain inondé d'un gris métallique au-dessus de leurs têtes et un doux crachin inonda tout. En regardant danser la chevelure blonde de Jeanne, il songea à sa mère, il songea à Céleste et serra plus fort le corps maigre de l'enfant. Il songea à ses bleuets et ses digitales, aux portes de son couvent, à tout ce qui existe un jour et qui le lendemain n'est plus.

La foule qui les avait suivis en descendant la ruelle des Pénitents se mêla à celle de la rue Saint-Léger, grossit et gronda mais Antoine, les yeux toujours rivés sur le visage de l'enfant, semblait ne rien entendre. On interrogeait Jeanne, on la pressait ; elle répondait, chuchotait, faisait voler ses mains dorées au-dessus de son bonnet, provoquant effarement, suspicion, stupéfaction sur les faces maigres et ravagées qui se tendaient vers eux. Maître Havas était sur le pas de son auberge, le regard sombre, les poings sur les hanches, semblant défendre de sa seule panse garnie de cuir l'entrée de *La Confiance* contre cette marée de loqueteux. Antoinc baissa la tête, cassa sa haute taille sur le corps de François, sur sa vision de la jupe bleue de Jeanne qui avançait fièrement au milieu de cette foule bruissante, toute repue de ses mots et de son histoire. Et l'aventure enflait dans la tête de Jeanne, et la porte grandissait, nouvelle Jéricho qui s'était éboulée tout d'un coup sur son *bésot* de petit frère ! Des femmes se signaient, des hommes retiraient leur bonnet, d'autres leur chapeau de bourgeois.

Jeanne ouvrait toujours la route vers le quai d'aval et sourit avec hardiesse quand son regard croisa un groupe de cinq hommes élégants, en veste de couleur, pavoisant dans le vent frais qui grinçait entre les mâtures et chassa brusquement le crachin. Ils avaient le regard froid, la mine dégoûtée, la redingote confortable, la perruque trop propre, trop neuve, trop poudrée. Quelle est cette foule ? Vous savez que le directoire général interdit toute manifestation de la populace ! Pas d'émeute ou Paris nous désavouera ! Commissaire, on dit que c'est un homme qui a sauvé par application des mains un enfant presque tué par les ouvriers qui travaillent à la transformation du couvent !

Le nouveau commissaire lançait déjà une tirade bien sentie sur les viles superstitions qui continuaient de corrompre l'esprit du peuple, quand soudain sa voix se brisa, sa vue se troubla, s'obscurcit tout à fait. Ses nouveaux amis, tous membres du club des Jacobins, avocat, médecin, notaire et chef de la milice, continuèrent pour lui. Soyons fermes ! Soyons intransigeants ! glapissait le notaire Blondel, tripotant une perruque instable qu'il n'avait jamais portée. Extirpons jusqu'à la racine ce mal qui ravage notre société archaïque ! Un autre, tout aussi poudré, hurlait qu'il fallait sans plus attendre exiger du capitaine Malville la ci-devant chapelle des Pénitents, puisque la ci-devant grande église était désormais une fabrique de salpêtre et la ci-devant Notre-Dame-de-Bon-Port un entrepôt ! Que le capitaine mette ses chevaux ailleurs ! D'ailleurs, la patrie n'avait plus que faire de chevaux ou de chevalerie, c'était d'idées et de grands débats dont cette aube nouvelle allait se nourrir !

Le long du quai d'aval, Antoine se redressa enfin, sentant le flot du vent et des hommes soutenir sa marche comme il soutenait le corps de François. Les pieds nus de Jeanne bondirent bientôt devant lui sur les galets et, quand le vent du large baigna son visage, quand l'odeur âcre des mouettes et du varech lui monta au nez, il sourit. « Je suis vivant, mon Dieu, je suis vivant. Ma mère, frère Marc, Céleste, vous êtes avec moi et je suis vivant, et le couvent est toujours vivant comme cet enfant que Dieu a épargné. »

Des mains s'approchaient de lui, touchaient sa culotte bleue, effleuraient sa cotte de marin. Ne nous abandonne pas ! soufflaient les êtres et les choses, la craie de la falaise, le filet de la pêcheuse à pied où miroitaient entre ses mailles des écailles luisantes comme des piécettes d'argent. Et quand surgirent devant eux, petites arches échouées sur les galets, les deux *caloges* aux flancs gonflés d'humidité et vernies de goudron, au toit de chaume ployé, il respira une grande goulée d'air marin, il gonfla sa poitrine et se retourna. Ils étaient peut-être trente, peut-être cinquante, hommes, femmes et enfants, à l'avoir suivi. Leurs bonnets et leurs coiffes détrempés pendaient sur leurs faces burinées, ruisselantes ; les jupes collaient aux flancs maigres, leurs pieds déformés et blessés tâtaient les galets glissants, leurs mains crevassées s'ouvraient sous le ruissellement du ciel, sur le grand mystère de leur misère. Ils n'osaient rien dire, le regard plein de méfiance et de peur, muets face au géant parce qu'en pays cauchois, c'est toujours celui qui parle le premier qui a tort. Cela ne gênait pas Antoine d'être celui qui a tort. Tous les moines, tous les prêtres et les chapelains avaient fui, beaucoup de médecins ou d'apothicaires, porteurs des cahiers de doléances, n'étaient jamais revenus, happés par la passion des clubs parisiens. Il serait celui qui parle, celui qui reste.

— Je suis là. Je serai toujours là.... Et j'essaierai de guérir tous ceux qui viendront à moi.

Puis il leur tourna le dos et, inclinant sa haute stature, il entra dans la *caloge*, serrant François contre lui. Il respira l'odeur d'eau et de sel qui imprégnait les pauvres paillasses, le coffre rongé et les caisses qui servaient de meubles. Un petit pan de lumière pâle tombait d'une ouverture sciée dans le bordage en guise de fenêtre. Le visage de Jeanne rayonnait dans le halo de la bougie qu'elle porta près de la paillasse.

— Voici quelques gouttes à mettre dans un petit bol de bouillon, pour la fièvre qui risque de monter. Et ces gouttes-là, c'est pour le sang, car souvent les attelles compriment trop les muscles. S'il souffre trop, appelle-moi, je la referai. Pour la fièvre, deux fois dans la nuit si nécessaire. À bientôt, Jeanne.

Elle le salua d'un franc sourire.

— Je monterai ma petite pêche..., Antoine. Je dois vous appeler simplement... Antoine, n'est-ce pas ? ajouta-t-elle, timide.

Il hocha sa grosse tête rase, semblant soudain à l'étroit dans l'exiguïté de la vieille coque, mais il passa avec affection sa main sur le bordage humide. Cela sentait comme dans la falaise, plus acide, plus âcre, peut-être. Une odeur d'enfance et de vie, rapace, accrochée au roc.

— Courage, Jeanne.

Quand il fut sorti, Jeanne s'agenouilla près de son frère, le couvrit d'une méchante couverture de marin puis, le cœur rasséréné, elle ressortit pour sa petite marée.

17

Il est là. Peut-être. Va-t-il venir ? Que vais-je faire ? Que vais-je dire ?

Chaque mot, chaque question, chaque peur entraient dans son crâne, tenon enragé dans sa mortaise fragile.

Certes, il bavardait, discourait, brocardait et conspuait la traîtrise du roi, il évoquait les élections municipales – et il se voyait assez bien en nouveau maire –, il argumentait auprès du capitaine Malville, un convaincu de la première heure avec lequel il paraissait assez facile de trouver un compromis. Il pouvait parler des heures encore, il avait toujours su bien parler. Il pouvait tout. Sauf empêcher le tenon de vriller la mortaise, son cœur de battre tambour, ses entrailles de se rétracter, sa langue de sécher comme un crustacé mort. Il n'y tint plus.

— Quel est ce jardinier dont on parle sur le port ?

— Dubourg ? Celui qui a des talents d'herboriste ? grommela le capitaine, les pieds sur la table.

Malville n'écoutait que d'une oreille le discours du commissaire, considérant ses bottes bien cirées d'un air morne. Pour l'instant, la Révolution ne tournait pas comme il se l'était imaginé. Simplement avide d'épaulettes dont rêvait son mérite pour effacer l'outrage de sa naissance, il était déjà fort las de la paperasserie, des réunions, des discours et des phrases creuses.

— Je l'ai autorisé à demeurer ici..., expliqua-t-il. Il rend service, il soigne les hommes et les chevaux. Il s'est présenté comme homme de peine des moines... ; enfin, c'est ce que j'ai bien voulu croire.

— Que voulez-vous dire ?

— Que j'appartiens à l'armée, et non à la maréchaussée.

— Désormais, on dit Gendarmerie Nationale, capitaine ! gloussa fièrement un des Jacobins.

— Admettons, continua Malville. Ce que je veux dire, c'est que je suis entré à l'école militaire de Paris à quinze ans, que je ne sais que me battre et obéir aux ordres... et qu'un civil d'un pays qui m'est aussi étranger que ce pays cauchois peut me raconter n'importe quoi...

— Le soupçonnez-vous d'être un... prêtre, un moine ? Un réfractaire ? parvint à articuler Charles-Constant, cachant sa stupéfaction sous un ton de menace glacée.

— Je ne suis pas payé pour soupçonner, mais pour combattre, quand le moment sera venu, répliqua Malville d'un ton cassant qui arrêta la discussion.

— Eh bien, je vais voir de quoi a l'air ce couvent, fit brusquement Charles-Constant en se levant. Non, non, restez avec le capitaine, mes amis, commencez à mettre sur papier le règlement du nouveau club des Jacobins pour que nous puissions toucher les subsides. Que Paris soit content de nous ! Car vous savez qu'il nous faut faire oublier la crotte provinciale qui nous colle aux basques !

Il sortit très raide dans sa redingote neuve. Il fit claquer ses talons sur le grès de la salle. Mains dans le dos, il fixa l'enfilade des cellules et avança à pas lents. Il eut le sentiment de compter ses pas, comme, il n'y avait pas si longtemps encore, les grains de son chapelet. *Miserere mei, Deus, secundum magnam misericordiam tuam.* Certaines portes avaient été arrachées ; de la paille souillée maculait les dalles sur toute la longueur du couloir blanc. Il s'arrêta devant la dernière porte, renifla une nuée de parfums qui lui rappela les foins, autrefois, au village de Néville. *Et peccatum meum contra me est semper.* Il tira la porte qui tourna sur ses gonds en grinçant.

La cellule était vide. Malgré lui, il poussa un soupir de soulagement. Il avança à tâtons, passa une main maigre et tremblante sur le mur, le bois graisseux de la table, les bocaux, les fioles branlantes, la bulle de verre de la cornue, encore moite. Il toucha du pied la paillasse, mit un genou à terre, caressa l'amas de chiffons qui servait d'oreiller, se pencha, le huma. Oh ! Robinson, mon ami, mon frère, mon assassin. Je t'ai imaginé mort, je t'ai rêvé pirate, mercenaire, marchand aux Amériques... Je ne peux croire que...

Il entendit un pas traînant près de la porte et se redressa brusquement.

— Faites excuse, citoyen...

— Que veux-tu ?

— C'est pour mon ventre..., Antoine m'a dit que je pouvais revenir encore, rapport à mes coliques...

— Où est-il ?

— Oh, en ville, sans doute. S'il soigne pas ici, il est sur le port... ou aux barques pourries des pêcheurs...

— Les *caloges* ?

— Peut-être bien, citoyen ; je ne suis pas de ce maudit pays.

Le vent de la plage le gifla en pleine face. Il tressaillit, serra les mâchoires et resta longtemps, lui sembla-t-il, les yeux rivés sur les deux bateaux-maisons, pauvres épaves qui perdaient leur chaume, échouées sur les galets. Battu par le vent, il appuya sur son tricorne, enfonça sa perruque d'un geste furieux, fixant les portes des *caloges*, incapable d'avancer davantage. Des femmes, au loin, marchaient péniblement contre le vent, armées de fourches à dents plates et de *pousseux* troués qui raclaient le sable dépouillé par la grande marée. La haute muraille de la falaise blanche s'allongeait sans fin dans la brume de mer qui montait de la chair de l'eau, opaque comme du jade.

Soudain, la porte découpée dans le flanc de la *caloge*, celle de droite, bascula. Il reçut en pleine poitrine le choc qui descendit dans ses entrailles, y fondit comme du plomb. Malgré sa tête étrange de bagnard et ses habits troués de pêcheur, il l'avait immédiatement reconnu. Il sut dans le même instant qu'il avait devant lui un réfractaire.

Antoine refermait la pauvre porte cintrée. Il avança, face à lui, voûté sous le vent. Il le vit à son tour, il s'arrêta, heurté de plein fouet par un mur invisible, serrant dans un mouvement convulsif son sac à médecine contre son flanc. Il resta immobile puis avança sa main droite comme un aveugle tâtant l'espace.

Ils se regardèrent, incertains, s'approchèrent si près que leurs souffles se mêlèrent. Qui parlerait le premier ? Car les mots engagent l'âme et le cœur.

— Oui, je sais..., le premier qui parle...

— ... a toujours tort...

— Ça m'est égal d'avoir tort... et je suis enfin soulagé, et heureux, de te voir vivant, Charles-Constant. Cela m'ôte un grand poids, articula Antoine, se penchant encore davantage de peur que le vent n'emportât ses paroles.

— Je suis heureux aussi de te voir vivant, Antoine. Ou devrais-je dire, frère Antoine ? Ou prieur, ou... abbé ?

À quoi s'attendait-il ? À un de ces regards fuyants, craintifs, haineux ou suppliants comme il en avait vu à Paris ? Il ne reçut pour toute réponse que le grand regard mauve d'Antoine, empli de cette limpidité totale qui était un aveu, une évidence.

— Vois-tu, je suis plus solide que tu le croyais, articula-t-il avec difficulté. Je n'ai eu qu'une vilaine bosse... Je n'aurais peut-être pas su échapper aux chiens des Bréauté mais je suis aussi, à ma manière, de la race des survivants. Je suis rentré à Quiberville sans plus rien demander à personne et j'ai attendu mon heure.

— Je vois effectivement comment, toi, tu as choisi de survivre : tu es fort bien habillé, et à la nouvelle mode...

Charles-Constant émit un petit sifflement méprisant.

— Mode ? Tu appelles « mode » un monde qui

m'a libéré ? Des siècles de tyrannie que le peuple balaie ? La superstition détruite ? Les idées de Voltaire et Rousseau incarnées et devenues forces vives ? Je suis le nouveau commissaire du directoire.

— Mais tu n'es pas à Paris, ni à une tribune... Tu n'as devant toi qu'un ancien *gobeux* obtus, et qui ne croit des hommes que ce qu'il voit de leurs actes, marmonna Antoine, qui dut répéter très fort ses paroles que le vent emportait.

Ce fut à cet instant seulement que Charles-Constant remarqua l'auriculaire manquant à la main qui tenait la cordelette du sac. Et les sillons dans la chair du cou. Il déglutit avec difficulté et, avec un élan forcé, reprit :

— Tu vas en voir des actes ! Et dont on se souviendra encore dans mille ans...

Il dressa sa taille mince, ses épaules frêles. Ses lèvres fines devinrent blêmes, son visage moite des mêmes perles de sueur qui autrefois blanchissaient son front bombé quand ses discours s'enflammaient, quand son souffle s'accélérait, quand la passion rendait sa voix rauque et grave.

Impassible, Antoine se tenait comme une barque rentrant au port vent debout. Charles-Constant vivant, défroqué et jacobin ; Céleste vivante et défigurée. Dieu avait voulu tout cela, mais quel en était le sens ? Il se mit à marcher à pas lents, les yeux rivés sur l'entrée du port, toute vidée de ses eaux, immense marécage gris que cernaient les murs des quais rongés d'un lichen noirâtre. Il entendit Charles-Constant presser le pas derrière lui,

— Antoine..., oublions tout. Viens, viens avec moi..., accompagne-moi dans... cette vie nouvelle...

Vois cette aube toute neuve qui se lève, qui va combler les espérances de notre jeunesse... Antoine, tu n'as pas pu oublier celui que tu fus... *Candide*, Voltaire, le *Dictionnaire philosophique*... Tu as été cet homme éclairé ! Tu es encore celui avec qui nous pouvons construire un monde nouveau ! Personne ne te demande de charger tes épaules du poids d'un monde mort !

Malgré lui, sa main maigre avait attrapé le bras d'Antoine. Il sentait sur sa paume l'étoffe rugueuse et sale de la cotte de marin. Antoine s'arrêta, le fixa avec un étonnement sincère.

— Crois-tu cela, vraiment ? Sais-tu ce qui est arrivé à Céleste ?

Charles-Constant poussa un gémissement aigu qui surprit Antoine.

— Morte ! Oui, je sais ! C'est que...

Antoine tenta une dénégation mais il renonça à endiguer la frénésie du flot de paroles qui submergea Charles-Constant. Oui, il avait été bas et lâche et jaloux, oui il avait agi sous l'emprise d'une basse et vulgaire sentimentalité, au lieu de n'obéir qu'à la raison et à l'analyse froide ! Mais il n'était plus cet homme-là ! Ce qu'il avait provoqué par médiocrité, il pouvait tenter de le réparer en liant leurs deux destins à celui d'une nation...

— Tu n'en as rien fait ! coupa brusquement Antoine. Tu n'as rien provoqué que Dieu n'ait décidé... Ce n'est pas toi qui m'as dénoncé mais Dieu qui m'a parlé ainsi. Cependant, ce que tu as voulu faire, ce jour-là, entache à jamais les idées que tu défends. Regarde-toi..., tu es déjà un homme de pouvoir. Les hommes de pouvoir n'aiment que le pouvoir. Tu as livré le meilleur de toi au pire..., qui est sans doute à venir car on n'échappe pas à la malfaçon des origines.

Blessé, Charle-Constant se redressa, chassa d'un geste brusque l'humidité qui maculait son visage maigre et ses yeux brillants.

— Tu as raison. Le pire peut toujours survenir. Je peux te dénoncer au capitaine Malville, par exemple, il a déjà des soupçons. Je peux te faire arrêter. J'ai appris à Paris... Car sais-tu que j'étais à Paris dès le 17 juillet 89 ?... Je sais que le grand mouvement des lois ira jusqu'à la saisie, la vente et la destruction totale du clergé !

— Tu peux donc achever ce que tu as commencé, il y a douze ans... et dissoudre ta haine dans l'exécution des lois nouvelles...

— Je... je n'ai pas de haine, je n'ai jamais souhaité ta mort. Quand j'ai su où l'on avait retrouvé les chiens égorgés, crois-tu que je n'aie pas deviné où tu risquais de t'être caché ? J'aurais pu le révéler aux Bréauté !

— Qui, sans le frère Pénitent qui m'a soigné, n'auraient retrouvé que mon cadavre... Mais tout cela est loin. Et cela ne change pas cette nouvelle habitude de maquiller la barbarie par les oripeaux de l'esprit...

— Tu n'as pu changer à ce point ! Cela n'a pas de sens ! Moi j'étais obligé d'être prêtre, et je ne le suis plus ; toi, tu rêvais d'être marchand, riche, marié, et te voilà moine ! C'est absurde !

Le rire des mouettes troua les nuées au-dessus de leurs têtes. Au flanc de la falaise, la forteresse Trompette surplombait toujours le port de sa puissance austère. Seule la couleur des uniformes, songea Antoine, avait changé.

— Oripeaux, dis-tu ? reprit Charles, la voix haletante. Et toi, de quel mensonge as-tu maquillé ta solitude, ta survie dans ce couvent ? Tu joues les saints mendiants, tu fais mine de te désintéresser des plaisirs, mais as-tu eu la mesure de tes passions quand tu avais les moyens de t'y livrer ? Quand tu étais aimé de Céleste, de maître Rigoult, de... moi, rejetais-tu l'amour ? Quand tu avais la fierté de diriger les plus riches entrepôts de Saint Vallery, méprisais-tu l'honneur ? Quand tu étais aimé comme... un fils, rejetais-tu le père ?

La voix de Charles-Constant se fit plus tendue qu'un fil de pêche près de la rupture. Antoine crut entendre la fêlure dans l'âme et dans les mots mais il reprit sa marche.

— Nous sommes venus trop tard, Charles-Constant... Ta révolution aussi... Douze ans trop tard... Fais ce que tu voudras. Cela n'a aucune importance.

Antoine leva les yeux vers une trouée bleue qui perçait un amoncellement de nuages duveteux. Le vent, que la falaise avait rompu, tournait en grondant sur le quai.

— Et si tu ne fais rien, continua-t-il comme pour lui-même, et quelle que soit l'entreprise de destruction que mène le capitaine Malville, je resterai dans mon couvent. Il peut devenir n'importe quoi, prison ou cartoucherie, ce sera toujours ma maison. J'y planterai d'autres graines, je soignerai d'autres corps. J'aurai toujours l'oreille collée aux murs de grès pour entendre résonner le silence de Dieu. Je tiendrai toujours dans ma cornue et mes bocaux la seule enveloppe charnelle de la vérité. Et je mourrai là. Aujourd'hui ou plus tard. Ta révolution n'y changera rien.

Tout le visage de Charles-Constant se tordit sous l'effet d'un désespoir atroce, d'une douleur fulgurante qui le transperça de part en part.

— Faut-il donc que je t'imagine... heureux ?

Ils étaient parvenus sur le quai de la Batellerie. Antoine songea à parler à Charles-Constant de maître Rigoult, de Robinson et de Vendredi, de la beauté ravagée de Céleste vivante mais il y renonça. La foule les happait, houle joyeuse et pressée qui s'en allait vers le marché de la Halle, femmes chargées de paniers de pommes, venues à pied des villages avoisinants, paysans ployés sous de petits fûts de cidre, jeunes femmes ramenant fièrement leurs petites marées, pieds maculés de sable, joues rougies, tandis que les lames d'argent des poissons, comme chauffées à blanc, frétillaient d'agonie dans des filets aux mailles craquées qu'elles portaient sur l'épaule.

En parvenant à la hauteur de *La Confiance*, Charles-Constant s'arrêta et retint Antoine, posant à nouveau sa main sur son bras puissant. Antoine craignit qu'il ne l'invitât, en souvenir de leur jeunesse, à boire une chopine dans l'auberge, aussi répondit-il très vite :

— M'imaginer heureux, disais-tu ? Mais oui. Imagine-moi ainsi, Charles-Constant : désespéré et heureux.

Puis, Antoine dégagea son bras, tourna le dos et s'en fut vers la ruelle des Pénitents pour remonter vers le couvent. La gorge nouée de larmes rentrées, Charles-Constant vit une vieille toute cassée, la jupe de droguet rapiécée, s'approcher d'Antoine, la mine suppliante. Antoine se pencha, l'écouta attentivement, hocha la tête, puis se détourna de l'entrée de la ruelle des Pénitents pour suivre la vieille. Ils disparurent bientôt de la vue de Charles-Constant. « Je te hais, Antoine, je te hais ! » se répétait-il en pénétrant dans *La Confiance,* où le rire tonitruant de son oncle l'accueillit. « Je ne t'aime pas, je ne t'aime plus car on aime ses égaux, on n'aime pas un esclave. Or tu es resté un esclave, frère Antoine, un esclave de l'ancien monde ! »

Il vit à peine le verre de vin chaud que maître Havas lui mit entre les mains, il n'en sentit que l'arôme âcre et fruité, le parfum de l'enfance qui lui fit monter les larmes aux yeux.

18

Ici, on s'honore du titre de citoyen et on se tutoie.
Ferme la porte
S'il vous plaît.

Le jeune charpentier qui venait de tracer ces mots sur la porte de chêne de la salle du chapitre recula d'un pas pour mieux en considérer l'effet, le pinceau de goudron en l'air. Satisfait, il se tourna vers Antoine qui l'avait observé en silence, adossé à un pilier du promenoir.

— Première réunion du peuple ce soir, citoyen ! En seras-tu ?

Antoine n'eut pas à répondre car déjà, ignorant les « halte-là ! » de la sentinelle, se pressaient à l'entrée du couvent des hommes qui parlaient haut. Au milieu d'eux, il reconnut Charles-Constant, très raide dans une redingote sombre sur une culotte de nankin brillant. Leurs yeux se rencontrèrent mais Charles-Constant fut bientôt entouré d'autres hommes élégants que suivaient, plus timides, tournant leurs bonnets entre leurs mains, des pêcheurs, des charpentiers et quelques maîtres calfats qui jetèrent un regard inquiet sur l'entrée de la chapelle. Dans le vent humide de décembre, ils se tenaient côte à côte, se cognaient du coude, grommelaient en ricanant, poussant leur mufle épais dans la chaleur animale de leur petite troupe.

La porte de la salle du chapitre s'ouvrit sur le capitaine Malville.

— Qu'est-ce donc ? bougonna-t-il. Qui a laissé ces civils entrer ici ? ajouta-t-il à l'endroit de la sentinelle bégayante.

— La seule volonté du peuple, citoyen capitaine, clama Charles-Constant. Ne t'ai-je pas informé de la nouvelle loi d'organisation municipale du 14 décembre ? Que j'étais désormais maire et que, chaque jeudi soir, je présiderais le club des Jacobins valleriquais ?

— Certes, certes, citoyen, grogna le capitaine, apercevant à ce moment les mots inscrits au goudron sur la porte.

Il eut un petit sourire ironique mais ne fit aucun commentaire.

— À votre poste, sentinelle ! Et vous, citoyens, entrez, puisque telle est la volonté du peuple..., articula-t-il en s'effaçant.

Tout gonflés d'importance, la face réjouie, les hommes se redressèrent, soulagés, et se pressèrent pour entrer.

Antoine s'appuyait au puits, il y jeta le seau et le laissa se remplir. Il se gratta la tête d'un air méditatif. Il avait laissé ses cheveux repousser, qui formaient sur sa tête une couronne drue et épaisse, d'un blond éclatant. Le capitaine s'avança vers lui.

— Tu n'assistes pas à la réunion ?

— Bien sûr que si, capitaine. J'allons même préparer une petite décoction d'aubépine... 'est *rien* bon pour la gorge et les esprits échauffés..., répliqua Antoine, un petit sourire en coin, une lueur rieuse dans son œil mauve que surprit le capitaine et qui le déconcerta. Puis, se contentant de hocher la tête, il rejoignit la salle du chapitre d'où montaient des voix gouailleuses et fausses qui s'époumonaient, soudain libérées, sur la chanson de *La rue Saint-Léger* agrémentée d'un nouveau refrain : *Aristocrates, vous voilà confondus, la Démocratie vous fout la pelle au cul* !

Dans l'ancienne cuisine des moines, Antoine raviva les braises de la haute cheminée de grès et jeta le seau d'eau dans le chaudron suspendu à la crémaillère. Des soldats, couchés sur le sol dans leur maigre couverture, le regardaient d'un œil morne, habitués à voir cet homme de peine jouer les cantinières.

— Qu'est-ce que tu fais de bon, Antoine ?

— Une 'tite décoction pour le club des Jacobins...

— Les langues vont chauffer, hein ?

— Ça se pourrait...

Il retourna dans le jardin, s'assit sur la margelle du puits en attendant que son eau frémisse. Les rayons du soleil d'hiver déclinaient derrière le clocheton, ricochant sur les ardoises du toit de la chapelle. Bientôt, le capitaine le lui avait dit, il faudrait descendre la cloche : la patrie avait besoin de bronze pour ses canons. En frémissant, il chercha la honte en lui, comme de la cendre, pour s'en couvrir la tête. Avec stupéfaction, il sentit qu'il ne trouvait rien. Rien que la seule volonté butée d'être. Et d'être là.

Des hommes du port continuaient d'arriver,

inquiets et intimidés, guidés par la clameur des voix qui montaient de la salle du chapitre. Il vit soudain apparaître Jeanne, sautillant de son pas vif, hésitant sous le porche, puis s'avancer vers lui, sa *creuille* au bout d'une ficelle que serrait sa petite main toute rougie par l'eau et le froid.

— Bonsoir, Antoine. Voici quelques poissons.

— Merci, Jeanne. J'espère que cela ne te prive pas. François prend-il toujours bien mes remèdes ?

— Certes oui. Mais il se traîne déjà sur la plage, malgré son attelle, et se met debout. Il s'est fabriqué une béquille avec du bois *d'échoue*...

— C'est trop tôt encore. Il ne faut pas. J'irai lui faire entendre raison...

— Raison ! s'exclama Jeanne. Est-ce un mot que les hommes connaissent !

Ils se sourirent en hochant la tête et, tendant le cou, elle demanda, faussement indifférente.

— Le couvent est-il devenu une taverne ?

— Réunion du club des Jacobins.

— Eh bien ! J'aimerions voir si une femme ne pourrait mettre *queu'que* raison là-dedans !

— Est-ce permis, Jeanne ? s'inquiéta Antoine.

— J'voudrions bien voir cela ! s'exclama la jeune fille, poings sur les hanches. Et elle partit d'un pas militaire vers la salle du chapitre.

En retournant au réfectoire, Antoine songea que, décidément, le monde avait vraiment déjà beaucoup changé. Et les femmes encore davantage. Il revit Céleste, dressée à sa manière contre sa mère, contre Bréauté. Il crut ressentir sur sa joue le premier baiser qu'elle lui avait volé, dans la *gobe*, léger comme l'effleurement de l'aile d'un oiseau.

En soupirant, il suspendit le lot de poissons dans l'âtre.

Plus tard, quand il entra dans la salle, une grosse cruche d'infusion d'aubépine entre les bras, il salua Charles-Constant avec la déférence qui seyait à un jardinier. Ce dernier se tenait raide, debout, derrière la grande table, auprès de son adjoint le notaire, et posa sur Antoine un regard froid, la main fébrile sur les livrets et les papiers du capitaine qu'il repoussait au bout de la table. Depuis près de deux mois, il l'avait évité, changeant sa route quand il apercevait sa haute charpente sur le port. Il s'éclaircit la voix puis, tandis qu'Antoine traversait la salle, il frappa sur la table au moyen d'une petite bûche.

— Citoyens, un peu de calme lors des délibérations ! Veuillez écouter l'avis du citoyen Leloutre qui n'est pas d'accord avec l'indemnité de quarante sous versée aux plus pauvres pour assister aux réunions patriotiques.

— Je le redis, glapit ledit Leloutre, être salarié pour exercer ses droits, c'est une honte ! Une indignité ! S'il faut être payé pour penser en homme libre, pour se conduire en citoyen, j'affirme que le 14 Juillet n'aura servi à rien !

— Le citoyen Leloutre en parle à son aise, des quarante sous dont il n'a que faire, vu que son brigantin a ramené plus de trente affûts de canon, vendus deux cents francs chaque pièce à l'armée ! s'exclama un charpentier, assis à côté de celui qui avait tracé l'inscription au goudron sur la porte. Tous les charpentiers étaient d'ailleurs assis coude à coude, parmi les pêcheurs et les calfats, tandis que de l'autre côté de la salle se tenaient les hommes en perruque et en redingote. Jeanne, silencieuse, se tenait au bout d'un des bancs occupés par les pêcheurs.

— Le droit à la propriété est un droit imprescriptible, proclama Leloutre, sentencieux, la patrie doit continuer de commercer pour vivre et pour prospérer !

— Et le droit au pain ?

L'assemblée, qui se tourna d'un seul bloc vers la petite voix aiguë, resta un instant interloquée. Le capitaine Malville, qui se tenait debout au fond, silencieux, contre le mur, les bras croisés, tendit le cou pour la contempler tout à son aise.

C'était bien Jeanne qui, d'abord stupéfaite du cri qu'elle n'avait pu retenir, s'était levée, avait pris un grand souffle d'air et avait dit très vite et très fort, tirant sur le nœud de son châle.

— Oui ! Et le droit au pain ? Tous ces beaux messieurs en habits savent-ils que le prix du pain a doublé ? Comment vivre, payés vingt sous la journée, si le pain de six livres vaut trente sous ! Et encore devons-nous nous contenter d'un pain d'orge !

Charles-Constant, interloqué, contempla la jeune fille, toute blonde, brillante et immaculée, dressée dans la pénombre de la salle comme une statue de la Vierge. Il se maudit intérieurement alors que, tel un refrain très ancien et très enfantin, montait sur ses lèvres la prière d'autrefois, les mots d'adoration et d'amour. *Ave Maria gracia plenia...* Pour cacher son trouble, il s'assit et saisit une plume qu'il trempa dans l'encrier apporté par maître Blondel.

— Ben y'a plus qu'à se rétrécir les boyaux et à boire l'eau de pluie ! lança d'une voix traînante un vieux pêcheur, déclenchant quelques rires, ce qui permit à Charles-Constant de retrouver tout à fait ses esprits.

Pendant ce temps, Antoine passait de l'un à l'autre, un sourire amical sur les lèvres, tendant un petit pot d'étain, offrant l'aubépine que chacun buvait en le remerciant. Le capitaine Malville but le sien pareillement, observant toujours de sa place le profil de Jeanne, la masse blonde de ses cheveux sous le bonnet à plis.

— En tant que nouveau maire et président du club des Jacobins, je ratifie la proposition des quarante sous aux plus pauvres, clama Charles-Constant. C'est d'ailleurs le vœu de Paris. Avant chaque...

Soudain, la porte s'ouvrit très grande, projetée contre le mur qui la rembarra. Un poignet de dentelle prolongé d'un bras gainé de noir la repoussa à nouveau furieusement et, comme un diable, les yeux révulsés, la mèche blanche en bataille, l'échevin de Saint Vallery bondit au milieu de l'assemblée.

La stupéfaction laissa la phrase de Charles-Constant en suspend. L'homme, très grand, très maigre, très élégant dans son habit noir et sa cape d'échevin, le bonnet d'apparat sur la tête, s'avança le doigt tendu vers Charles-Constant et glapit :

— Vous violez la loi ! La loi sacrée depuis Saint Louis ! Notre pays a encore son roi ! Saint Vallery a encore son échevin !

Imperturbable, Charles-Constant toisa le digne homme.

— Avant chaque réunion, reprit-il en regardant à nouveau bien en face l'assemblée figée dans l'étonnement, ceux qui ont le droit à cette indemnité passeront au comité de bienfaisance que j'ai ouvert... dans l'ancienne maison des échevins, réquisitionnée à cet usage.

Un rire courut dans la salle. Écarlate, le gentilhomme écuma, frappant sur la table de ses petits poings ornés de dentelle. Blondel recula, serrant ses notes contre son cœur, mais déjà Charles-Constant était saisi par sa cravate de soie et secoué fort vilainement.

— On étrangle notre frère citoyen ! s'exclama un charpentier, se découvrant une soudaine parenté avec Charles-Constant.

Avertissement inutile : Antoine était déjà là. En un bond, il avait saisi le gentilhomme par les épaules et lui avait fait lâcher prise d'une grosse tape bourrue.

— Vous n'êtes qu'un gueux et je vous ferai pendre ! hurla l'échevin à l'adresse du nouveau maire, agitant ses longues pattes d'araignée, agrippant son bonnet d'apparat, tandis qu'Antoine, le ceinturant comme un ballot, se proposait de le sortir.

— Tu vas le mettre, où ? s'inquiéta le sieur Leloutre.

Du fond de la salle, la voix du capitaine claironna :

— Les barreaux du nouveau cachot ne sont pas encore scellés.

— Alors, j'voyons que le placard aux balais des moines, énonça Antoine de sa voix calme.

— Fais pour le mieux, citoyen, dit Charles-Constant en regardant à nouveau ses notes.

Certains se levèrent pour voir, dans le couloir

menant aux anciennes cellules, l'échevin poussé dans le placard dont Antoine ferma énergiquement le gros loquet de fer à crochets. Puis, laissant tambouriner le prisonnier, il s'en retourna à l'assemblée.

Une fois les rires calmés, Charles-Constant réaffirma que la question des quarante sous était démocratiquement réglée. Il fut applaudi d'autant plus joyeusement qu'on songeait à l'échevin plié au milieu des balais de jonc. Antoine remarqua que même Jeanne, souriante et soudain toute rose, se laissait aller à l'enthousiasme général et applaudissait à son tour. Charles-Constant ouvrit la bouche pour annoncer l'ordre du jour suivant et se leva quand la porte s'ouvrit à nouveau. Était-ce l'échevin qui avait réussi à se libérer des balais ? Non, c'était seulement un retardataire, maître Havas, qui s'avança, son bonnet entre ses mains. Il resta un instant incertain au seuil de la porte.

— Entre, citoyen Havas, dit Charles-Constant, tu arrives à point nommé... Nous devons voter les changements de noms, comme nous le demande Paris.

— T'as raté la mise au placard de l'échevin ! lui lança un pêcheur, la mine réjouie.

Tandis qu'on faisait une place à maître Havas sur les bancs des pauvres, un brouhaha grondait à nouveau, roulant d'un banc à l'autre comme une vague. Oui, oui, il fallait que tout change, les noms, les chefs et tout et tout... Non, fallait que rien de tout cela ne change ! On avait assez souffert ! On avait toujours souffert ! C'était la volonté du Peuple ! C'était la volonté de Dieu ! 'Était p't'êt' ben la volonté des deux ! 'pourrions contenter les deux sans faire autant de raffut ! 'Était *rien* mauvais pour les affaires, cette agitation ! Et les affaires, 'était comme les *péchons*... Les poissons, citoyen, parle français ! Les *péchons* ça avait toujours été les *péchons* et 'était comme les affaires, ça aimait point la révolution !

Antoine tendit un verre de sa décoction à Charles-Constant qui faillit refuser d'un air maussade mais, après un coup d'œil sur l'assemblée qui l'observait, il accepta le verre. Il le passa ensuite au notaire Blondel qui couvrait ses papiers de notes frénétiques, et qui, lui, le refusa en fronçant le nez de dégoût. Une fois sa cruche vide, Antoine rejoignit le fond de la salle du chapitre, pas très loin du capitaine Malville et, le visage placide, observa la suite de la réunion. Quand il était passé entre les bancs, les yeux de maître Havas s'étaient posés sur lui, agrandis par la stupéfaction. Leurs regards s'étaient croisés, maître Havas avait ouvert sa grande bouche mais l'avait refermée tandis que son neveu assenait des coups de bûche sur la table.

— Le vote ! Le vote ! Les noms ! Les noms ! scanda l'assemblée.

Charles-Constant prit un feuillet que lui tendait maître Blondel.

— Pour commencer, citoyens, le nom même de Saint Vallery doit devenir Vallery car...

— Oui ! Non !

— Je demande la parole !

Un homme sec, à la mine morose, plus poudré qu'un meunier, se leva et tendit un doigt accusateur vers un jeune homme élégant, aux belles manières nonchalantes, qui jouait d'un geste désinvolte avec le pommeau d'une canne dont la rusticité jurait avec l'élégance de sa mise.

— Je dénie le droit de vote à cet homme, indigne d'exercer ce droit que le peuple a payé de son sang !

Un brouhaha étonné agita la salle.

— Peux-tu t'expliquer, citoyen Angot ? Que reproches-tu au citoyen Langlois ?

— De le faire cocu, pardi ! grogna un charpentier, tout bas pour ses voisins, mais suffisamment fort pour faire glousser tout un rang de citoyens.

— Cet individu se promène dans Saint Vallery...

— Vallery ! Vallery ! l'interrompirent quelques voix joyeuses.

— Dans Vallery, donc, avec une canne séditieuse dont le pommeau a été sculpté d'après ma personne !

— Oh ! Ah ! s'exclama l'assemblée, intéressée, tendant le cou vers la canne que le sieur Langlois, d'un geste affable, fit aimablement circuler.

Charles-Constant et maître Blondel, dubitatifs, détaillèrent le lourd pommeau sculpté, puis le visage anguleux de M. Angot, et firent passer la canne dans les rangs de l'assemblée qui jugea sur pièce. À *mé*, me paraît plutôt ressembler au garde national Paumel, qu'est' qu't'en dis, *té* ? J'dirons plutôt que cette trogne de bois me rappelle le curé Lefrançois qu'a disparu depuis six mois ! A pas disparu, l'est *muché* sur le bateau de... Tais donc *té*, grande futaille ! On sait bien qu'il est devenu maître d'équipage chez...

Charles-Constant agita sa bûchette et réclama le silence avant de demander :

— Citoyen Langlois, qu'as-tu à répondre à cette accusation ?

— Qu'elle est sans fondement, citoyen Havas,

répondit l'élégant jeune Langlois en se levant. Mon goût pour la sculpture des pommeaux de canne date de mes enfances et du mari de ma nourrice. Ce petit talent, fort modeste, que j'exerce, n'est qu'une innocente idiosyncrasie...

— Idio quoi ?

— ... qui a abusé, et vous m'en voyez navré, la manie de la persécution du citoyen Angot.

— Dit-il qu'il est idiot ?

— Ou que c'est la canne qui l'est ?

— *Idiosyncrasie,* chers citoyens : petite habitude, ou disposition personnelle...

Charles-Constant et maître Blondel se regardèrent, abasourdis par la tournure que prenait cette première assemblée populaire puis, après s'être concertés, finirent par dire que rien ne corroborait les allégations du sieur Angot et, d'ailleurs, conclut Charles-Constant, chacun était désormais libre de se promener avec la reproduction de la tête de qui il voulait, au nom de la liberté d'expression ! Et qu'on allait peut-être enfin passer au vote des changements de noms, ceux de la ville et des navires !

— Et les deux l..., citoyen ? s'exclama le sieur Auguel, qui faisait office de maître d'écriture, grand échalas à la chevelure hirsute.

— Les deux ailes de qui, de quoi ? s'exclama-t-on.

— Les deux l dans Vallery !

— J'savons même point qu'y en avait deux !

— Car il ne suffit pas d'arracher la superstition jusque dans les racines des noms, il faut fusiller la grammaire, décapiter l'orthographe ! continuait le maître d'école. C'est-à-dire simplifier l'écriture ! Se rapprocher du peuple en lui offrant une langue propre, innocente, et qui chante selon la pure nature de son cœur ! ajouta l'instituteur en mettant la main sur le sien.

On applaudit l'abandon du saint et celui d'un des deux 1 : désormais, Saint Vallery s'appellerait simplement Valery ! Le brigantin nommé le *Saint-Pierre* s'appellerait l'*Unité* ! Celui nommé le *Saint Vallery* s'appellerait bien sûr le *Valery* ; le *Saint-Jean* deviendrait le *Mirabeau*, le *Saint Mathieu*, le *La Fayette*... Ce fut à nouveau un beau brouhaha. Les perruques poudrées hochaient la tête, applaudissaient à tout rompre, hurlant qu'il fallait extirper le fanatisme au cœur même de la vie du peuple. Oui, le monde était une machine, une horloge qu'on ne pouvait remonter que par secousses brutales Oui, il fallait porter la cognée à la racine ! Changeons les noms ! Changeons l'orthographe ! Changeons tout !

Charles-Constant allait lever la main quand on frappa à la porte et un soldat poussa une figure toute gênée dans l'entrebâillement.

— Faites excuse, citoyen, c'est rapport au ci-devant échevin !

— Eh bien quoi, il étouffe ? Il a mangé les balais ? s'interrogea l'assemblée, goguenarde.

— Il se retient, il se tortille..., il va mouiller le placard ! grimaça le garde.

— Eh bien qu'il le mouille ! gronda Charles-Constant, exaspéré.

La salle se tordit de rire. Le soldat ressortit et avant que l'on passât au vote, constatant la pénombre grandissante, maître Blondel se pencha sur un petit panier déposé à ses pieds. Il en sortit une dizaine de bougies qu'il dressa comme un trophée indécis. Antoine comprit tout de suite et alla prendre les bougies qu'il disposa, une à une, dans les encoches du mur, comme il l'avait si souvent fait du temps des moines. Charles-Constant expliqua avec fierté à l'assemblée que le Comité ne vivrait en rien sur la population et que Paris allouait des subsides pour que s'exerçât dans les meilleures conditions la liberté des comités populaires ! Au vote ! Au vote ! grogna l'assemblée qui commençait à bâiller.

Le vote eut lieu. Les changements de noms furent acceptés à une large majorité de mains levées. Jeanne, qui n'avait pas levé la main, faisait une mine fâchée. Maître Havas, qui ne l'avait pas levée davantage, grommelait entre ses dents.

Ce fut alors qu'un canonnier du port se leva, titubant, oscillant comme un haut mât par temps de belle houle. Antoine jeta un coup d'œil dans sa cruche, constatant à regret qu'elle était bien vide.

— J'aaaa... ccuse le capitaine Maaaalville d'aaaa... bus d'auto...rité !

Semblant tiré d'une profonde songerie, le capitaine se redressa, décroisa ses bras, toisa toute l'assemblée d'un air farouche. Jeanne tendit le cou pour mieux l'observer.

— C'est une accusation grave, soldat, émit maître Blondel, levant le nez de ses feuillets.

— Trois... Trois jours d'arrêt de rigueur ! C'est un abus ! hoqueta la canonnier tandis que le capitaine s'avançait dans l'allée, expliquant d'une voix ferme que la discipline était la force des armées, que la patrie était en danger et que ferions-nous, face à l'ennemi, avec des soldats de cet acabit, refusant d'obéir aux ordres ?

— Nous ne sommes pas en guerre, capitaine.

Enfin, pas encore. À quel ordre a désobéi cet homme ? interrogea Charles-Constant en soupirant.

— Alors que je lui ordonnais d'aller prendre la relève aux canons sur la grève d'aval, il m'a répondu : « À bas les épaulettes ! »

— Oui ! rugit le canonnier. C'est ce que j'ai dit ! Vive la liberté et l'égalité ! À bas les épaulettes !

Charles-Constant se pencha à l'oreille de Blondel et grinça entre ses dents, faisant semblant de consulter ses notes :

— À vous maître, j'ai assez donné de ma personne pour cette première séance...

Maître Blondel se redressa et s'éclaircit la voix :

— Est-ce par patriotisme, citoyen soldat, que tu as clamé « À bas les épaulettes » ?

— C'est cela même ! glapit le canonnier, hilare.

— Alors le peuple te pardonne ! Salut et fraternité. La séance est levée.

Dans un grand brouhaha d'applaudissements, de paroles et de fracas de bancs, la salle se vida peu à peu. On entendit encore des réflexions à propos des quarante sous de cette première séance : « Seraient'y comptés aussi ? Ça nous ferait donc quatre-vingts sous pour la semaine prochaine ? 'Est p't'êt' ben une bonne affaire, c'te révolution ! *La Démocratie vous fout la pelle au cul !* »

Maître Blondel ramassait ses papiers avec vivacité et les glissait dans un portefeuille en maroquin doré en murmurant à l'adresse de Charles-Constant : « Un rendez-vous, citoyen, vous m'excusez..., je remettrai plus tard au propre les notes de la séance... »

Un immense silence soudain s'abattit sur la salle du chapitre. Charles-Constant resta un instant à contempler sa bûchette, Malville se tenait toujours dos au mur, au fond de la salle, observant à la dérobée le profil de Jeanne qui, immobile, tirant sur le nœud de son châle, ne semblait se décider à partir. L'énorme masse de maître Havas, phoque naufragé, semblait assoupie dans sa graisse. Antoine demeurait sur un banc du fond, les yeux fixés sur la cruche qu'il tenait entre ses genoux. Un puissant barrissement assoiffé s'échappa de la poitrine de l'oncle et il s'ébranla enfin, se redressa, puis tourna vers Antoine ses petits yeux porcins éclairés d'une lumière rusée. Mais il se contenta de pousser un grognement à la cantonade qui pouvait passer pour un bonsoir et sortit lentement tandis que Charles-Constant, le visage sombre, s'appliquait à ne regarder personne. Le capitaine Malville se racla la gorge, avança enfin d'un pas vers Jeanne, prenant prétexte de mettre un peu d'ordre dans le chahut des bancs. Elle se leva, toute raidie par l'émotion et l'indécision, posa sur le capitaine un regard d'une intense tristesse puis, d'un mouvement brusque de tout le corps, elle lui jeta l'aumône d'un salut sec et marcha d'un pas décidé vers Charles-Constant. Il ouvrait la porte, sursauta quand il la vit si près de lui, hésita un instant sans oser la regarder, puis s'inclinant légèrement, il s'effaça pour la laisser passer, bafouilla un « mademoiselle, je vous en prie... » qui le laissa furieux contre lui-même. Jeanne sortit très droite et Charles-Constant disparut à sa suite. La porte se referma. Antoine murmura d'une voix douce où, il ne sut pourquoi, Augustin Malville crut entendre de l'amitié et de la compassion alors qu'il ravalait sa déception.

— C'est une combattante, cette petite Jeanne... Et une rusée qui sent d'où vient le vent. Faut la comprendre...

— Pourquoi devrais-je me soucier de comprendre une femme, grommela Malville, la voix enrouée, flanquant un dernier coup de botte dans un banc.

Le garde revint à ce moment-là et son intrusion brutale donna à Malville le sentiment de se remettre en selle.

— Faites excuse, mon capitaine. Mais cette fois, pour le ci-devant échevin, il demande, enfin..., c'est sérieux et, à mon avis, ça va pas être drôle pour nous s'il se laisse aller...

— Hum, hum.... Je pense qu'on peut le laisser aller, justement..., dit Malville, très sérieux également.

L'échevin, la cape et le bonnet en berne, fila comme un boulet.

— J'allons passer un coup de savon noir dans le placard, ajouta Antoine, dont la mine sérieuse reflétait celle du capitaine.

Dans le couloir, face au placard ouvert à deux battants qui avait également laissé échapper deux balais de jonc, ils finirent par se regarder et éclatèrent de rire. C'était un grand rire clair, un immense jappement joyeux et enfantin qui leur sortit à tous deux de la poitrine. Antoine dut se tenir au mur. Il ne se souvenait pas de son dernier rire.

— Citoyen jardinier, pour fêter toutes ces nouvelles résolutions, que dirais-tu d'une chopine chez le Polite ?

— Citoyen capitaine, avez-vous déjà vu un Cauchois refuser un coup à boire ?

19

Charles-Constant ne savait comment quitter Jeanne : fallait-il accélérer le pas, la saluer en touchant son tricorne et courir dans la rue pentue au risque de se rompre le cou, serrant son portefeuille sous le bras comme un écolier fugueur ? Fallait-il au contraire ralentir, ou prendre la ruelle en escalier, à droite, qui le ramenait sur le port, plutôt que de la suivre vers la rue Saint-Léger ? Silencieuse et gênée, elle baissait pareillement les yeux et, comme vers un phare dans la tempête, ils se laissèrent guider par le brouhaha et les fenêtres lumineuses des tavernes de la rue populaire. *Au Cabestan*, un accordéon poussif accompagnait la voix rauque et belle d'une femme ; à *La Confiance*, c'était le crincrin de toujours qui couinait et étrillait les oreilles. Les mots, peu à peu, tombèrent de leurs lèvres. Les souvenirs, les lieux, l'enfance et les deuils, qu'on suivait comme de petits cailloux sur un chemin perdu. Oui, elle vivait dans une *caloge*, avec son petit frère, blessé mais si bien soigné par Antoine. Antoine le jardinier, crut-elle bon d'ajouter tandis qu'il la regardait en coin. Il connaissait les *caloges*, n'est-il pas ? Il était d'ici, il savait donc mieux que ces belles perruques de Paris ce que voulait le pauvre peuple ! Sans offense pour sa perruque, ajouta-t-elle en pouffant. D'un geste maladroit, Charles-Constant ne put s'empêcher de redresser la sienne. Elle eut un rire doux comme un roucoulement de colombe qui l'émut et le fit tressaillir. Il se souvint soudain de Reine-Élisabeth, de Céleste, de leur peau rose, de leur parfum de fleurs, du doux frou-frou de leurs robes. Il les avait haïes. Haïes à en mourir. Les femmes ! Quelle engeance ! Cette race fendue en son milieu comme un sac ! Et l'amour, quel chiendent ! C'était du moins ainsi que parlait son directeur de conscience au séminaire. Pardon ? Que disait-elle ? Lui, où vivait-il ? Il avait quitté l'auberge de son oncle Havas..., sa situation ne lui permettait plus d'y demeurer. Il vivait désormais dans l'ancienne maison des échevins..., oui, celui du placard, au premier étage, car tout le rez-de-chaussée serait dévolu au comité d'aide et de subsistance qu'il voulait fonder. La Révolution avait tant à faire.

Il réalisa soudain qu'ils étaient parvenus sur la plage, tout enténébrée et rompue de bourrasques. Dans le halo pâle de la lune se dessinait le contour des pauvres *caloges* échouées sur leur lit de galets. Elle le remercia de l'avoir raccompagnée ; même si née ici, n'est-ce pas, elle ne risquait pas grand-chose, connaissant tous les matelots, tous les ouvriers depuis qu'elle savait marcher ! Il n'était pas né, celui qui aurait l'audace de lui manquer de respect !

Il bafouilla encore quelques mots, s'inclina une nouvelle fois, effleura son tricorne d'un geste d'automate et finit par tourner les talons, oscillant de tout son corps maigre sur les vagues de galets, bousculé par le vent qui semblait tomber des falaises pour l'assommer. Elle resta un instant interdite, grelottant soudainement. C'était maintenant ou jamais. C'était un de ces moments où il sert de savoir affaler ou monter la voile, de prendre le vent ou de se laisser naufrager. Elle vit la porte noire et puante de la *caloge.* Elle songea à François, à sa jambe tordue qui ne se remettrait jamais bien. Qu'allait-elle devenir avec ce bancal dont plus personne ne voudrait sur un bateau ? Que pouvait-il advenir d'une fille comme elle quand le regard ténébreux d'un capitaine, qui ne saurait rien faire d'autre que de finir dans un charnier, lui retournait le cœur ? Elle cria comme elle avait crié « Et le pain ? » lors de l'assemblée. Elle cria parce qu'elle voulait survivre. Elle se mit à courir, à rattraper l'ombre maigre et mouvante qui s'éloignait.

— Maître Havas..., je voulons dire... citoyen..., pardonnez mon audace...

Il s'arrêta, remit une nouvelle fois son tricorne droit sur sa perruque, maudissant cet éternel vent cauchois qui vous laisse dépenaillé et décoiffé comme un épouvantail.

— Si vous êtes maire, avec cette grande maison des échevins sur les bras..., il vous faut une femme...

Charles-Constant eut un sursaut de tout son corps, il serra son portefeuille sur sa poitrine creuse et tremblante.

— Je voulons dire... une gouvernante... pour votre linge, vos hôtes, les repas et le ménage...

Il commença d'agiter la tête d'un air de dénégation terrifiée.

— Je ne crois pas...

Il reprit sa marche bancale, la tête pleine de houle, le chaud aux joues. Elle continuait de le suivre, de lui lancer des arguments suppliants ; elle bondissait, s'agitait, petit elfe blond d'une sarabande qui lui brisait la tête. Des rires de soldats avinés remontant au château Trompette la troublèrent un instant. Elle se tut en les regardant passer sur le quai, honteuse soudain qu'on pût la prendre pour une fille de la rue Saint-Léger, cherchant la bonne fortune auprès d'un bourgeois emperruqué. Mais elle songea encore à la patte tordue de François, à la puanteur glacée de la *caloge* et reprit courage.

— Et votre Révolution, alors, citoyen Havas, elle est point faite pour liquider les *caloges*, pour balayer toute cette misère ? D'accord, j'avons point voté pour le changement de noms, je sommes pas encore une vraie citoyenne, je sommes pas bien *éducaillée*, j'avons même jamais été placée servante, mais si vous, le premier citoyen de Saint... heu, de Valery, heu, enfin, comme vous dites désormais car je savons point écrire, si vous n'aidez pas les orphelines, à quoi ça sert, votre Bastille, et tous les châteaux séquestrés ?

— Sous séquestre. On dit mettre des biens sous séquestre..., grommela-t-il en frissonnant.

Parvenus au bout du quai, ils passèrent devant la maison Rigoult, toute noire et silencieuse. Il ne put s'empêcher de lever la tête vers les fenêtres à croisillons. À ce même moment, alors qu'il allait définitivement la chasser, Antoine, une lanterne à la main, accompagné du capitaine Malville, déboucha de la rue de la Soif, qui faisait l'angle avec la maison Rigoult. Ils marchaient à grands pas, riant. Oui, il en était sûr, ils riaient. De stupéfaction, il resta la bouche ouverte. Jeanne se tint coite à ses côtés, serrant son châle sur ses épaules maigres. Antoine et Malville se figèrent. Ils restèrent tous les quatre à se dévisager, stupéfaits. Malville sentit sa poitrine se serrer quand il reconnut la chevelure de Jeanne, battue dans le vent, grand hauban blond et vaporeux, qui volait sur l'épaule du commissaire du Directoire. Il vit sa main, presque transparente dans le rayon de la lanterne, attraper la masse des cheveux, la serrer sur sa poitrine, s'en parer comme d'un long drap. Il serra sa mâchoire comme, avant la charge, avant la bataille, il avait l'habitude de faire.

— Eh bien, citoyens, on dirait que la première réunion du club des Jacobins vous met de belle humeur..., parvint à articuler Charles-Constant.

— Nous avons libéré l'échevin, citoyen Havas, déclara Antoine en balançant son grand corps d'avant en arrière. Pouvions tout de même pas l'y laisser la nuit entière, vu qu'il était pris d'un besoin, comme qui dirait, urgent...

Malville se dérida et ne put s'empêcher d'ajouter :

— Il eût été malséant que le souvenir de cette première réunion fût souillé par un ci-devant... foireux... !

— Bien sûr, bien sûr, grommela Charles-Constant, très sérieux. Vous avez eu raison.

Il y eut à nouveau un lourd silence entre eux, que brisait le fracas des coques des bateaux frottées les unes aux autres et les éclats de voix de la rue Saint-Léger, toute proche. La peau de leurs quatre visages, dans le halo de la lanterne, brillait d'une pâleur spectrale.

— Nous allons fêter toutes ces belles décisions chez le Polite, reprit Malville, forçant sa voix avec une gouaille inhabituelle. Nous accompagnerez-vous ?

Jeanne prit un air pincé et redressa ses épaules maigres.

— Sommes point une fille de taverne, capitaine ! Que vous a-t-on appris, à l'armée ?

— Qu'il n'y a que trois sortes de femmes : les veuves, les cantinières et... les putains ! articula Malville avec un grand rire amer.

La main de Jeanne partit vers la joue du capitaine mais Antoine la saisit au vol et l'enferma dans son gros poing en riant doucement, en soufflant dessus comme s'il tenait dans sa paume un oiselet blessé.

— Chut, belle enfant ! Le capitaine ne songeait pas à mal... et le citoyen Havas ne nous a-t-il pas appris que désormais nous vivons sous le règne de la raison..., et de la maîtrise de nos passions ?

Malville, étonné d'un tel langage dans la bouche du jardinier, le regarda étrangement, plus suspicieux que jamais.

— J'récitons les leçons de la Révolution..., grimaça Antoine, relâchant la main furieuse de Jeanne.

— Et moi, je les applique ! s'exclama Charles-Constant, fixant Antoine d'un regard farouche. J'ai connu autrefois quelqu'un qui cultivait S... heu..., Valery, et avec un seul 1, comme Voltaire son jardin ! En tant que commissaire du peuple, je m'engage, moi aussi, à labourer Valery jusqu'au cœur, à supprimer les *caloges* et les *gobes* ! Il n'y aura plus d'enfants orphelins mourant de froid sur le port, ni de filles publiques se jetant du haut des falaises, poussées par le désespoir...

Oubliant leur propre colère, Jeanne et Malville regardaient tour à tour Antoine et Charles-Constant, sentant entre les deux hommes se délivrer des sentiments mystérieux et interdits. Le visage d'Antoine s'était figé, son petit sourire malin s'était effacé. Il semblait encore plus immense soudain, géant sombre ployant toute sa charpente vers le nain qui le narguait. Mais il ne fit pas un geste, il ne dit rien, il ne le fit pas taire.

— La citoyenne Jeanne va donc quitter sa *caloge* et venir s'occuper de l'ancienne maison des échevins, elle sera ma gouvernante, elle s'occupera de l'accueil de tous les pauvres et démunis qui viendront au Comité réclamer l'aide de la patrie pour ses enfants en péril !

Jeanne joignit ses mains et resta sans voix, incapable d'articuler le moindre remerciement.

— Faut garder ce joli discours pour la tribune, citoyen, il fait son effet, gronda, mal à l'aise, Malville en regardant ses bottes.

Comme s'il n'avait pas entendu la remarque du capitaine, Charles-Constant fixait toujours Antoine, silencieux.

— Entendez-vous, citoyen ? Plus de *caloge* ! Plus de *gobe* ! Plus de catin forcée par des marins rongés de misère ! Ce monde va mourir ! Un autre est en train de naître, de sortir des mains actives d'hommes neufs ! Neufs et innocents ! Certains vont peut-être encore rester cachés, à ruminer ou à méditer comme des rats dans leur fromage, mais d'autres vont agir, citoyen, agir !

Antoine restait impassible, statufié avec la lanterne au bout du bras gauche, et Charles-Constant ne le quittait pas de son œil sévère. Il y eut encore un silence pesant entre eux puis Charles-Constant se tourna vers Jeanne et articula d'une voix sèche.

— Je vous attends demain à la première heure, citoyenne. Vous aurez le gîte et le couvert, une pièce de drap, des souliers et dix livres à...

Il allait dire « à la Saint-Michel » mais il se reprit à temps et souffla d'un ton triomphant :

— ... et dix livres l'an !

Transportée, Jeanne porta ses mains à sa bouche, comme pour retenir le cri de joie qui l'étranglait. Puis Charles-Constant lui tendit la main avec une solennité qui les laissa tous éberlués.

— Citoyenne, nous voici liés au sort de la Patrie et à la réussite de la Révolution...

Jeanne serra la main que Charles-Constant lui tendait mais elle ne saisissait pas ses yeux, brillants dans la nuit, qui la fuyaient, qui ne cherchaient que le regard d'Antoine, toujours immobile et muet.

— À la vie à la mort... Que ni homme ni femme, ni Dieu ni roi ne nous séparent jamais... ajouta-t-il, d'une voix rauque qui se brisait.

Jeanne approuva d'un air un peu sot, serrant énergiquement la main de son bienfaiteur, tentant de bafouiller des remerciements qui ne vinrent pas. Elle souffla enfin :

— J'savons que dire ! J'vous remercions du fond du cœur !

— Vous direz désormais : « Je ne sais..., je vous remercie... » Auprès de moi, vous apprendrez à lire, à écrire et à pratiquer la conjugaison.

Il n'avait toujours pas l'air de s'adresser à

Jeanne. Ses yeux vifs perçaient les lueurs tremblantes de la nuit et ne se posaient que sur le visage impassible d'Antoine.

Puis Jeanne s'enfuit brusquement, la main sur son bonnet, et se mit à courir dans la nuit vers la plage. On entendait le trépignement de ses pieds nus sur le pavé mouillé du quai. Sans plus un mot, Charles-Constant pivota sur ses talons et s'en fut vers le pont-écluse, quand il se retourna à nouveau, lançant d'une voix pleine de défi :

— Et pour que vous ne pensiez pas que seules m'importent les lumières de l'esprit, je ferai dresser ici même le premier réverbère de S..., de Valery !

Antoine et Malville restèrent un instant silencieux, comme assommés. Malville coula un long regard sur la lanterne, puis sur Antoine qui rompit le silence et le malaise avec sa bonne voix douce au long accent traînant :

— Question discours, on a eu notre lot... et on a drôlement mérité cette chopine, pas vrai, capitaine... ? Si votre offre tient toujours...

— Elle tient. En avant, marche sur le Polite ! Et tu m'expliqueras les *gobes* et les *caloges*... Maudit pays ! grommela Malville en faisant claquer ses bottes.

20

L'étrave puissante de la corvette anglaise fendait la brume qui la séparait encore de la côte normande. Silencieux, actifs, les marins, moitié anglais, moitié français et déserteurs, allaient et venaient sur l'entrepont, glissant pieds nus auprès des canons pointés sur la côte. Tout droit sur le gaillard d'avant, enveloppé dans une immense cape, l'aristocrate palpait de ses yeux le tissu épais de la brume, espérant à chaque instant que la pointe du jour laisserait apparaître les hautes falaises blanches de son pays. Un autre homme, plus petit de taille, le rejoignit, se tenant d'une main faible à la rambarde de bois. Livide, il jeta un regard furtif à son compagnon qui l'apostropha d'une voix à l'ironie glacée.

— Vous sentez-vous mieux ?

— Que voulez-vous ! Pour être normand, je n'ai pour autant jamais servi dans la marine... Ce fut le lot de mon frère cadet, lequel est réfugié en Rhénanie, ajouta-t-il avec amertume.

Sans feu à l'avant, la corvette paraissait errer dans un espace neigeux et inquiétant qui n'était ni d'eau ni de ciel ni de terre. Elle fendait un silence étrange et, à tout moment, comme suspendue à la lisière d'une éternité ténébreuse, elle semblait près de disparaître. L'homme malade se sentit saisi d'un mauvais pressentiment. « Pour nous éprouver, nos âmes ont été jetées dans l'invisible..., peut-être dans l'au-delà, et peut-être un message va-t-il nous parvenir, nous informer de l'endroit de notre chute... L'Enfer... ou le Paradis... » Cependant, la vaillance, la cadence du mouvement, familier avec cette côte, finirent par le rassurer. Un bruit de cloche soudain perça la brume : quatre heures sonnaient au clocher de Notre-Dame-de-Bon-Port.

— Toutes les cloches n'ont donc pas encore été fondues ! grommela le plus grand des deux hommes.

— Seule la cloche du couvent des Pénitents, d'après mon épouse, est partie pour la fonderie... Il paraît que la grande affaire est surtout le salpêtre. Les Jacobins...

— Les Jacoquins !

— ... font lessiver caves, murs, écuries de tout le pays pour récupérer ce qui est nécessaire à la fabrication de la poudre...

— Et le peuple marche ?

— Il écoute sans comprendre peut-être, il applaudit parfois, ou bien il a faim, il survit, il cache les prêtres, il fait le dos rond avec toute la malice que nous connaissons à nos Cauchois...

— Il nous soutiendra donc !

— Si je ne faisais pas quelque confiance à ce peuple doux et sans goût pour les métamorphoses, je ne serais pas à vos côtés dans cette entreprise que je juge vaine et prématurée. Je vous le redis, en toute sincérité, Bréauté.

Près des deux gentilshommes, trois jeunes matelots aidaient à affaler la grand-voile. L'un d'eux se redressa et se retourna en entendant le nom de Bréauté. Puis il se courba à nouveau sur son ouvrage et serra le bout, laissant échapper un râle étouffé auquel personne ne prêta attention.

— Nous sommes les derniers à être débarqués... Dix des meilleurs d'entre nous sont déjà à pied d'œuvre pour mettre le feu à cette côte, de Dieppe jusqu'au Hâvre de Grâce.

— Dix !

— Qui valent mieux que tout un troupeau partant à l'abattoir ! Sang Dieu, Yerville, que faites-vous ici, avec moi, si vous ne vous sentez pas digne du nom de vos ancêtres, si vous ne croyez pas que nous puissions briser l'emprise de la Révolution ! Cette gale a peut-être pris tout le pays mais, par Dieu, nous nous battrons jusqu'au dernier ! La Vendée bouge enfin, nous serons à ses côtés !

— Je suis sur ce bateau car je trouve ironique le sort de mon nom, moins illustre que le vôtre, Bréauté, mais c'est le mien, dont l'honneur est sauvé par la fille d'un marchand, maigre et sans grâce, et que j'ai épousée pour sa dot...

À l'évocation de Reine-Élisabeth qu'il revoyait, la nuit de sa fuite, sur la plage, tenant leur fils par la main, un sentiment, qu'entre honte et mélancolie il n'osait appeler affection, le submergea et lui fit pousser un long soupir. Le dévisageant avec mépris, Luc de Bréauté n'eut pas le temps de lancer la réplique cinglante qui lui tombait des lèvres : un matelot silencieux leur faisait signe que le moment était venu de monter dans la chaloupe. Le capitaine, un Français, leur fit le salut militaire puis, s'adressant à l'équipage, demanda en forçant la voix :

— Un volontaire pour pousser ces gentilshommes au rivage !

Le matelot qui avait tressailli au nom de Bréauté s'avança et descendit le premier dans la chaloupe. Ils entendirent des « Bonne chance, Dieu vous garde, *good luck my lords* », soufflés par tout l'équipage, et ils s'éloignèrent dans des ténèbres houleuses percées de mugissements rauques.

Le matelot ramait à une cadence régulière. Les trois hommes n'échangeaient pas un mot. Durant un temps qui sembla infini, le marin poussa la frêle embarcation sur la houle avec une vigueur maîtrisée, droit vers la côte, droit sur le mur des falaises qui émergeaient peu à peu du brouillard et de la nuit. Enfin, un banc de galets raclant le fond de la barque les fit sursauter. Sans se concerter, les deux aristocrates sautèrent dans l'eau qui les engloutit jusqu'à mi-cuisse. Le matelot se pencha alors vers Bréauté qui enfonçait son chapeau sur sa tête. Un cri jaillit de sa gorge, il tituba et s'affaissa. Aussi vite que sa longue cape alourdie d'eau le lui permettait, Yerville, tâtant les ténèbres, saisit Bréauté à bras-le-corps, cherchant du regard le matelot qui déjà disparaissait. « Pour le roi, jusqu'à ma mort : pour ma terre normande, oui-da... » Était-ce la voix du marin ? Était-ce la voix d'une tombe ? Celle des ténèbres ? « Mais j'avais juré à la *mé'*, sur le corps de mon *bésot* de petit frère, roué à mort par Bréauté pour un faisan piégé, qu'un jour je le tuerais. Dieu l'a mis sur ma route... Que sa volonté soit faite. Amen. » C'était un rêve. Le corps de Bréauté qui l'entraînait dans l'eau noire et glacée, c'était un rêve. Le brouillard qui s'était refermé sur la chaloupe, comme une porte, c'était un rêve. Un cauchemar.

Le chevalier tremblait, suffoquait, tenant contre lui le poids immense de Bréauté. Il ne sut comment il trouva la force et l'énergie d'atteindre la plage où ils tombèrent, dans un corps à corps épuisé, sur les galets. Dégrafant le pourpoint de cuir de Bréauté, tâtant sa gorge, Yerville sentit la vie palpiter dans l'immense corps, mais à le tirer sur les vagues de galets, il comprit qu'il ne parviendrait jamais jusqu'à la maison du roi Henri. Il ne put, avec des efforts qui lui arrachaient des larmes d'impuissance et de fureur, que le traîner le plus loin possible sur une dune de galets, au plus près du pied de la falaise où il l'abandonna.

Grelottant, les muscles durcis par le froid, il marcha vers où lui semblait se tenir le chantier des bateaux. Les carcasses de bois squelettiques émergèrent peu à peu du brouillard. Le fracas du ressac d'hiver emplissait à lui seul toute la nuit, atténuant quelque peu le bruit des éboulis de galets que provoquait chacun de ses pas. Aucun soldat ne semblait en vue sur le chemin de ronde ni auprès de la tour d'artillerie que déchiraient des pans de brume. Il obliqua à pas mesurés sur sa gauche pour rejoindre le marais de Notre-Dame-de-Bon-Port, traversa la place déserte, balayée de courants d'air qui portaient des odeurs de chairs décomposées, passa devant l'auberge où pas une lampe ne brûlait. Il devina le pont-écluse et le toit rond du moulin. Quand, en janvier, à Londres, ils avaient échafaudé ce plan, Bréauté avait assuré qu'il vaudrait mieux perdre une heure à contourner le port par la route du Hâvre de Grâce plutôt que de risquer d'être arrêtés en passant l'écluse. Avec la rareté du pain et de la farine, sans doute des soldats de la garde nationale protégeaient-ils le moulin. Yerville fixa d'un air désespéré la maison du roi Henri, toute noire, et l'étoile que dessinait le nouveau réverbère sur les ténèbres du quai. « C'est fini. C'était écrit. Si Dieu a laissé la vengeance de ce marin s'exercer au moment même où nous voulons combattre pour Lui, c'est que nous sommes perdus. Marche, Yerville, vers ton destin. »

Il avança donc à pas lents sur le pont-écluse comme vers son jugement. Rien ne se passa. Pas une âme n'apparut. La porte du moulin resta close et Yerville poussa celle de la maison Rigoult avec un geste d'automate. Autrefois, les lampes brûlaient toujours tout le long de l'escalier de la tourelle, selon les ordres du maître du logis. Il n'y en avait plus qu'une seule, à la hauteur de la première volée de marches. Et cette modeste lampe à huile, tout emprunte de l'économie forcée du moment, lui serra le cœur. Elle était comme une promesse fragile, une survivance douce du monde d'autrefois. Lui revinrent soudain à la mémoire les sonates massacrées sur le clavecin de sa femme, sa joie innocente qui le lassait parfois, ses manières primesautières et enfantines qu'il lui avait si souvent reprochées. Il crut entendre le gros rire de M. Rigoult, les chapitres de *Robinson Crusoé* dont les soirées étaient abreuvées, le rire de gorge provocant de la maîtresse. Il se souvenait de les avoir trouvés laids, vulgaires et bêtes, ces bourgeois éclairés, comme il trouvait inconvenant l'enthousiasme pour ce Voltaire qu'un Rohan, Dieu nous garde, avait fait bastonner !... Et voilà que lui, chevalier de Yerville, était là, dans cet escalier modeste, à la lumière de la dernière lampe de l'humanité civilisée lui sembla-t-il, trempé et glacé jusqu'aux os, ayant abandonné un pair de France sur la grève de ce port pouilleux.

Après avoir monté l'escalier à pas lents, Yerville poussa la première des portes de la galerie et entra dans le petit salon qui faisait autrefois la fierté de Mme Rigoult. L'âtre était froid ; la table d'acajou, les divans et les fauteuils étaient recouverts de longs draps gris. Il régnait une odeur écœurante de poisson cru et de cendres grasses, une atmosphère de veillée funèbre. Reine-Élisabeth et son fils étaient-ils morts ? Disparus ? Ou bien son épouse était-elle en fuite sans avoir pu le prévenir, alors que son dernier message l'assurait de son indéfectible fidélité ? *Si je ne puis davantage vous espérer au château de vos ancêtres, qui a été saisi et vendu, je le ferai, fidèle à jamais à votre personne, dans la maison de mon père qui pour l'heure n'a guère attiré l'attention de notre nouveau maire et dont la porte, chaque nuit, restera ouverte pour vous...*

Il se laissa tomber sur un des divans qui gémit, jeta son chapeau trempé à ses pieds, dégrafa sa longue cape alourdie d'eau, contemplant d'un air morne le clavecin fermé qui lui fit songer à un cercueil. Des marches grincèrent. Il se retourna. Un spectre tremblant s'avançait vers lui, un hachoir à la main, qui poussa un cri et se jeta en riant dans ses bras. Le bonheur qu'il éprouva à serrer contre lui Reine-Élisabeth, cette âme chaude et maigre, ce petit corps fébrile qui implorait toujours son amour, l'émut plus encore qu'il ne l'avait craint. Il eut de la peine à faire cesser le flot des baisers et à expliquer que le comte de Bréauté agonisait au pied des falaises. Légère comme une mouette dans sa longue chemise de linon, frissonnant de froid et de bonheur, elle allait de long en large, frottant ses mains.

— Réfléchissons ! Nous avons encore une heure avant le premier tour de garde... Vous avez eu de la chance, une partie des soldats a été rappelée à Paris... Il nous faut une charrette pour aller chercher le comte... Nous n'en avons plus, ni de chevaux d'ailleurs, tout est réquisitionné sauf... oui, le varech, ce sont encore les seules charrettes qui circulent sans provoquer de méfiance...

— Le varech..., marmonna le chevalier, comme s'il entendait le mot pour la première fois.

— Ah, mon ami, bien sûr, vous ne savez pas ces choses-là... On fabrique du savon avec le varech que l'on brûle. La charrette du père Vaast, à Bon-Port, n'est peut-être pas encore déchargée. Il m'a connue enfant et déteste Charles-Constant...

— Charles-Constant ? grogna le chevalier, ce petit curé miséreux ?

— Il ne l'est plus ! Il est le maire et, mon Dieu, je ne sais trop expliquer..., on parle de directoire, de municipalité, de département... Allez plutôt embrasser votre fils, mon ami. Je m'habille et je m'occupe de la charrette, ajouta-t-elle en lui mettant une bougie entre les mains.

Reine-Élisabeth s'en fut avec autant de légèreté que si elle allait organiser un pique-nique, ce qui laissa le chevalier tout à fait abasourdi. Dans une chambre contiguë au salon, il découvrit son fils, Philippe, la mine hâlée et joufflue, enroulé dans des draps et de grosses couvertures molletonnées. Attendri, il écouta le souffle régulier du bambin quand survint une servante échevelée, le bonnet de travers.

— Ha, Monsieur, quelle joie de vous voir ! Nous avons tant prié Notre-Dame-de-Bon-Port !

— Qui es-tu ?

— Antoinette, Monsieur. J'servons vot'mé' aut'fois, et j'avons fui le château avec Madame...

Il ne put se débarrasser de la ferveur de la servante avant d'avoir accepté de retirer ses bottes devant le feu qu'elle alluma dans le petit salon. Mais il refusa de se changer davantage, il n'en voyait pas l'utilité puisque son épouse avait l'intention de le mettre dans du varech, ajouta-t-il avec un peu d'humeur.

Le varech, Monsieur ? La servante alluma une lampe et la posa sur le clavecin. Le varech pour le savon ? Monsieur disait vrai car voilà que le père Vaast garait sa carriole sous le porche ! Madame avait sans doute ses idées ; c'est qu'il en fallait des idées, pour survivre par ces temps qu'on nous faisait vivre !

Yerville renfila en maugréant ses bottes au cuir tout collant et gras d'humidité et, à peine sa femme, tout essoufflée, lui avait-elle plaqué un nouveau gros baiser sur les lèvres qu'il se retrouva enfoui sous une montagne de varech nauséabond tandis qu'un vieux, qui puait autant que ses algues, regardait devant lui, l'ignorant de manière impassible, les yeux absorbés par la forêt des mâtures du port.

— Ne bougez pas, mon ami, tant que je ne vous en ai pas donné l'ordre...

Yerville crut suffoquer tout à fait, quoiqu'il ne sût si c'était le fait d'une épouse qui donnait des ordres ou celui du varech qui faisandait.

— Merci d'être venu. Et si vite.

Antoine hocha la tête et lui sourit, ému au pied de l'escalier de la tourelle, éclairé par la lampe à huile, comme autrefois, troublé par ce doux parfum des maisons bien tenues.

— Nous embrasserons-nous, comme lorsque nous étions enfants ? souffla-t-elle.

Il se pencha sur le petit visage maigre de Reine-Élisabeth, frottant ses joues rêches à celles de la jeune femme qui rougit comme une couventine. Puis il la suivit sur la galerie.

Robinson ? Où es-tu garnement ? Antoine ! Nous nous cachons et tu nous cherches ! Antoine ! Reine-Élisabeth est tombée de la jument ! Antoine, donne-moi la main ou je vais choir dans le marais ! Vous êtes bien sot monsieur, on vous prend un baiser et vous ne savez le rendre !

Il s'arrêta et, par-dessus la balustrade de bois, contempla le cœur de galets dessiné dans les pavés de la cour. *Mon cœur n'est pas une citadelle, il ne s'y promène pas de sentinelle.* Reine-Élisabeth et Antoine se regardèrent et, sans un mot, avec un sourire doux et triste, elle mit sa main sur la sienne.

Antoine ! chantaient les murs et les bougies. Antoine, mon amour, ma vie ! soupiraient les tentures, les draperies, le parquet qui craquait, la courtepointe bleue qui avait été la sienne, le lit où il avait dormi, soupiré et aimé le beau corps de Céleste et dans lequel gisait, inconscient, renversé sur le ventre comme un noyé, le comte de Bréauté.

— La lame a l'air d'avoir ripé sur une côte..., mais il a perdu beaucoup de sang, marmonna Antoine, penché sur le dos maculé. Approchez la lampe. De l'eau chaude, deux bassines, des linges... et qu'on sorte.

— Je souhaite rester.

Antoine leva les yeux vers le chevalier qui se tenait près de la porte, pâle, croisant et décroisant ses mains maigres.

— Nous avons subi tant d'outrages, ensemble... à Londres. S'il devait mourir, je voudrais être à ses côtés.

Antoine le fixa de son regard profond et articula :

— N'est-ce pas plutôt parce que vous craignez que je me venge ? Que je l'assassine ? Selon vos mœurs et vos coutumes ? En souvenir de ceci..., dit-il en montrant sa main à quatre doigts, ou de cela, ajouta-t-il en tirant sur le col de sa cotte de marin, désignant les longs sillons qui creusaient sa chair.

— Reine-Élisabeth m'a tout raconté... Vous êtes désormais frère Antoine, et elle... Et j'ai... confiance en vous.

Quelques instants plus tard, Antoine avait nettoyé la plaie avec soin, épongé le sang, jeté sur le parquet les linges imbibés.

— Tenez-lui les épaules. Je vais recoudre.

Quand l'aiguille courbe entra dans la chair, Bréauté laissa échapper un long gémissement rauque de bête, tout son corps fut pris d'un soubresaut violent, ses poings se serrèrent contre les draps puis il retomba, évanoui.

— C'est mieux ainsi, marmonna Antoine pour lui-même. C'est autant de valériane économisée...

Puis Antoine, après s'être lavé les mains, tira de son sac en lin ses boîtes et ses fioles, enduisit la plaie recousue d'un onguent gras et grisâtre avant de la panser.

— Soulevez-le, que je fasse passer le pansement autour de la poitrine...

Trépignant d'impatience derrière la porte, Reine-Élisabeth ne put attendre davantage et entra.

— Puis-je être utile, Antoine ? demanda-t-elle, quelque peu confuse, une bougie à la main.

— La fièvre va monter cette nuit. Tu donneras ceci, quelques gouttes dans une cuillère. Et je te laisse aussi ce petit pot d'onguent. Toutes les six heures, tu défais le pansement, tu mets de l'onguent, juste sur la suture, et tu refais le pansement, sans serrer trop fort. Normalement, je n'aurai pas à revenir. Inutile de prendre des risques. Tu me fais appeler si la plaie s'infecte ou si, le mois prochain, tu ne sais comment tirer les fils. Pour le moment, économise l'onguent, je n'en ai pas beaucoup.

— Économiser ! C'est le comte de Bréauté que vous soignez ! Il n'y a rien à économiser ! ne put s'empêcher de s'exclamer le chevalier. Nous vous dédommagerons !

— Avec quoi ? grogna Antoine, remettant de l'ordre dans son sac à médecine.

Gênée, Reine-Élisabeth s'était approchée de son époux, posant une main apaisante sur son bras.

— Nous sommes revenus d'Angleterre avec de l'argent, bredouilla le chevalier, et des assignats, puisque c'est la nouvelle mode.

— Faux, sans doute.

Le chevalier rougit brutalement. C'était exact. Il n'eut pas l'outrecuidance de mentir.

— Ce n'est pas l'argent qui sauvera Bréauté, chevalier. Je manque de tout et nous sommes en hiver. Je n'ai plus mon jardin et je ne sais où je planterai au printemps. Et tout le peuple de Saint Vallery souffre. Je partage donc ce qui me reste.

— Partager ! s'exclama le chevalier.

Reine-Élisabeth poussa les deux hommes, doucement mais fermement, dans le couloir, laissant échapper des chut ! chut ! effarés et appelant la servante pour nettoyer la chambre.

— Allez-vous me chanter la complainte de l'égalité et de la fraternité dont se repaissent les assassins du royaume ! gronda le chevalier, descendant l'escalier derrière Antoine.

— Je ne dis rien, chevalier. Je soigne tous ceux qui font appel à moi, c'est tout.

— Vous n'êtes donc pas des nôtres !

Antoine ouvrit la porte doucement, jeta un coup d'œil prudent à l'extérieur.

— Qui me dit que vous n'allez pas filer chez votre ami Havas pour nous dénoncer ?

Des bourrasques de vent chargées d'un crachin épais laissaient le quai de la Batellerie à peu près désert. Il se tourna d'abord vers Reine-Élisabeth.

— La petite porte de l'écurie qui donne sur la rue de la Soif est-elle condamnée ?

— Non, souffla-t-elle. Tu peux tirer le verrou. Je le remettrai après ton départ.

— Par Dieu ! M'écoutez-vous ? gronda Yerville. De quelle trahison avez-vous payé le droit de demeurer dans le couvent ? D'où vient à votre égard l'étrange mansuétude d'un capitaine bleu ?

Antoine se retourna alors vers le chevalier et, avec un grand sourire, lui dit :

— Adieu, chevalier. Un jour, tu comprendras. Tu comprendras car il te faudra vivre heureux, sans haine et sans regret.

Puis il disparut, refermant vivement la porte derrière lui, laissant le chevalier abasourdi, heurté par le tutoiement. Il se retourna vers sa femme qui se tenait à la corde de l'escalier, mordillant ses lèvres fines.

— Quel diable d'homme avez-vous trouvé là ?

— Le meilleur, chevalier. Le meilleur d'entre nous. Nous devons lui faire confiance.

En remontant l'escalier, ils virent Antoinette accourir vers eux :

— Maîtresse Rigoult ! Il s'agite trop..., il tente d'arracher son pansement...

Alors que Reine-Élisabeth se précipitait, le chevalier la suivit en hoquetant de fureur :

— Co... comment vous a-t-elle appelée ?

Pénétrant dans la chambre, ils virent que Bréauté avait trouvé la force de se redresser, arrachant le pansement en poussant des gémissements rauques avant de retomber évanoui. Reine-Élisabeth refit le pansement, remonta les couvertures sur le corps dénudé puis tira les rideaux d'un geste sec. Se tournant vers son mari, elle dit d'une voix douce :

— Elle a ordre de m'appeler maîtresse Rigoult, chaque fois qu'elle le peut, par toute la ville. Elle m'appellera même citoyenne s'il le faut. C'est à ce prix que nous survivrons.

— Moi qui ai cru que vous sauviez mon nom, mon honneur ! Vous ne sauvez que votre peau !

Reine-Élisabeth blêmit sous l'insulte, poussa son époux hors de la chambre du blessé et le dirigea vers la trappe qui, au fond du couloir, menait sous le toit. Abasourdi, le chevalier découvrit dans le halo de la bougie, au fond de sacs de marin sentant la saumure, le coffret à bijoux de sa mère, quelques louis, deux paires de chandeliers en argent massif, les titres et l'arbre généalogique de sa famille et plusieurs petits portraits à l'huile, dans leurs cadres dorés, qui représentaient ses ancêtres, ainsi qu'une tabatière en argent, offerte par le Régent.

— C'est tout ce que j'ai pu sauver, avec ma vie, effectivement, et celle de votre fils. Et s'il faut mentir et jouer la comédie, je le ferai encore. Vous avez toujours pensé qu'une fille d'épicier ne valait pas davantage que sa dot...

Caressant la tabatière, le chevalier fit mine d'exprimer une dénégation polie.

— Ne vous défendez pas. Je marchanderai mon bonheur sans vergogne, comme mon père a marchandé notre mariage. Si vous me faites confiance, si Dieu nous pardonne nos fautes, peut-être survivrons-nous à cette épreuve et peut-être un jour, chevalier, m'aimerez vous comme je vous aime, et vous ai aimé depuis le premier jour.

Reposant la tabatière au fond d'un des sacs, le chevalier de Yerville saisit les deux mains de sa femme et, submergé par ces sentiments inconnus de lui, la honte et la reconnaissance, il les couvrit de baisers.

— Oh, Reine-Élisabeth, ma reine... Que nous partions pour l'Enfer, ou pour le Paradis, nous serons ensemble, désormais.

21

Il aurait pu se sentir le maître. Il aurait pu se sentir renaître. Et mesurer le chemin parcouru depuis les entrepôts de maître Rigoult et le séminaire, mais il se contentait de regarder le port et les bateaux. Du premier étage de la trop vaste et trop belle maison des échevins, il pouvait dominer, après l'écluse, le quai de la Batellerie, et contempler, à travers la forêt des mâts des bateaux, les fenêtres de la maison du roi Henri. Il apercevait parfois la servante de Reine-Élisabeth qui allait et venait avec une précipitation qui lui semblait suspecte tant elle était peu cauchoise. Il décida cependant d'ignorer ce qui se passait dans cette maison tant Reine-Élisabeth semblait être redevenue la fille du brave Modeste Rigoult. La mine triste mais vaillante, elle allait sur le port, son panier de poissons au bras, comme sa servante, recevant des condoléances pour ce mauvais mari qui s'était enfui en Angleterre avec sa dot. Ah, elle était bien malheureuse ! Ah, certes son père avait fait ce qu'il croyait bon pour elle, mais vraiment, lui faire épouser un chevalier, c'était pot de terre contre pot de fer comme disait on ne savait plus qui, mais un homme fort sage, sans doute ! Enfin, la Révolution avait cela de bon, c'est qu'elle avait retrouvé la maison de son père, et qu'elle y menait désormais cette fort honnête vie qu'elle n'eût jamais dû quitter ! Charles-Constant soupira. Mentait-elle ? Complotait-elle ? Jouait-elle, pareille à Antoine, discipliné et borné comme une horloge, la comédie d'une résistance aussi obstinée que passive ?

Sous son nouvel habit de commissaire du Directoire, il avait croisé Reine-Élisabeth sur le port, un matin. Ils s'étaient salués, fort civilement, s'étaient enquis de leur santé mutuelle, pas davantage, cachant l'inquiétude d'une question sur ceux qu'ils avaient connus et aimés derrière un sourire convenu. Reine-Élisabeth jugea cependant prudent de lui annoncer ce qu'il savait déjà : la fuite de son époux et la mort de son père. Charles ne fit aucun commentaire sur le ci-devant Yerville :

— Je suis navré... pour ton père. C'était un brave et honnête homme. Je lui dois beaucoup... Il aurait été si heureux de voir la victoire de Rousseau et Voltaire..., avait-il articulé.

Reine-Élisabeth avait émis un petit soupir qui pouvait passer pour un acquiescement, puis, le regardant droit dans les yeux, avait semblé attendre une autre question. Mais il se serait coupé la langue plutôt que de parler d'Antoine. Ou de Céleste. Il avait tourné les talons après un salut rapide. Depuis qu'il avait fait mettre la plupart des châteaux du canton sous séquestre et que Blondel avait organisé avec l'oncle Havas la vente du château de Yerville et de celui de Breauté, il l'avait évitée avec soin. Le rusé notaire lui avait remis des comptes en parlant d'une vente très avantageuse, mais il songea qu'il n'avait pas demandé pour qui.

Antoine. Antoine, avec sa tête butée de Viking primitif, aurait-il senti venir cela : la laideur et la médiocrité, le pourrissement des choses qui n'avancent pas ? Antoine. Toujours là, devant ses yeux car, de la maison des échevins, il pouvait apercevoir, malgré les cimes des arbres oscillant sur la pente de la colline, le toit du couvent des Pénitents. Dans la nuit de tempête, dans le ciel clair balayé des gros nuages couleur de charbon, dans le jour trempé de crachin, par toutes les nuits, par tous les temps, se dressait le clocher d'ardoises qui perçait le ciel de son étrave solide. Navire dans la tempête, le couvent était insubmersible, naviguant à jamais au-delà de tous les naufrages, de toutes les défaites, protégeant Antoine, le renégat, à moins que ce ne fût l'inverse. Que ne pouvait-il appeler une destruction absolue et totale, comme celle à laquelle il aspirait quand il était enfant ! Mais les hasards de la politique et les tactiques parisiennes qu'il avait grand-peine à suivre laissaient le couvent là, entier, comme un vivant remords, pierre sur pierre, réchauffant en son sein un traître qu'il n'avait pas le courage de livrer. Et cet imbécile de Malville qui faisait semblant de ne rien comprendre, qui permettait à tous de consulter Antoine ! De voir Antoine. De toucher Antoine. D'aimer Antoine, de le laisser devenir une relique vivante et nostalgique, un vestige de l'ancien monde, le regret inavoué des temps révolus...

Du moins, toutes les cloches étaient-elles enfin, une à une, parties pour les fonderies de Rouen. Et le couvent était bel et bien muet, coquille vide autour duquel ne tournait plus la vie du peuple. Un soldat était venu lui montrer les marteaux que l'on avait décrochés avant de s'attaquer aux cloches mêmes. Il en avait éprouvé un plaisir physique, aigu. Les cloches n'étaient plus désormais que des êtres impuissants. Castrés. Oui, la lente agonie de Dieu avait commencé puisqu'on l'avait amputé de l'instrument qui servait Sa volonté !

Mais Antoine... Ô Antoine, mon frère, mon ennemi, mon Robinson.

Charles-Constant éprouvait une sourde rancœur désespérée, paralysante, ne sachant combien de temps il pourrait tenir la bride haute aux sentiments qui le déchiraient. Il se souvenait des mots de son serment de commissaire du Directoire : « Je jure d'aider les citoyens qui se montreront à la hauteur des principes dignes d'hommes libres... Je jure de sacrifier à la patrie toute jalousie, tout ressentiment, tout intérêt personnel, de remplir avec désintéressement tout emploi qui me sera confié... »

Dans un élan vertueux, Charles avait donc renoncé à la pièce claire et propre qui avait été le salon de réception du ci-devant échevin et il s'était réfugié au fond d'un couloir du premier étage, dans une petite pièce humide, que Jeanne avait eu bien du mal à récurer et dont l'unique fenêtre ne donnait que sur le quai d'amont et non sur celui de la Batellerie. Il y avait fait installer un modeste lit à montants de bois brut que François avait ressoudés avec de la poix et du goudron volés sur le port. Il y avait fait porter une table, une armoire, une chaise et il restait là, des heures, les yeux fixés aux murs blancs quand il les relevait de ses dossiers. Un jour qu'il n'avait pas même daigné se mettre à table, Jeanne lui avait porté sa soupe de poisson, la seule chose qu'elle sût à peu près cuisiner, et elle lui dit en riant qu'il était pareil à un moine en sa cellule. Il lui avait répliqué sèchement de garder pour elle ses émotions superstitieuses. Elle s'était enfuie, blessée, dans un grand bruissement de cotillons neufs. Jeanne lui faisait souvent penser à ces mouettes familières qui venaient taper au carreau de sa chambre, insolentes, affamées, que rien ne rebutait depuis qu'il leur avait lancé un morceau de pain dur. Il avait aussi lancé une aumône à Jeanne. Elle était désormais propre, bien coiffée, bien chaussée. Ainsi qu'il sied aux ordres et aux principes du maître du logis, disait toujours maîtresse Rigoult.

À chaque heure du jour, depuis qu'elle avait posé ses hardes au grenier et pris possession d'une cuisine vaste comme trois *caloges*, il entendait Jeanne vaquer aux soins de son ménage. Ce soir encore, malgré l'heure tardive, les galoches neuves martelaient les pavés de grès, allaient vivement de-ci, de-là. Clac clac clac. Un battement d'horloge. Ou celui d'un cœur. Il relut un rapport qu'il venait de recevoir de la Constituante. Clac clac. Comme un cœur. Il commença de rédiger un courrier pour réclamer les caisses de savon que le comité révolutionnaire de Marseille lui avait promises depuis trois mois.

En finissant de balayer, Jeanne écoutait. Passant une main sur son tablier neuf, comme pour en vérifier la réalité, elle tendit l'oreille. La chaise grinçait sur le parquet qui craquait. Charles-Constant était encore à écrire à sa table, il travaillerait presque toute la nuit, selon son habitude, usant la chandelle, son corps et sa jeunesse. Demain, d'autres pauvres viendraient encore mendier, salir le pavé de la belle maison des échevins, assommer le nouveau maître de la ville de leurs larmoyantes récriminations ! Elle songea à François au chaud, dans la soupente, sous les couvertures, aux bons repas qu'il faisait, quoiqu'on commençât à manquer de tout, mais Charles était si généreux avec son héritage, comme si cet argent lui brûlait les doigts. François ne volait ni l'argent ni la protection du commissaire, rendant mille services : reclouer les contrevent, curer les fosses, vider les ordures, nettoyer les poissons, tailler les plumes pour l'écritoire, soulever et aérer les matelas de plume, aller chercher les seaux d'eau à la source sous falaise. Malgré son pied tors et mal remis, il courait partout de son pas déhanché de petit crabe, indispensable saute-ruisseau que le maître faisait courir à la malle-poste et chez tous les Jacobins plus de vingt fois chaque semaine. Elle soupira en reposant son balai. C'était mieux. Tout était mieux que la *caloge*.

On frappa à la porte d'un coup sec. Jeanne hésita, sentant craquer autour d'elle tout le port ravagé par le grand vent d'est. Sec et cassant, il usait les quais, les falaises, rasait la craie, giflait les poutrelles, raclait les tuiles. Maudit vent d'est, trop dur, trop mauvais mais qui, du moins, éloignait la tempête et l'eau du Déluge. Elle avait bien entendu frapper mais il était tard et la grande salle que la nuit d'hiver avait vidée de tous les crève-la-faim du port était enfin propre. Elle venait de ranger les registres, d'épousseter la table de ferme, de nettoyer à grande eau le sol pavé. Elle se redressa enfin, tira sur ses reins, allait moucher la chandelle quand, au second coup sur la porte, elle se décida à ouvrir en soupirant. Bien décidée à chasser le miséreux qui ne respectait pas le temps que déjà le citoyen Havas sacrifiait au peuple, elle tira le verrou et la porte. Une jeune fille dont le visage ne lui était pas inconnu sortait de l'ombre de la nuit, une lanterne à la hauteur de son visage.

— Que veux-tu, à c't'heur' ! grogna Jeanne, jouant la matrone revêche du haut de sa nouvelle position.

— Une lettre pour le citoyen Havas, dit très vite la jeune fille. C'est urgent.

Jeanne n'eut pas le temps de demander des précisions, la messagère avait déjà disparu dans la nuit.

Rongée de curiosité, elle monta la lettre à Charles-Constant, la tenant du bout des doigts comme si elle eût contenu du soufre. Un « Entrez » rêche l'accueillit. Elle tendit le billet.

— Il paraît que c'est urgent.

— Qui a délivré ceci ?

— Il me semblons que... heu, il me semble que c'est la petite-fille Vaast... celui de la charrette au varech... Mais je ne suis pas certaine, elle est placée servante, je ne sav... sais plus chez qui... Je pourrai savoir demain...

— Cela n'attendra pas demain..., grommela Charles-Constant, relisant à nouveau la missive dont il avait fait sauter le cachet de cire rouge.

Elle observa la nuque pâle, cassée par la lecture de la lettre, les épaules maigres qui flottaient dans la grande chemise de lin. Il avait l'air plus jeune sans sa perruque, qui reposait sur un des montants du lit, presque fragile. Son petit nez en bec de busard pointait la lettre qui tremblait dans le halo de la bougie, ses joues se creusaient sous les mouvements nerveux de sa mâchoire. Non, elle ne l'aimait pas. Elle ne l'aimerait jamais. Elle l'avait espéré, elle l'avait souhaité, se fabriquant l'histoire touchante du maître sévère séduit par la douceur de son élève servante. Mais non, elle n'éprouvait rien que de la reconnaissance pour la main qui les nourrissait, son frère et elle. Elle ne ressentait pas cette brûlure au creux des reins, comme lorsqu'elle pensait à Malville, à la prestance insolente et brutale de ce soudard ! Elle enrageait de sentir ses jambes faiblir quand elle le rencontrait sur le port, inspectant ses hommes et ses canons, quand elle croisait son regard froid et méprisant qui se détournait brusquement. Il la prenait donc pour une fille de taverne ? Une putain à soldats ? Eh bien, il avait raison, ce traîneur de sabre ! Si pour survivre il lui fallait mettre dans son lit ce petit clerc noiraud à tête de busard, elle le ferait ! Tout plutôt que la *caloge* et la pêche à pied, tout plutôt que de voir dépérir son petit *bésot* bancal ! Tout plutôt que d'épouser un pêcheur ! Il était plus aisé de mourir de faim que de mourir d'amour !

Elle fut tirée de ses songeries par le geste nerveux de Charles-Constant passant à la hâte sa redingote et rajustant sa perruque sur sa tête étroite.

— Sortez-vous à cette heure ? Je vais éveiller François...

— C'est inutile. J'ai ma lanterne. Monte te coucher.

D'abord abusé par la pénombre, Charles-Constant ne réalisa pas immédiatement qui se tenait devant lui. Il vit les lourds pans d'un manteau sombre, puis les plis soyeux d'une robe noire, des mains gantées de velours noir, de lourds rubans qui fermaient les plis d'une capuche de dentelle qui retombait comme un voile. Une servante s'affairait autour de l'inconnue à qui elle avait présenté la chaise qui se tenait sous la fenêtre. Il leva enfin les yeux, posa la lanterne sur la table. Un cri d'horreur et de surprise resta dans sa gorge. Il crut perdre le souffle, sa vue se brouilla.

— Tu m'as donc reconnue, Charles-Constant, malgré ma laideur ?

Un gargouillis sortit de la bouche sèche du commissaire du Directoire.

— Je devine qu'Antoine n'a pas voulu, ou pas su te dire que j'étais vivante. Malgré moi, certes, mais bien vivante. Défigurée par la peste rouge qui ravagea notre belle campagne l'année 1778, et qui, je ne sais pourquoi, m'épargna. Que faisais-tu, à l'automne 1778, Charles-Constant ? Disais-tu ta messe à Quiberville, comme si rien ne s'était passé ? Comme si tu n'avais rien à expier ?

Recouvrant son souffle, les mains tremblantes sur les revers de son habit, il se sentit vaciller. L'odeur familière de la pièce lui sembla soudain emplie de la puanteur écœurante du marais. Seuls les mots latins de la prière des morts lui vinrent à l'esprit.

— Cette peste fut la seule arme que Dieu ait mis entre mes faibles mains. Faibles et innocentes, Charles-Constant Havas. Innocentes. Je me permets d'insister car je crois que les maîtres que tu sers sont très soucieux d'innocence. On dit même qu'ils croient à l'innocence profonde de l'homme, ce qui me paraît une folie. Mais je ne suis pas un philosophe, seulement une sainte..., dit-on. Cependant, Charles-Constant, une part de la légende qui m'honore est vraie. J'ai effectivement embrassé toute une nichée d'enfants malades, à Cailleville. Ils sont vivants, enfin presque tous. Et moi, je suis morte. Car nous sommes tous les trois, toi, Antoine et moi, bel et bien morts en cette année 1778...

Les lèvres de Charles-Constant articulèrent des sons qui ne vinrent pas. Ses yeux ne pouvaient se détacher des cratères qui tavelaient tout le visage de Céleste. Il n'y avait que les yeux, du même bleu limpide, et la soie blonde du chignon bouclé qui rappelaient la beauté d'autrefois. Elle avait repoussé la capuche, défait le châle de dessus ses épaules et lui offrait, malgré le froid, le décolleté profond de sa robe de deuil pour qu'il pût mieux distinguer, dans le halo opaque et trouble de la lanterne, les crevasses de sa gorge tourmentée, les cicatrices bourrelées à la naissance des seins, tout le champ labouré, retourné, massacré, de ce qui avait été une peau de nacre. La petite servante rajustait les pans de sa cape, tournoyait autour d'elle comme autour d'un trône ou de la châsse d'une relique.

— On m'a enfermée, on a espéré ma mort... Mais je me suis échappée, contre la promesse d'un mariage imbécile, et j'ai ramené la mort entre mes bras, que j'ai étreinte comme mon enfant. Ma mère seule en est morte. J'avais au moins gagné cela.

Charles-Constant ne put davantage soutenir le regard de Céleste. Ses épaules s'affaissèrent. Les mots, les paroles, qu'en orateur il savait pourtant si bien tourner, restaient en lui, mal germées dans sa tête confuse, pourrissant dans sa gorge.

— Je te raconte cela pour ta gouverne, non pour me faire plaindre, ni même tirer de toi de la honte ou du remords. Ni même pour reprocher à l'homme de pouvoir d'aujourd'hui une vilenie de jeunesse. Tu étais ce que tu étais. Mais il en est un qui n'a pas changé, qui représente le monde que tu détruis. Et tu ne construiras rien tant que des êtres pareils à lui viendront saper le fragile édifice de ta Révolution...

Charles-Constant commençait à recouvrer quelque hauteur dans sa contenance. Le sentiment de sa faute s'assouplit, s'amollit comme un filet jeté à l'eau. Il put relever la tête et ne regarder que les yeux de Céleste, jusqu'à en loucher.

— Que... que voulez-vous dire ? articula-t-il avec difficulté, incapable d'utiliser le tutoiement.

— Bréauté est de retour. Avec d'autres aristocrates du pays. Revenus clandestinement d'Angleterre, prêts à soulever tout l'Ouest, de Fécamp jusqu'à Nantes. Je t'offre son arrestation, et bien sûr son exécution. Je te demanderai même de m'y laisser assister...

— Je ne sais...

— Je ne suis qu'une victime, Charles-Antoine, qui veut assister à la mise à mort de son tyran. C'est une chose que tu peux comprendre. À moins que tu ne me fasses pas confiance ? Que tu craignes un piège, ou ma vengeance ? Ce serait peut-être sage, mais pour l'heure c'est Bréauté qui m'importe.

La mécanique cérébrale de Charles-Constant s'était immédiatement enclenchée, balayant l'émotion première. L'arrestation d'un Bréauté. Un complot royaliste étouffé dans l'œuf. C'était la gloire pour lui. La voie tracée tout droit jusqu'à Paris !

— Et Antoine ? souffla-t-il, presque malgré lui.

— Antoine ne sait rien, bien sûr. Je lui ai avoué, un jour, ne plus vivre que pour me venger. Il ne m'a pas comprise. Il m'a oubliée, Charles-Constant, et tu as fini par obtenir ce que tu voulais, par d'étranges voies détournées... Oui, Antoine m'a abandonnée.

Elle se tut soudain, et pour la première fois baissa les yeux, puis les détourna vers le rideau de lin tiré sur la fenêtre.

— Il nous a tous deux abandonnés, n'est-ce pas ? ajouta-t-elle, le fixant à nouveau.

Les lèvres de Charles-Constant se remirent à trembler. Céleste eut un rire doux et triste.

— Tu aurais bien aimé l'acheter, ou mieux, le convaincre, le prendre auprès de toi pour ta Révolution ? Mais ainsi est faite la vie, chaque jour qui passe est une désillusion, et un adieu au paradis perdu de notre enfance.

— Il n'y a pas de paradis. Ni gagné, ni perdu, articula Charles-Constant.

— Bien sûr que si. Antoine était notre paradis. Les circonstances n'expliquent pas tout et il nous a quittés pour ne plus suivre que l'étroite voie de la charité... C'est qu'il est plus facile, je crois, de se soucier de la souffrance des étrangers, plutôt que de la souffrance de ceux qui vous aiment..., et qui passeront leur vie à vous attendre. Mais enfin, cela est une autre histoire. Bréauté et ses complices sont cachés sur le port. Une chaloupe anglaise viendra les chercher, avec la marée, jeudi à minuit, derrière le chantier des bateaux. Adieu, Charles-Constant. Mariette, je suis prête.

Les mains agiles de la jeune servante attrapèrent les pans du voile de dentelle qu'elle rabattit sur le visage de Céleste, puis elle referma le châle et la cape sur la poitrine crucifiée. Enfin elle ouvrit la porte et jeta un rapide coup d'œil sur le quai enténébré. Elle fit un geste et un bruit de calèche au pas martela les pavés.

— Une dernière question, Charles-Constant... Pourquoi n'as-tu pas fait mettre mon château sous séquestre ?

— On... on le dit... abandonné...

— Et tu n'as trouvé personne qui osât aller y voir de plus près, n'est-ce pas ? Le château de la sainte...

Elle eut un rire amer en quittant la maison de l'échevin pour monter dans sa calèche. Mariette tira la porte et Charles-Constant se retrouva seul, guettant, le cœur battant, le fracas métallique de la voiture qui passait le pont-écluse. Il tourna enfin la clé dans la grosse serrure, reprit sa lanterne et monta à l'étage. La tête vide, abattu sur un fauteuil, il demeura dans le grand salon de l'échevin. Le vent était tombé, la nuit était limpide. En face de lui, sur sa colline boisée, il devinait le clocher du couvent fendant les nuées de l'éternité. Il resta longtemps sur le bord du fauteuil, peu à peu transi, sans idée. La peau fusillée de Céleste brillait devant ses yeux pudiques. Il devinait les seins creusés et blêmes, la taille crevassée, le ventre lézardé, la courbe des reins déformée de bourrelets violacés. Il revit la petite fille rose et blonde, sa peau si pâle, coquille d'œuf de tourterelle, la jeune fille à la poitrine généreuse comme une valleuse qui s'était offerte aux bras passionnés d'Antoine dans la paille de l'écurie, où il les avait surpris un soir, alors que tous dansaient sur le port, pour la Saint-Jean. Il les avait haïs. Il avait souhaité leur mort, il avait rêvé de voir disperser leurs cendres sur la mer. Et voilà que tant d'années plus tard, il ne restait plus rien. Plus rien que la souffrance nue et dépouillée, la cicatrice vive. Le désert, le vide. Une perruque. Un habit. Et un chagrin dont ne le consolerait jamais aucune de ses grandes espérances.

Jeanne, qui ne s'était pas couchée, rongée de curiosité, tout aux aguets, le trouva là, tremblant devant le feu éteint. Elle s'approcha doucement, dans sa grande chemise de gros coton, une bougie à la main, Il tressaillit quand elle lui mit la main sur l'épaule. Il la contempla d'un grand regard vide, puis, sans qu'il semblât s'en apercevoir, les larmes coulèrent sur ses joues froides. Émue, inquiète, elle l'obligea à se lever, enlaça fermement sa taille mince sous son bras libre et le dirigea vers sa chambre où elle le coucha. Pieds nus sur le carreau, elle commença à trembler elle-même, troublée, défaisant avec une fébrilité inquiète les souliers, les bas, les pans de la chemise de Charles-Constant qui pleurait en silence dans son oreiller de plume. Elle s'allongea à ses côtés, sous la couverture, le serra contre sa poitrine, caressa ses joues humides, embrassa ses paupières tremblantes, puis ses lèvres glacées. Il lui sembla alors qu'elle redonnait vie à ce pauvre corps dont l'abandon la consternait et l'émouvait. Soudain les yeux de Charles-Constant se rouvrirent, ses lèvres se détachèrent de celles de Jeanne pour murmurer :

— Antoine m'a dit, un jour..., que j'étais de la race des bourreaux...

Elle eut un petit rire forcé.

— Cesse de penser à tes ennemis. Pense à aimer, ou à te laisser aimer, citoyen, par moi, qui ai pareillement besoin d'amour... et qu'aucun homme n'a jamais touchée.

— Je ne suis pas... aimable..., pas... digne d'être aimé..., hoqueta-t-il.

Et les larmes à nouveau coulèrent dans le creux de ses joues.

— Allons, Charles-Constant..., un Déluge...

— Oui, je sais..., un Déluge a suffi...

D'un geste décidé, elle défit alors le cordon de sa longue chemise, libéra ses seins blancs et ronds entre lesquels en gémissant Charles-Constant enfouit son visage terrifié.

22

— Êtes-vous prêt, Bréauté ? demanda le chevalier de Yerville en poussant la porte de sa chambre.

— Prêt au combat, mon cher, et plus que jamais après toutes ces semaines perdues ! Mais ai-je seulement pris le temps de vous remercier, Yerville ? ajouta-t-il en vérifiant la mise de son pourpoint de cuir et celle de ses manches bordées de dentelle.

— De quoi donc, Bréauté, sinon de ce que vous auriez fait vous-même, si la situation avait été inversée.

— C'est que moi, je ne suis guère pourvu d'une épouse dévouée et pleine de ressources comme la vôtre, chevalier !

— Malgré l'adversité, le ciel nous a été favorable, voilà tout. Bien, nous vous attendons au salon pour une dernière collation avant le départ. La pleine-eau est pour minuit.

— Imaginez que notre contact soit encore mon assassin..., dit Bréauté, le ton léger et moqueur.

— Cet homme a disparu, dès que la corvette a été de retour à Londres..., nos messagers l'ont certifié, marmonna Yerville, mal à l'aise soudain, craignant de laisser voir combien cette nouvelle fuite était un crève-cœur, combien il sentait encore leur entreprise vouée au désastre.

Les deux hommes restèrent un instant méditatifs et silencieux, puis Yerville quitta la chambre. À peine était-il sorti qu'un coup léger fut frappé à la porte.

— Oui, entrez !

— C'est moi, Monsieur le comte. Madame me demande si par hasard je pouvons encore rendre quelque service à votre seigneurie... Quelque raccommodage avant le départ, ou un coup sur vos bottes ?

Madame n'avait rien demandé du tout, tout avait déjà été vérifié et soigné depuis plusieurs jours, mais Antoinette avait songé qu'elle tirerait peut-être bien quelques sous de la reconnaissance d'un blessé qu'elle avait lavé et torché comme un *bésot*, tout grand seigneur qu'il fût !

— Tu es une bonne fille Antoinette, mais tout est fin prêt. Voilà pour toi.

Antoinette, ravie, glissa la pièce entre ses seins et fit une manière de révérence.

— Ce moine qui m'a soigné, sais-tu son nom ? Ta maîtresse a été très discrète, comme le veut l'époque, mais j'aimerais faire quelque chose pour lui, demanda Bréauté du ton badin d'un mondain.

Antoinette haussa les épaules.

— Y'a rien à craindre pour l'Toine Dubourg ! L'est toujours *muché* dans son couvent et tout le monde ferme les yeux ! Il est de la race des gars qui vont traverser la Révolution à pied sec, avec un peu de sorcellerie dans ses herbes !

— Toine..., articula Beauté.

— Oui-da. Antoine Dubourg. Un *gobeux*, un pasgrand-chose, comme qui dirait, un galopin du port que les moines ont recueilli... à ce que je me souviens. Mais que la maîtresse connaît depuis longtemps, cependant, ajouta Antoinette en retapant la courtepointe du lit.

Bréauté se tint à la fenêtre, regardant au loin dans les couleurs des petits losanges de verre. Quelque chose craqua dans sa tête, qui fit un bruit sec, entre la douleur et le bruit de l'orage. Il parvint encore à articuler :

— Quand a-t-il été recueilli par les moines ?

— J'saurons trop vous dire, mon seigneur... L'avait été laissé pour mort sur la plage au château Trompette, à ce que j'croyons... C'était il y a des années.

Étonnée par le silence du comte, elle salua à nouveau et, n'obtenant pas de réponse, se glissa dans le couloir et referma la porte sur elle.

Son monde était le monde. Le seul qui existât. Sa vie était la vie. Ce n'était pas seulement que son honneur fût sans prix mais, quelles que fussent les circonstances, il n'y avait pas de prix dont il ne dût s'acquitter. Le prix de sa défaite, le prix de l'échec de sa mission. C'était écrit, depuis ce jour où il n'avait pas retrouvé le corps d'Antoine Dubourg auprès des cadavres de ses chiens. C'était écrit, depuis que la lame vengeresse du marin l'avait épargné. Le destin des Bréauté était gravé dans le sang et l'honneur et, ayant perdu son frère aîné et deux cousins germains restés sans héritier, il était le dernier de sa lignée, n'ayant pu se résoudre, après l'épisode humiliant de Mlle de Sainte-Colombe, à aucune sorte de mariage. Il ne restait plus qu'à trancher la dernière branche d'une vaillante souche normande. Il ne restait plus qu'à disparaître d'un monde qui ne voulait plus de lui.

Il ébranla tout son corps avec une difficulté pesante qui l'étonna. Il avait du plomb dans les pieds, dans les bras. Il se pencha sur un sac de cuir, prêt sur un fauteuil, en sortit une dague et un pistolet dont il vérifia la souplesse du chien. Il jeta sa cape sur ses épaules, mit son chapeau et sortit en laissant la porte ouverte.

Il entendit la douceur mélancolique de la voix de Reine-Élisabeth derrière la porte du salon devant laquelle il passa avant de descendre l'escalier. Sur le quai, il resta un instant stupéfait par la violence du vent du soir qui le frappa en plein visage. Une douleur sournoise fit tressaillir dans son dos l'endroit de la blessure. Voilà plus d'un mois qu'il n'avait senti ni le vent, ni la mer. Il n'avait pas davantage caressé quelque belle peau de catin depuis son départ de Londres et en éprouva du regret quand il passa devant les tavernes d'où jaillissaient des hurlements de rires stridents.

Il monta à pas lents la ruelle des Pénitents. Devant l'espace de la porte arrachée, devant la sentinelle à demi somnolente, il hésita un instant. Le soldat marmonna des choses désagréables, comme d'aller se faire voir ailleurs, et qu'Antoine ou pas Antoine, c'était pas l'hôpital la charité ici, en pleine nuit, et décanillez plus vite que ça avant que j'ameute la garde ! L'homme ne vit pas venir le coup de crosse sur sa tempe, jailli de la longue cape. Sans prendre la peine de le séparer de sa baïonnette à côté de laquelle il chuta comme un sac, Bréauté l'enjamba, arma le chien du pistolet. Ses pas crissèrent sur le gravier de l'allée. Il poussa la porte qui menait à la salle du chapitre, remonta le long du couloir, parvint à la porte de la cellule. Il l'avait repérée comme à la chasse, le mufle au vent, porté par les parfums d'herbe, de foin, de racine acide et aigre qui happaient la gorge dès qu'on passait devant la porte d'Antoine.

Il tira la porte, pénétra d'un pas dans l'ombre et le silence. Sans hésitation, les sens du chasseur perçurent l'absence et il pivota sur lui, reprit sa marche lente, sans un souffle, sans un murmure. À la sortie du couvent, il enjamba à nouveau la sentinelle et redescendit la ruelle déserte sans même jeter un regard sur le campement endormi des soldats dans le petit bois.

Antoinette sanglotait dans ses mains.

— J'savions t'y, *mé,* qu'i' fallait point lui parler du moine ? J'savions t'y, *mé,* que M. le comte avait une dent contre ce *gobeux* !

Yerville marchait à grands pas au milieu du salon obscur, éclairé d'une seule bougie. Reine-Élisabeth se tenait à la fenêtre, les mains agrippées aux plis des rideaux tirés. Rien ne semblait bouger sur le port. La maison de l'ancien échevin était sombre comme toutes les autres maisons. Pas un soldat en vue. Pourtant, le piège était là, à quelques pas, prêt à se refermer sur son époux. Elle en était sûre depuis la disparition de Bréauté. Elle savait désormais, depuis une semaine qu'ils connaissaient la date, le lieu et l'heure du rendez-vous, que seule la prémonition d'un désastre l'avait tenue éveillée toutes ces dernières nuits.

— Il va commettre une folie, chevalier. Vous le savez, vous le connaissez. Tout est perdu. Vous ne pouvez aller à ce rendez-vous. Il y aura d'autres bateaux, il y aura d'autres marées...

Désemparé, Yerville s'arrêta de marcher, chassa Antoinette dont les sanglots l'exaspéraient puis il s'approcha de sa femme qu'il enlaça et embrassa dans le cou. Le doux parfum de sa peau lui serra la gorge. Il lui rappelait ce chèvrefeuille entêtant qui montait au printemps des talus cauchois, quand toute la terre s'apprête au renouveau et s'offre avec générosité à ceux qui l'aiment.

Céleste était montée sur le chemin de ronde de la tour d'artillerie. Flottant dans une lourde cape, sa silhouette immobile se détachait sur les ténèbres du ciel mugissant, ses yeux fixaient un point invisible englouti sur la mer haute et houleuse. La marée se fracassait sur les galets que les vagues mordaient puis abandonnaient. La marée. Céleste comprit qu'elle descendait déjà, que le canot envoyé pour les comploteurs ne pouvait plus venir... Le père Vaast avait-il menti ? N'avait-il pas eu confiance en Mariette, sa petite-fille ? Les soldats, tapis au pied de la falaise, allaient encore attendre une heure peut-être, mais elle savait que tout était manqué.

Elle redescendit du chemin de ronde pas l'escalier en colimaçon qui en fermait la construction et, la tête battue par le vent, le corps souffrant, l'âme rongée par le sentiment de sa déchéance, elle traversa le chantier des bateaux et remonta vers le quai. Les bourrasques de vent rabattaient sa mantille sur son visage, faisaient trembler les collines des filets amassés, chassaient les débris de poisson, secouaient et cognaient les mâtures des brigantins au repos. Elle était seule, perdue, partagée entre la déception et le soulagement, n'ayant voulu personne auprès d'elle qui pût être le témoin de sa vengeance. Elle parvint au pont-écluse et contempla la maison Rigoult. Elle eut une brève pensée indifférente pour Yerville, pour le désastre dans lequel elle n'avait pas hésité un instant à faire sombrer autant le chevalier que son épouse. Elle se laissa submerger de souvenirs doux et chauds. Antoine. Cœur de pierre ou cœur de craie. Cœur de grès sur lequel elle jouait enfant. *Mon cœur n'est pas une citadelle, il ne s'y promène pas de sentinelle.* Antoine ! Antoine ! Un barreau de l'échelle a cédé... Antoine, j'ai mal ! Ne bouge pas, ce n'est rien ! Je saigne ! Mon bas est tout déchiré ! Qu'est-ce qu'un bas ? Tu en as des centaines ! Ah, point de cours de morale, monsieur le voltairien, je te dis que je souffre ! geignait-elle, allongée dans le foin de l'écurie. Il s'était agenouillé, avait retiré le soulier à talon, avait dénoué la jarretière de satin bleu, fait glisser le bas, massé la cheville contusionnée et, sur les égratignures où perlait un collier de gouttelettes de sang, il avait posé ses lèvres. Puis il avait essuyé le sang de sa langue et abandonné sa joue sur le mollet rond et rose, le respirant comme un bouquet. Le pas intempestif de Charles-Constant les avait séparés. Elle s'était sentie mise à nu par le regard inquisiteur du séminariste et avait rabaissé sur ses jambes le jupon de dentelle. Plusieurs semaines auparavant, elle avait volé son premier baiser à Antoine, dans la *gobe* où, enfin, il avait osé lui parler de son enfance. Il n'avait pas rendu le baiser, il ne lui avait opposé qu'une froideur condescendante qui l'avait blessée. Humiliée et malheureuse, elle lui avait fait la tête. Jusqu'à la chute de l'échelle. Durant toutes les années qui suivirent, enfermée chez les religieuses ou à la maison Rigoult, il n'y eut pas une nuit où elle ne s'endormit sans rêver à ce baiser, à ces lèvres tendres et humides sur son égratignure enfantine.

— Il y a quelqu'un sur le pont... à côté du moulin..., murmura Reine-Élisabeth.

— Ne dirait-on pas une femme ?

— Une femme... à cette heure de la nuit ? Qui fixe la maison comme si...

Reine-Élisabeth s'interrompit. Qui d'autre que Céleste pouvait ainsi se tenir dans la nuit ? Quelle autre âme en peine pouvait errer par cette nuit sinistre et mauvaise, là où sa jeunesse s'était écoulée, pleine de rêves et d'espérances ? Cherchait-elle Antoine, elle aussi ? Quelles circonstances avaient bien pu la pousser, elle, la recluse défigurée, à revenir parmi les vivants, à attendre sur le port, en pleine nuit ? Voulait-elle les prévenir de quelque danger ?

— Cela ne peut être dû au hasard..., murmura Yerville. Seule la volonté de Dieu, liée à celle des hommes, a pu réunir, la nuit de notre fuite, Céleste, Bréauté et Antoine Dubourg. Antoine, le dernier des Pénitents...

— Nous sommes tous Pénitents, mon ami... Tout chrétien l'est. Même celui qui a choisi de l'ignorer... Même celui qui n'est plus porté que par la haine.

Le bébé était mort. Ils s'étaient mis à genoux près du poupon emmailloté et Antoine avait récité la prière des morts. *Requiem æternam dona ei, domine.* La mère avait sangloté un remerciement. Les mains d'Antoine sur la tête chauve de l'enfant mort furent comme un baptême.

Il n'avait rien pu faire pour le sauver. Il contempla avec un désespoir muet la fiole presque vide qu'il avait posée sur la pierre de l'âtre auprès de laquelle il se tenait agenouillé, les mains jointes. *Et lux perpetua luceat ei...*

Le mari, un maître calfat à qui il manquait un œil, était venu le chercher à la tombée de la nuit. La belle-mère aidait déjà, comme elle pouvait, l'oreille collée au ventre énorme qui arrachait des gémissements à l'épouse. L'enfant vivait toujours..., alors si Antoine pouvait simplement soulager la mère qui était en travail depuis l'aube déjà... Il n'avait pu faire prendre à la mère qu'une décoction de chardon et de mélisse, se sentant démuni et inutile car lui-même ne pouvait approcher l'intimité d'une femme en plein travail. Deux voisines étaient là aussi, hésitantes, ne sachant plus que proposer. Une plus vieille encore priait auprès de l'âtre. Deux petits enfants crasseux se tenaient comme des chiots sur la paillasse près de la porte, et dehors les bourrasques de vent grondaient, enflées par l'étroitesse de la ruelle, un goulot puant et humide qui serpentait entre la rue Saint-Léger et le pied de la falaise. Ils s'étaient bouché les oreilles quand, dans un dernier cri, la femme avait expulsé son enfant mort.

— Va-t-elle trépasser pareillement que le *poulot* ? grogna le mari.

— Il lui faudrait une couche bien propre, une

chemise lavée et... ma décoction de bourrache, lierre et centaurée, pour empêcher la fièvre de lait.

— Tes herbes, je veux bien, mais où va-t-on trouver du drap, mon pauv' Toine ? Et que va-t-elle faire de tout ce lait... ? se lamenta la belle-mère.

— Elle peut aider la Paumelle, qu'en a point beaucoup, son *poulot* à elle est un braillard ! murmura la plus vieille des voisines.

— Not' *poulot* est mort, murmura la belle-mère en se signant, la femme est guère *vésillante*, le chantier marche sur une patte depuis qu'on a la Révolution et le blocus ; le cordonnier ne peut plus faire de souliers vu qu'il a ordre de ne plus chausser que les soldats ; les paysans du plateau ont caché le blé de la dernière moisson... Mars a été si rompu de tempêtes qu'on se contente de coquillages et de petite marée et..., de toute façon, les hommes ont peur des Anglais ! On dit que les Nègres de Saint-Domingue ne veulent plus nous envoyer de sucre... Mais qu'est-ce qu'on va devenir, Toine ? Je te l'demande. Tu as toujours été là pour soigner, pour nous redonner courage, pour prier avec nous... depuis ce jour où la porte des Pénitents est tombée sur le pied du François. Mais elle est bien tombée, c'te porte, Toine, bien tombée... sur nous tous. Et vois-tu, c'est point de crever qui *m'éluge*, Toine, c'est de crever de cette misère...

Toujours silencieux, le mari avait hoché la tête avec gravité.

Antoine laissa de quoi préparer une autre décoction contre la fièvre, mais aussi de la consoude et du plantain contre les hémorragies. Observant les furoncles et abcès dont les petits étaient couverts, il promit de rapporter le lendemain son onguent de liseron, puis, après avoir accepté un petit bol de soupe de poisson, il partit dans la nuit.

Il marchait à pas lents, respirant la bouche grande ouverte pour oublier la puanteur du pauvre logis. Une vague de crachin l'inonda, transperça sa cotte de droguet usé. Il sentit avec bonheur, jusqu'au fond du ventre, les forces du large renouer un à un ses muscles défaits et découragés. Aussi crut-il rêver quand il devina, devant lui, que l'ombre noire et fragile que la nuit ployait dans le halo du réverbère neuf était celle de Céleste. Il marcha à sa rencontre sur le quai de la Batellerie. Elle rejeta son voile sur les épaules, poussa un cri, tendit vers lui sa main gantée et il crut rêver encore quand, se retournant, il reconnut Bréauté, au sortir de la rue Saint-Léger, qui marchait droit vers lui, pistolet pointé.

La boucle était bouclée. Il n'était pas mort sous les crocs des chiens des Bréauté, il n'avait pas épousé la fiancée de Bréauté, il avait prié des années dans la chapelle consacrée aux Bréauté. Il allait mourir par le feu du dernier des Bréauté qu'il avait sauvé, et il allait tomber là, sur le pavé du port, au bout de la rue Saint-Léger où il était né. Poussière qui retourne poussière, misère de ta tombe qui redevient celle de ton berceau, modestie de ton rêve d'enfant qui s'effrite comme l'orgueil du monde. Le monde n'est grand que de l'espace du cœur des hommes et de celui de leur souffrance. Ô Robinson, que n'as-tu trouvé ton île ! Il ouvrit les bras. Il était prêt.

— L'Antoine qui m'a soigné est-il bien l'Antoine Dubourg qui m'a déshonoré, il y a treize ans ?

— J'ai été cet homme-là, articula Antoine en le regardant dans les yeux.

Alors que Bréauté ajustait son pistolet, un cri dans la nuit détourna son regard. En quelques secondes, le fantôme de Céleste apparut auprès des larges épaules d'Antoine, un visage horrible et terrifiant, détruit, vieilli. Vivant ? C'était toujours Céleste et ce ne l'était plus. Non, ce n'était pas Céleste, c'était la Mort ! La Mort, en personne, qui venait l'accueillir, lui, le dernier des Bréauté, qui venait l'étreindre en ses bras décharnés et poser sur sa bouche le hideux baiser de la vieillesse et de la décrépitude.

Un coup partit dans la nuit, déchirant les ténèbres de sa furie tonnante. Céleste saisit Antoine, s'agrippant à lui comme à un mât. Il ne tomba pas. Devant leurs yeux effarés, vacillant quelques instants, lâchant le pistolet qui n'avait pas servi, Luc de Bréauté s'abattit à cinq pieds d'eux, foudroyé, face contre terre. Sorti de la nuit, figé le long du quai, se tenait le capitaine Malville, un fusil long comme un manche, tout fumant et pointé en avant. Deux autres soldats, à ses côtés, les épaules voûtées, semblaient prêts à faire feu pareillement.

Antoine et Céleste s'avancèrent vers Bréauté et Antoine s'agenouilla auprès de lui. La charge lui avait fait éclater tout le côté gauche du crâne. Le sang coulait en nappes épaisses sur la cape. Antoine fit un signe de croix et fit face à Malville.

— S'agit-il bien du ci-devant Bréauté ?

— Oui. Mes remerciements, capitaine..., murmura Antoine.

— Mais nous n'avons pas trouvé les autres... Je

pense que le citoyen Havas va donner des ordres pour faire fouiller tout le quartier Saint-Léger...

— Bréauté était très certainement seul..., assura Antoine.

La détonation avait attiré quelques marins, pas assez soûls pour ignorer un coup de fusil. On observa les soldats avec un respect prudent, on s'interrogeait tout bas avant que Malville ne s'approchât au plus près d'Antoine et lui soufflât :

— Qu'est-ce qu'un ci-devant aristocrate pouvait bien vouloir à un pauvre jardinier, Antoine Dubourg ?

— C'est bien loin tout cela, capitaine ; cela date d'un temps où l'on parlait encore d'amour...

Le sujet fit grommeler le capitaine qui regarda brusquement ses bottes.

— Et comment se fait-il qu'un capitaine, dans le mitan de la nuit, armé d'un fusil de guerre, pût sauver la vie d'un jardinier ? demanda Antoine à son tour.

— Nous avons eu des informations sur un complot royaliste. Une partie de mes hommes est sur la plage, une autre est... *muchée*, comme vous dites, un peu partout. On l'a vite repéré, rue Saint-Léger. Mais si les aristocrates ne reviennent d'Angleterre que pour se venger de jardiniers amoureux, je pense que la patrie n'a pas grand-chose à craindre, ajouta-t-il, grinçant.

Puis il s'inclina vers Céleste qui avait à nouveau dissimulé son visage sous le voile. Il bafouilla un vague « madame », puis glapit un ordre en direction de ses deux soldats. Ils remirent leurs fusils en bandoulière, saisirent le cadavre de Bréauté chacun par un bout et s'en allèrent par la rue Saint-

Léger, au bout de laquelle se situait le cimetière des pauvres.

— Les Bréauté ont toujours été enterrés à Néville, dans leur chapelle..., murmura Antoine.

Le capitaine lui lança un regard goguenard.

— Tu m'étonneras toujours, jardinier... Essaie de te rappeler cela une fois pour toutes : il n'y a plus de chapelles. Et il n'y a plus de Bréauté.

Les soldats furent accompagnés par le brouhaha de la foule qui grossissait. Les aristos avaient débarqué avec le comte de Bréauté ! Ils voulaient reprendre la ville, tuer tout le monde, même le jardinier du couvent, c'est tout dire ! On allait voir ce qu'on allait voir ! *Aristocrates, la Démocratie vous fout la pelle au cul !* Et on foutra le feu au port et aux bateaux plutôt que de se rendre aux Bréauté et à leurs semblables ! Vive la patrie ! Vivent les Cauchois !

Le quai fut soudain désert et silencieux. Il ne restait que lui et, à quelques pas en retrait, la silhouette noire de Céleste. Il lui sembla qu'elle tremblait, spectre vacillant dans le halo du réverbère de Charles-Constant. Il s'approcha d'elle, porté par le mugissement du vent d'est.

— Si tu me regardes, mon âme t'appartient..., souffla-t-elle.

— Je ne suis qu'un humble Pénitent...

— Si tu me regardes, notre jeunesse renaîtra.

— Un Pénitent qui a fait une promesse...

— Ne connais-tu cela, le poids des jours qui ne sont plus, des années qui s'obscurcissent, de notre jeunesse enfuie et perdue à jamais... ? Notre jeunesse, Antoine, notre jeunesse..., qu'en as-tu fait ?

— Nous ne sommes plus de ce monde... Notre temps est passé.

— Tu es Antoine Dubourg ! Tu n'es pas mort ! Tu es libéré de tout serment par cette vie qui vient à nouveau de t'être offerte. Tu devrais être mort cinq fois, cent fois, mon cher amour. Si tu es là, ce ne peut que pour m'être rendu...

Il saisit la main gantée, s'inclina et posa sa joue, ses lèvres sur la soie.

— Adieu, soupira-t-il.

— Fuis avec moi. Maintenant.

Ainsi revenait ce moment où se joue la tunique du Christ. Le dé qui roule, qui bascule, qui dit oui, ou qui dit non.

— Non.

Un silence douloureux, une respiration profonde et oppressée palpitèrent dans la nuit.

Elle disparut, avalée par l'obscurité qui tombait comme un couperet après le halo des réverbères de Charles-Constant. Puis il leva les yeux vers les fenêtres de la maison Rigoult et, avant de s'engager dans la rue de la Soif, il vit bouger à la fenêtre les rideaux de son ancienne chambre.

23

Se tenant auprès de Jeanne, au seuil de la maison des échevins baignée de soleil et de vent d'ouest, Charles-Constant s'éclaircit la voix pour continuer sa harangue que le vent déportait :

— ... et j'avais depuis longtemps regardé mon état de prêtre comme aussi utile que celui d'un joueur de quilles ! Je m'honore donc aujourd'hui de faire à la Raison, sur l'autel de la Patrie, l'abandon définitif de mon titre de prêtre, pour m'en tenir à celui, pur et simple, de citoyen. Préjugés, superstition, fanatisme, tout se dissipe devant le flambeau de la liberté allumé par la philosophie ! Si certains parmi vous s'étonnent de mon mariage, c'est qu'ils ont oublié la terreur qui régnait dans les cloîtres, les couvents et les séminaires où tant de jeunes gens sont morts, abandonnés, victimes sacrifiées par la tyrannie de leurs familles aux superstitions de leur temps !

Des applaudissements interrompirent l'orateur quelques instants.

— C'est avec joie que je rejette aujourd'hui, et à jamais, la fausseté, l'illusion et l'imposture qui caractérisent la fonction de prêtre en troquant mon bréviaire poussiéreux contre la citoyenne Jeanne Ochard...

Il se tourna vers Jeanne qui, très pâle, baissa les yeux sur son bouquet de marguerites sauvages tandis qu'un tonnerre d'applaudissements saluait à nouveau ses paroles.

— Elle m'aidera dans mon combat pour la liberté et la fraternité et servira la cause du peuple à mes côtés ; mais en attendant, chers amis et citoyens, je vous convie à la collation que je fais servir sous la Halle.

En ce 21 septembre 1792, on applaudit, avec prudence pour certains, avec enthousiasme pour d'autres, le discours du commissaire ; les plus fervents patriotes considérant comme fort révolutionnaire cette union d'un lettré et d'une fille des *caloges,* d'autant que de toutes ses brebis, il n'avait pas choisi la moins jolie ! Certes, il semblait à tous que la mariée fût fort pâle sous son bonnet neuf, et ses yeux bien tristes, et le sourire fort figé, mais sans doute était-ce dû à l'émotion. Le crincrin de *La Confiance* en tête, on partit vers la place de la Halle, riant sous cape et se donnant des coups de coude discrets dans les côtes, se frottant les mains à l'idée de lamper du cidre à pleins tonneaux et d'avaler les *douillons* que le citoyen Havas avait fait cuire par dizaines chez le Polite, avec quelle farine, ça, on ne savait trop, mais depuis dix jours l'affaire faisait le tour du port ! On ne lança pas de fleurs car on n'en avait point, on ne sonna pas davantage les cloches car on n'en avait plus, mais le cœur y était comme autrefois, et d'ailleurs le son du canon n'allait-il pas remplacer avantageusement ces sonnailles de la superstition ? Ne l'entendait-on pas déjà, roulant de la falaise comme un jour de tempête, ce canon qui allait emporter les jeunesses du port vers les belles batailles qui devaient sauver la patrie et désennuyer du labeur quotidien ? Mais il paraissait rien *baja*, l'ancien curé, au bras de sa pâle épouse ! Et allait-il seulement savoir quoi faire de la demoiselle en sa nuit de noces ? On ricanait en cauchois, avec la prudence nécessaire quand il s'agissait de plaisanter d'un puissant, et on salua avec ostentation, à l'angle de l'auberge et du quai d'amont, le second réverbère flambant neuf que Charles-Constant avait fait installer, non loin de l'arbre de la Liberté, un petit chêne encore frêle que la proximité des maisons du bourg inclinait à la mélancolie,

Le vent était doux, porteur d'une odeur de poudre, de goémon, de sel et de craie, s'engouffrant dans la Halle où l'on découvrit avec satisfaction deux tables dressées de lin écru. Maître Blondel rappela d'une voix émue que Charles-Constant Havas avait fait arraisonner une corvette hollandaise chargée de grain, que les sacs avaient dansé de bras en bras lors d'un déchargement qui avait failli tourner à l'émeute mais que, grâce à la volonté républicaine du commissaire, le peuple mangeait à sa faim ! Vive le réverbère ! Vive le pain ! Vive le citoyen Havas et sa belle épouse ! Certains grincèrent qu'une partie du grain avait été perdue fort sottement, dans la tourmente de la populace, mais on ne le dit pas trop fort. Chacun prit une mine réjouie devant les tonneaux de cidre mis en perce ; la boisson couleur de miel jaillit comme un coup de fusil, emplissant les gobelets tendus tandis que les marmitons de l'auberge du Polite apportaient sur leurs têtes des plateaux de *douillons* dorés qui sentaient la pomme cuite à dix pas.

Déjà Charles-Constant était pris à partie par des citoyens ; trinquant la bouche pleine ; les mots de guerre, de bataille, de verser son sang – enfin surtout celui des autres, songea Jeanne – se bousculaient entre leurs dents noires. Dans le dos de Charles-Constant, Blondel et l'oncle Havas avaient l'air de s'entendre comme larrons en foire, évoquant le taux d'intérêt que la Nation offrait au peuple, enfin à eux, pour acquérir en assignats dévalués des biens nationaux. Jeanne soupira, redressa son bonnet neuf, tira sur le châle de dentelle que lui avait offert Charles-Constant pour l'occasion, passa une main tendre sur la frimousse propre de François qui paradait dans une veste courte et neuve, autre cadeau, entouré des chenapans de la plage. Il savait lire et écrire, mieux qu'elle, il se moquait de sa boiterie comme d'une guigne, il rêvait de batailles et était même allé demander au capitaine Malville si l'on acceptait les boiteux dans l'armée des patriotes. « Non, fils, avait répondu ce dernier, on gagne les batailles avec ses jambes et ses pieds. »

Le capitaine Malville... Jeanne se sentit prise de vertige, tout son ventre devint mou sous la belle jupe à rayures bleues et blanches. Elle serra fort le gobelet de cidre et en avala une gorgée qui la fit s'étouffer. Une guirlande d'enfants chantait et dansait, formant une ronde autour du chêne de la Liberté ; des pêcheurs observaient avec respect le nouveau garde champêtre, Prosper Léchaudée, qui saluait ses deux réverbères quatre fois par jour. Nommé à ce poste par Charles-Constant car reconnu citoyen sans reproche autant que sans-culotte, il allumait et éteignait les deux réverbères avec le cérémonial d'un bedeau.

Sous la Halle, des Jacobins s'agglutinaient autour de Charles-Constant comme des mouettes suivant la marée. On s'inquiétait, on parlait encore de la guerre. On était pour, on était contre. Le soleil bascula soudain doucement sur l'horizon. Des femmes bavardaient autour de Jeanne qui peu à peu s'éloigna sur le quai, fixant les eaux pleines. Elle leva son regard vers un goéland qui semblait immobilisé entre le ciel et l'eau. On la félicita encore mais quelques vieilles dans son dos murmuraient, assez fort pour être entendues, qu'il ne fallait pas avoir beaucoup de fierté pour faire commerce de chair avec un ministre du Seigneur !

Jeanne longea le quai. Parvenue au pont-écluse, elle resta là longtemps à regarder les sloops qui dépérissaient à cause de la peur des Anglais, des cent cinquante tonneaux bâtis pour la pêche aux harengs. L'odeur de saumure et de goudron lui tourna un peu le cœur et elle crut se réveiller d'un mauvais rêve, toute tremblante quand le vent fraîchit brutalement.

Elle montait la ruelle des Pénitents mais il lui semblait entendre encore, portés par le vent, le cri strident du crincrin, les rires joyeux du peuple ravi par le vin et le cidre. Elle sentit tout son cœur chavirer à nouveau quand elle passa devant la porte arrachée du cloître sans y pénétrer. Elle salua la sentinelle qui lui sourit et, sachant où Antoine avait aménagé un nouveau jardin, elle monta jusqu'au sommet de la colline, contournant le bâtiment par un petit chemin sous les hêtres et parvint à un escarpement qui tombait à pic au-dessus du quartier Saint-Léger. Elle longea l'arrière des anciennes cellules jusqu'à un espace en pente, adossé au mur de la salle du chapitre. Antoine était là, à genoux, un gros seau de bois à ses côtés, au milieu de son jardin tout neuf. Les sauges rouge sang éclaboussaient le bleuté des digitales, heurtaient la pourpre fanée des becs-de-grue et le blanc étincelant des chicorées. Penché sur chaque tête vieillie, il ne semblait pas l'avoir entendue, ployant ses larges épaules au chevet des plants prêts à rendre cette âme qu'il allait recueillir. Il se redressa, essuya ses grosses paumes sur son pantalon usé et, souriant, la regarda venir à lui. Elle lui sembla pareille au souvenir qu'il avait encore de Marie Dubours, sa mère. Plus petite, moins carrée d'épaules, mais la même blondeur cauchoise irradiait de toute sa personne.

— Il est bien joli ce jardin, Antoine. Dommage pour la pente...

— Oui, ça ravine, et c'est trop petit. Certaines de mes graines ne s'y sont pas plu... Pas de marjolaine ni de pourpier cette année. Il faudra s'en passer. En revanche, ma belladone et ma valériane ont bien donné. C'est que je craignais leur caprice, surtout pour la valériane, un peu princesse, un peu sorcière, une année généreuse, l'autre boudeuse et parcimonieuse. Non, avec elle on ne sait jamais... Comme avec les femmes... Enfin, c'est ce que l'on dit.

Il y eut un silence entre eux. Elle se rendit compte qu'elle avait toujours à la main le bouquet de marguerites de son mariage et, après un dernier regard maussade, elle le jeta dans le vide. À leurs pieds, les toits d'ardoises et de chaume du quartier

Saint-Léger s'étaient peu à peu enfoncés dans une ombre violette. On entendait dans les plis de la nuit des éclats de rire se brisant comme du verre.

— C'est ce que dit le capitaine Malville, en tout cas..., qui s'y connaît davantage que moi.

— Il ne connaît rien du tout. Il ne connaît que les putains à soldats, cracha Jeanne.

Antoine soupira, se leva, étira son grand corps, puis les mains sur les hanches, les pieds dans la terre humide, contempla le bel ordonnancement fécond de son nouveau jardin.

— Je suis moi aussi une de ces putains-là, puisque j'ai épousé le jureur qui me nourrit.

— Allons, Jeanne, tu fais partie de ce monde nouveau, qui a ses peines et ses lâchetés, mais qui n'est pas non plus sans espérance.

— Ne mens pas. Ne me console pas. Tu ne sais pas, toi, ce qu'est le renoncement. Tu ignores le malheur des rats au fond de la cale.

— Ah, ah ! Je reconnais ce cher Voltaire... Frère Marc le détestait.

— Moi aussi. J'en mange tous les soirs. J'en suis à l'indigestion.

— Frère Marc le détestait, non pour sa mécréance et ses écrits, mais parce qu'il disait que ce bel esprit nous avait desséché l'âme et qu'il nous avait rendu insupportable notre condition d'homme...

Jeanne poussa un gros soupir, s'approcha et s'accroupit près d'une sauge que le vent faisait palpiter, qui tremblait comme un cœur battant dans la pourpre du ciel noyé par le couchant.

— Tu parles comme lui. Je préfère quand tu parles en jardinier.

Antoine étira ses reins fatigués et sourit.

— Oui-da, ma *besote* ! Occupe donc *té* de nous faire des *poulots* bien *vésillants* et bien *couillus* !

— Tu *m'éluges* ! gronda-t-elle, en fronçant les sourcils, mi-fâché mi-amusée.

Le soleil bascula tout à fait derrière la tête plate de la falaise. Un hennissement de chevaux déchira l'air atone du doux soir de septembre.

— Ils sont agités. Ils sentent le départ, dit Antoine d'une voix tranquille, faisant mine de gratter la terre autour d'un pied d'armoise qui séchait.

— Le départ ? C'est vrai, alors, ces bruits de guerre... ? demanda Jeanne d'une voix blanche.

— Oui-da. La guerre, belle enfant, c'est toujours vrai. La guerre, comme l'aiment les hommes. La bataille. L'assaut. Le cri de bête face à la mitraille et au canon...

— Comment sais-tu cela, toi qui ne connais que ce couvent ?

— Je le sais. Tout homme le sait. Comme on sait marcher, comme on sait aimer le corps d'une femme..., on sait faire la guerre.

— Parce que non seulement tu connais la guerre, mais tu connais aussi l'amour ? demanda-t-elle, le ton aigre.

Il sourit sans la regarder, passant ses doigts sur la courbe gracile d'une belladone.

— C'est donc vrai ce que l'on raconte..., que dans ta jeunesse, tu as volé l'épouse, ou la sœur, du comte de Bréauté ?

Puis, confuse et désorientée, elle se reprit, car avait-on jamais vu une Cauchoise poser si directement une question si indiscrète ?

— Pardonne-moi.

Après un instant de silence, elle posa celle qui lui brûlait la langue :

— Où part-il ?

— Dans les marches de l'Est. Probablement jusqu'en Prusse.

Elle se releva et, sans un mot, fit pivoter son corps, longea le jardin, monta vers le haut de la colline boisée par laquelle elle pouvait rejoindre l'entrée du couvent. Antoine ne la suivit pas. Ce n'était pas nécessaire. Il savait. Il suffisait d'avoir aimé Céleste, de l'aimer encore, de porter en soi cet amour total et sans honte pour tout connaître des êtres.

Jeanne disparut, flottant dans l'air du soir qui gonflait sa robe neuve comme une voile, mais il la voyait entrant dans le cloître en déroute, traversant l'ancien jardin ravagé, passant devant le puits, poussant la porte du chapitre, n'y trouvant plus rien que le vide d'une débâcle, passant ses mains le long des arcades du promenoir, toutes striées d'énormes barreaux de prison, longeant l'infirmerie qui était devenue une cellule pour prisonnier. Elle ne trouverait plus personne, sinon quelques sentinelles qui attendaient leur nouveau commandant. Malville était dans l'ancienne chapelle, où Antoine et lui s'étaient déjà dit adieu. Le capitaine avait pansé sa jument préférée, celle à la robe isabelle, celle qui aimait la belladone et qui n'avait pas même eu une colique. Sa veste d'officier était encore ouverte, sa chemise débraillée, il errait dans l'église nue qui puait le fumier.

« Allez, petit soldat, attend encore un peu, elle va venir, celle que ton cœur aime depuis le premier jour. Encore un peu de patience, jeune soldat prêt à mourir contre le roi de Prusse... Parle-lui. Dis-lui qu'il n'y a pas d'amour sans reddition. Sans abdication. Sans abandon total. Dis-lui qu'il y a des soldats qui reviennent de guerre et des amours qui survivent à l'attente. Parle-lui, soldat, ne laisse pas l'orgueil étouffer ton cœur, car l'orgueil est le début de l'illusion et du mensonge ; ne laisse pas la jalousie insignifiante d'un homme sans verticalité étouffer ta parole.

« Ô Céleste, ma saison délaissée, ma bien-aimée outragée, ma ténébreuse, fragile et obstinée comme l'aube, que ne puissions-nous aider ces jeunes âmes déchirées et douloureuses qui vivront ce qu'il ne nous a pas été donné de vivre ! »

Jeanne pénétra dans l'ancienne chapelle du couvent. Une lanterne, posée sur l'autel, laissait voguer des ombres grises sur les murs ravagés et souillés. Malville était là, à genoux auprès de sa jument dont il vérifiait chaque fer avec un soin méticuleux. Il se releva brusquement en devinant la jeune femme sur le rectangle de lumière de la porte.

— Comme vous prenez soin de votre cheval..., murmura-t-elle.

— C'est que peut-être, un jour, je lui devrai la vie...

— J'ai appris que vous partiez...

— J'ai ordre de rejoindre l'armée de Kellermann.

— Est-il bon commandant, ce Kellermann ?

Elle était toute proche de lui.

— Il est le commandant en chef. Cela me suffit. Les Prussiens vont nous envahir...

— Sommes-nous fâchés avec ce monde-là ?

— Avec l'Autriche aussi, et l'Angleterre, la Hollande, l'Espagne...

— Tout cela me semble loin comme les Amériques. Mais je suis une sotte, une Cauchoise qui sait à peine son français, alors vous pensez..., sa géographie !

Elle posa sa joue sur la chaude encolure de la jument avec un mouvement si tendre et si confiant que Malville en fut bouleversé.

— Tout le monde n'est pas courageux comme Antoine, capitaine Malville, reprit-elle. Tout le monde ne sait pas résister à la tentation et à la facilité, comme lui.

— Pourquoi parler de lui... ? Parce que vous croyez que je ne sais pas qui il est... ?

Elle se redressa vivement et lui ferma la bouche de sa main fraîche, appuyant ses doigts sur les lèvres frémissantes qui formèrent un baiser. Elle retira vivement sa main et murmura :

— Je parle d'Antoine parce qu'il sauve notre honneur à tous. Je parle de lui pour vous dire que si je suis faible, et pécheresse, je ne suis pas une... catin.

Elle ferma les yeux, se souvenant des baisers froids de Charles-Constant sur sa poitrine, de la raideur mécanique de ce corps en elle.

— J'ai été cruel car j'étais malheureux. J'ai été blessant car j'étais jaloux, murmura tout près de son visage la voix de Malville.

Elle rouvrit les yeux.

— J'ai été orgueilleuse et hautaine car j'ai cru que vous me méprisiez...

— Vous ai-je poussée dans le lit d'Havas ?

— C'est moi seule qui m'y suis jetée, qui m'y suis noyée.

— L'aimez-vous ?

— Pas plus qu'il ne m'aime. Nous partageons la pitié que chacun inspire à l'autre.

Tout le visage grave de Malville rayonna et sa poitrine exhala un grand soupir de soulagement.

— Du moins serez-vous chez lui en sécurité, près d'un homme dont le crédit monte, même jusqu'à Paris. Et quand je serai face au canon, bataillant dans les marches de l'Est, je ne craindrai pour vous ni la faim ni la tempête. Et chaque soir, au bivouac, je saurai que, même entre ses bras, c'est moi que vous attendez.

— Ne vous torturez point, beau soldat. Je serai rarement entre ses bras car il a peu de goût pour les choses de la chair...

Malville eut un petit sourire ironique.

— Marié à la Révolution, n'est-ce pas ?

Elle hocha la tête avec le même petit sourire qu'elle lui rendit et qui leur fit du bien à tous deux.

— Vous garderez-vous vivant, capitaine ?

— Oui, pour l'amour de vous. Et je vous reviendrai.

— Et même si votre sabre doit vous servir de bâton, je serai là.

— Je tâcherai de rentrer entier. Et si vous êtes toujours au citoyen Havas, si la Révolution ne l'a pas dévoré...

— Que voulez-vous dire ?

— Des massacres ont lieu à Paris. On a sonné le tocsin. Ce n'est que le début des règlements de comptes... La grande décharge des passions et du pouvoir a commencé. Alors, je vous le jure, quand je reviendrai, si Havas est toujours vivant, c'est moi qui le tuerai.

Elle ne frémit pas en entendant ses mots. Elle s'approcha encore plus près de lui.

— J'avais raison, ajouta-t-il d'une voix rauque, j'avais raison, Jeanne, en disant que je ne connaissais que trois sortes de femmes, dont les veuves. Vous serez la plus jolie veuve du port.

— Mon beau soldat, on vit une étrange époque : on peut épouser les prêtres mais on peut aussi en divorcer !

Ils se sourirent. Leurs lèvres se frôlèrent, se saisirent ; la peau contre la peau craqua comme un feu de broussailles.

« Ô ma Céleste, ma douleur et ma force célestes, comme ils vont s'aimer et souffrir et se désespérer, ces jeunes êtres de ce monde révolté qui sent le papier neuf, qui se déchire déjà alors que la belle encre de ses idées flambantes n'a pas fini de sécher ! »

Antoine s'assit sur la terre de son jardin. Il prit sa tête entre ses mains et les passa vivement dans sa puissante tignasse blonde qu'il avait laissée repousser. Autour de sa tête de géant, son auréole blonde emmêlée par le vent et la pluie était *écrignée* pareillement à celle de sa mère quand ils vivaient autrefois dans la *gobe*. Abattu soudain, drossé sur les récifs de l'existence, la sienne et celle de tous ses frères, il était saisi par le doute qui venait fouailler son corps et la chair même du silence, de la solitude dont il avait fortifié son cœur. Qu'était-il devenu ? Le portier d'un monde en ruine, le gardien de sa misère, le ridicule frère tourier de serrures friables ? Vivre n'était-il pas devenu une disgrâce, entre la querelle de l'instinct et de la vertu ?

« Ô mon Père, j'ai voulu œuvrer dans le mensonge pour sauver le couvent, j'ai cru assiéger une citadelle ennemie et me voici ligoté, chat prisonnier d'un nid de souris, n'étant ni d'un monde ni dans le monde... Ayant cru avoir un temps à accomplir au-delà du renoncement misérable, des consentements médiocres... Et me voilà devant vous, carène nue rescapée du naufrage... pour rien. »

Il songea à l'attente vaine de la mort du désir, au grésillement de la chair à l'approche de la flamme et à cet appétit de vie et d'amour qui avait nourri sa vie de jeune homme et sa vie de moine ; il songea à ce combat muet et déshonorant de jardinier qui avait coulé dans une solitude illimitée, à ce cri muet en lui, poussé vers un Éternel sourd au malheur de ses enfants. Et rien ne cessait jamais. La condition des hommes pareille à celle des rats dans la cale d'un navire, les amoureux bannis et séparés quand, à Rouen, à Paris, on assassinait en masse. Céleste ravagée comme un champ de bataille, Jeanne mariée sans amour à Charles-Constant, Malville en partance pour la gloire ou la mort, l'Enfer ou le Paradis, c'était affaire d'opinion... Quel était le sens de tout cela ? Il ne trouvait toujours pas de réponse.

« Ô mon Père. Prenez-moi, prenez-nous, achevez de nous sacrifier, Céleste et moi ! Saisissez-vous de nos âmes sournoises, entachées de mensonges et de dissimulations, mais protégez l'amour de Jeanne et d'Augustin et tous ceux qui, pareils à eux, sont les conquérants d'une liberté qui vous honore autant qu'elle vous humilie. »

24

Rouen, le 5 vendémiaire
Du commissaire du directoire exécutif
du canton de Valery au citoyen Blondel

Citoyen,

Mon séjour à Rouen se prolongeant, et un probable voyage à Paris auprès de mon nouvel ami, Joseph Fouché, étant par ailleurs prévu, je te fais part de mon mécontentement à propos de la célébration des décadis dont j'ai entendu dire que tu les faisais fort mal respecter. Je te rappelle que la loi du 13 fructidor a été solennellement affichée avant mon départ. Pour l'exécution de l'article 1 de cette loi, j'ai destiné la ci-devant chapelle des Pénitents et te rappelle que, par l'entremise d'un agent, tous les administrés doivent connaître les jours de réunion, les jours des décadis, pour les célébrations des mariages ou la lecture des bulletins décadaires. Tu dois veiller à ce que le citoyen Dubourg, toléré à demeurer dans le ci-devant couvent, se pénètre de l'obligation qui lui est faite par l'article 5 de diffuser publications et affiches et affairents. L'article 8 demande de ta part une vigilance particulière, à laquelle il est facile d'associer ce citoyen qui n'a rien à nous refuser, à savoir : le jour dit du Seigneur ayant fini d'exister, vous devrez veiller à interdire la pratique des « bras croisés » le septième jour de la décade. De même, en plus de la diffusion du nouveau calendrier, il faut de toute urgence publier que l'ancienne Saint-Jean sera le 1er messidor (époque toujours convenable pour les expirations de contrat et locations diverses, hommes ou terres), et le jour de la Saint-Michel le 1er vendémiaire. Si nous ne pouvons arrêter le temps, du moins pouvons-nous le balayer, le purifier. Nous allons tout broyer, rien ne résistera à la Raison. Le 25 décembre sera le jour du Chien.

Mon amour pour l'exécution des lois et la certitude de ton zèle à y concourir m'ont dicté ces observations.

Salut et fraternité.

Havas.

Paris, le 5 pluviôse

Citoyen Blondel,

Je réponds à ta lettre reçue ce jour. Tu as eu tort de laisser le peuple tirer les rois, selon l'expression fanatique, attendu que nous n'en avons plus ! Et d'après les dires, pas davantage de farine à gaspiller. Je fais tout ce qui est en mon pouvoir, ici à Paris, pour plaider la cause des subsides mais il est fort mal vu, en ce moment, d'être des provinces de l'Ouest. Je me défends à chaque réunion du Comité pour faire entendre que le pays de Caux n'est pas la Vendée et que nos braves pêcheurs cauchois ne ressemblent en rien aux fanatiques chouans royalistes ! Le poids de la réorganisation du pays est titanesque, la Convention a peut-être la vue basse, mais cela ne l'empêche pas d'avoir l'ouïe fine ; aussi te conseillé-je de ne laisser filtrer à Paris aucune raison de reproche et de désagrément à mon endroit. Tu me dis que les « bras croisés » continuent le septième jour, que des ci-devant royalistes s'habillent en noir, que des baptêmes sont perpétrés et que le sieur Dubourg joue les illettrés pour prétexter son inca-

pacité à faire respecter les publications décadaires. Sache alors qu'une comparution devant le tribunal révolutionnaire de Cany peut tuer toute rébellion dans l'œuf. Pour Dubourg, attendu que tu lui as déjà refusé son certificat de civisme, tu peux également l'accuser d'entrave à la loi et de falsification de substances médicamenteuses. Je te conseille de t'adjoindre le jugement du docteur Onfray, qui n'a jamais apprécié la concurrence déloyale occasionnée par le charlatanisme du sieur Dubourg. Contrevenant aux lois sur la pharmacie, on peut y adjoindre également l'exercice illégal de celle-ci, et même les zones d'ombre de la mort du ci-devant Bréauté.

Je te félicite pour le brûlement du tableau du citoyen Capet et de sa famille, chez le ci-devant aristocrate de Pleine-Sève, mais je te félicite moins pour le suicide du même ci-devant au vu de la saisie de ses biens, alors que je n'avais donné aucun ordre concernant sa personne. J'ai dû subir autant les reproches qu'une leçon politique de Fouché, un rusé de la plus belle eau, dont l'art du calcul n'a d'égal qu'un solide pragmatisme. Citoyen Blondel, j'exige donc le calme en mon canton, autant que le respect des lois de la République. Use du tribunal révolutionnaire pour Dubourg en dernier recours : je ne veux ni vagues, ni tempête, ni martyr à la cause fanatique. Menace-le plutôt d'une visite de notre milice dans le grenier de la maison dite du roi Henri, ancienne maison Rigoult, ou bien au château de Sainte-Colombe qui restent, selon mes informations, des repaires de ci-devant aristocrates.

Souviens-toi, pour ta propre gouverne, que la prison des Gaillots à Rouen est d'excellente facture pour y retenir les ennemis de la Nation en danger.

Tu recevras sous peu les deux mille francs germinal que j'ai pu obtenir pour les enfants dont les pères sont morts à la guerre et que je te charge de répartir équitablement. Éta-

blis une liste très précise des bénéficiaires que tu me donneras à vérifier dès mon retour.

Salut et fraternité.

Havas.

— Marat est mort !

La belle affaire ! songea Jeanne en recevant sur le front le froid baiser de son époux. À peine descendu de la diligence, après tant de mois d'absence, c'était donc tout ce qu'il avait à lui dire, qu'un journaleux de Paris, à la plume trempée dans le fiel, était mort ?

— Te rends-tu compte ? Assassiné, c'est déjà une chose terrible, mais par une Normande, en plus ! Je n'obtiendrai plus rien de la Convention, murmura Charles, sincèrement affligé, en feuilletant les papiers accumulés sur son bureau.

— Et c'est fort dommage... Des enfants sont morts de faim, de maladie... J'ai vu sur le port des femmes ronger des cadavres de poissons pourris qu'elles disputaient aux mouettes... Antoine ne peut plus rien faire, il n'est pas le Bon Dieu...

— Ha ! Il suffit ! Ne parle pas comme une sotte et ne me parle pas de ce traître ! C'est de sa faute, ou de celle de ses semblables, si nos Cauchois restent des bêtes de somme dominées, soumises et superstitieuses ! Il aurait dû m'aider, nous aurions dû être ensemble pour faire front et changer le monde..., ajouta-t-il, comme pour lui-même, comme s'il était seul, comme si Jeanne n'existait pas. Il l'entendit à peine fulminer qu'elle ne connaissait pas un seul orphelin de guerre qui eût reçu le moindre franc germinal promis. Il baissa les épaules. Ô Robinson, où est ton île ?

— Laisse-moi en paix. J'ai de l'ouvrage en retard, je veux m'y mettre dès cette nuit... Prépare-moi ta soupe, bien chaude s'il te plaît. Ce voyage m'a glacé jusqu'aux os, quoique nous soyons au cœur de l'été..., ajouta-t-il. d'une voix mélancolique.

— Messidor et thermidor ne chauffent-ils donc pas plus que juillet et août ? ironisa Jeanne, c'est étonnant comme rien ne change quand tout devait changer !

Elle avait déjà claqué la porte et il entendit le pas fâché de ses galoches dans l'escalier avant même qu'il ait pu lui répliquer qu'il regrettait fort de ne pas avoir laissé la pauvresse mal *éducaillée* qu'elle était croupir dans sa *caloge* !

Il jeta sa perruque humide sur le lit d'un geste las, se laissa choir devant les courriers que Jeanne avait empilés sur son bureau. Il regarda un instant la plume figée dans l'encre séchée. Le Havre venait de lui griller l'idée et s'appelait désormais Le Havre-Marat. Dommage. Valery-Marat, cela sonnait bien. Il songea à la meurtrière normande, aux sarcasmes de Fouché, la veille de son départ, sur les têtes qui tombaient par grand vent révolutionnaire. Fouché lui avait également demandé s'il était marié et, avec mauvaise grâce, il avait bien été obligé de répondre par l'affirmative. Mais l'homme était un peu pareil à lui, un ancien oratorien, un homme de l'Ouest, nantais : ils s'étaient compris. Charles se souvenait aussi d'avoir ajouté, comme si cela devait sauver sa tête et son crédit, que la vertu valait mieux que le mariage, les enfants, la famille. Qu'il ne rêvait que de servir l'État. Fouché s'était radouci et lui avait murmuré qu'il penserait à lui, quand toutes les têtes folles et incompétentes seraient tombées, pour la formation d'un grand ministère, le seul qui valait : l'ordre, la police, la sécurité. Il n'y avait pas de grande nation sans grande police. Il n'y avait pas de liberté sans prisons et bagnes fermement tenus. Qu'il y songe. Qu'il reparte dans sa province. Qu'il maintienne l'ordre sur les terres cauchoises et sa tête sur ses épaules. Prudence, mesure, observation, rétention : voilà quels étaient les maîtres-mots, avait songé Charles-Constant. Rétention de tout : de l'information, des vérités dangereuses, des humeurs, des mots trop clairs et trop nets. Rétention du corps. Circonspection désormais dans le geste, discrétion froide et grave dans l'expression du sentiment, méfiance vis-à-vis de la chair, du désir, du plaisir. Le plaisir. Le mot même lui fit horreur, l'irrita comme une vieille blessure. Quand, sans un mot, Jeanne lui porta sur un plateau sa soupe de poisson, une bolée de cidre et un quignon de pain sec, il détourna les yeux de son décolleté d'un blanc crémeux. Il se leva dès qu'elle eut quitté son bureau, ouvrit sa petite fenêtre pour respirer et fixa les eaux pleines qui battaient les quais du port désertés par la tombée du jour. Il songea qu'un homme est pareil à un port : à mer basse, on voit ses fonds fangeux ; à mer haute, on ne voit que ses flots, sa tempête, sa puissance. Plus jamais il n'accorderait de crédit à l'amitié, à l'amour, à la chair. Il ne serait plus, pour tous, et pour lui-même, qu'un homme à marée haute.

Il pleuvait.

Perruque en berne, mains dans le dos, écoutant

avec les deux cents membres du comité des Jacobins trempés et tassés dans l'ancien jardin d'Antoine le discours que Blondel glapissait contre les bourrasques, Charles-Constant fulminait *in petto* contre l'automne cauchois. « Homme immortel ! reçois le tribut de vénération que nous t'offrons ! Les regards de la Nation ne cesseront d'honorer ta tombe... » Il avait fait beau et sec tous les jours de la décade, sauf celui-ci, jour de l'inauguration du buste de Marat dans le couvent des Pénitents. Agenouillé, Antoine achevait de sceller à la chaux les trois morceaux de la colonne qui soutenait l'Ami du Peuple dont la position lui permettait de fusiller le puits du regard. Sourcils froncés, rictus découvrant des dents carnassières dans un mufle simiesque, drap à la romaine sur les épaules, le sculpteur avait fait son possible pour donner l'illusion de la vie, laquelle avait réjoui le Comité, qui lui avait passé commande et qu'il avait eu grand désir de satisfaire, ayant autrefois beaucoup travaillé pour les abbayes.

Il pleuvait de plus en plus. Toute la cour du couvent n'était plus qu'un lac de boue alimenté par des cascades qui tombaient des pentes d'ardoises et dont s'extirpaient avec difficulté les souliers des beaux messieurs et les galoches des autres. L'écume blanchissante qui ruisselait du ciel attaquait déjà la chaux des pierres nouvellement scellées et Charles-Constant serra les dents quand il surprit le regard mauve d'Antoine tâter le ciel avec une ironie discrète. Une rage froide lui serra alors les entrailles. Cette farce n'avait que trop duré. Il le ferait arrêter dès que possible ; il ferait comparaître devant le tribunal révolutionnaire de Cany non seulement

Antoine, mais la prétendue sainte, Céleste la Grêlée, et ce Yerville qui devait toujours se cacher dans le grenier de la maison Rigoult, à moins qu'il n'ait déjà rejoint les chouans ! Tout pouvait se régler avec la froideur pure de la Raison, sans drame ni larmes ! Charles eut soudain, devant ses yeux, la vision fulgurante d'Antoine et de Céleste, marchant main dans la main vers l'échafaud. Il imagina la tête du bourreau en bonnet rouge, il vit le tranchant de la guillotine, il vit surtout les yeux amoureux d'Antoine et de Céleste, se regardant l'un l'autre, ignorant Charles-Constant et l'acte d'accusation qu'ils n'écoutaient même pas. Il serra ses poings de rage.

Il pleuvait davantage encore, si c'était possible. Tout le Comité s'était égaillé. Tous les soldats s'étaient réfugiés dans l'ancienne chapelle avec les chevaux, dans les cellules ou sous leurs tentes. Indifférent à la tempête qui le rinçait jusqu'à l'os, Antoine fignolait ses scellements, passait un pouce adroit entre les joints des pierres, reculant d'un pas ou deux dans la bouillasse pour mieux juger de l'effet général. Charles-Constant crut même l'entendre siffloter. Il l'aurait giflé. Il tira avec peine sur ses souliers embourbés, pivota comme il put dans la fange et parvint en oscillant jusqu'à la rue pavée, éternuant et digérant sa cérémonie gâchée.

Il plut toute la nuit, sans la moindre interruption. Et toute la journée et toute la nuit suivantes encore. L'inquiétude fut bientôt palpable dans tout le port et la puissante race viking que ni la faim, ni les tempêtes ne dominaient jamais entrevit soudain dans l'éclat de colère du ciel, le monde obscur d'où elle était née et où elle risquait de disparaître, engloutie dans un nouveau Déluge.

Jeanne monta jusqu'au couvent, courant pieds nus, jupes relevées comme au temps de sa misère, alors que l'eau déjà passait le bord des quais et affleurait au pied de toutes les maisons dans l'alignement de celle du roi Henri. Gardant un grand calme, les servantes allaient et venaient en jupes retroussées, entraient et sortaient par les fenêtres avec des piles de sacs de sable et des vieux linges pour boucher le bas des portes.

Des familles entières, ballots sur l'épaule, se tassaient déjà à l'entrée du couvent, apostrophant le nouveau capitaine, un costaud qui avait fait les Amériques avec La Fayette et qui, face à des Cauchois par grand vent, regrettait sa jeunesse parmi les sauvages et les Anglais. À ses côtés, Antoine apaisait et argumentait. Le capitaine finit par laisser les femmes et les enfants entrer dans l'ancienne chapelle. Les hommes furent invités à fumer sous les tentes des soldats. Jeanne s'approcha d'Antoine, qui, accroupi à la porte de la chapelle, refaisait un bandage sale autour du poignet d'un petit garçon.

— Antoine, je crois que Charles-Constant trame quelque chose... Tu devrais fuir... C'est sérieux cette fois. Le tribunal révolutionnaire siège à Cany.

Antoine eut un sourire lointain, se souvenant de Céleste, toute dressée, pressante, inquiète, comme Jeanne en ce jour.

— As-tu des nouvelles de ton soldat ? demanda-t-il simplement, passant une main consolante dans la tignasse du gamin.

— Pas depuis un mois ; il me disait que Kellermann faisait marche sur la Savoie.

— Sais-tu où est la Savoie ?

— J'ai regardé la carte de Charles-Constant, souffla Jeanne, baissant les yeux.

— Il ne s'est pas étonné que tu t'intéresses à la géographie ?

— J'ai dit que c'était moins embêtant que Voltaire. Oh, Antoine, j'ai trouvé sur son bureau des papiers qui parlent de listes de suspects. Depuis son retour de Paris, il... il a l'air d'être... une chose. On ne discute pas avec une chose... D'ailleurs, nous ne nous parlons presque plus.

— Rentre chez toi tant que cela est encore possible, Jeanne. Je doute qu'aucun tribunal révolutionnaire siège face à ce qui nous attend...

— Mon Dieu, Antoine, vois tous ces pauvres gens encore, et encore...

Il la regarda s'éloigner, bousculant la sentinelle, indifférente à l'eau qui trempait ses habits et les plaquait sur son corps maigre. Il songea à sa mère, à Céleste encore, à ces mots d'amour, mots de femmes dont sa vie s'était emplie. Comme les Pères de l'Église avaient eu tort de maudire le corps de la femme, de cracher sur sa chair ; que pouvait-il en effet advenir du salut des hommes sans la tendresse et la compassion des femmes ?

Une marée humaine ruisselante, vaillante dans ses suppliques muettes, chargée de paniers, entra en force dans le jardin du couvent. Il alla à sa rencontre.

Dans la ruelle des Pénitents, toutes les portes s'étaient ouvertes, tout le quartier de la colline, artisans et pêcheurs, accueillait ceux qui fuyaient devant la montée des eaux. Pleines comme des œufs, les minuscules maisons de torchis et de chaume semblaient rétrécir leurs murs autour des vivants, faire le gros dos sous la colère du ciel qui les inondait.

À l'étage de la maison des échevins, Charles-Constant regardait avec un désespoir muet l'eau monter autour de ses deux réverbères, quoique ceux-ci fussent bien scellés entre les pavés. Il craignait davantage pour son jeune chêne de la Liberté, tordu dans la tempête, dont le pied avait disparu et qui déjà tanguait dans sa gangue de boue. Jeanne, n'osant parler d'Antoine, lui ordonna, de ce ton sec qu'ils prenaient désormais l'un envers l'autre :

— Aide-moi ! Il faut monter tout ce que nous pouvons du rez-de-chaussée ! dit-elle, frictionnant ses jambes avec un torchon, délaçant robe et jupon, courant presque nue passer des vêtements secs. A-t-on encore de la pudeur, par jour de Déluge ? Est-on chaste devant un mari en bois, plus indifférent qu'un frère ?

— N'est-il pas un peu vain de s'affoler ainsi ? Ce n'est que de la pluie !

— Ton Voltaire n'a rien écrit sur les marées d'équinoxe ?

Il lui jeta un regard courroucé.

— Ne sois pas sotte ! D'ailleurs, nous ne sommes pas encore à l'équinoxe d'hiver !

— Je ne sais pas ce que dit brumaire, je me contente de regarder la mer, grommela Jeanne en redescendant l'escalier.

Deux heures plus tard, l'eau passait sous la porte, léchait les murs, engloutissait la moitié du buffet et les pieds de la table de ferme. Par la fenêtre de l'étage, Jeanne héla un pêcheur qui hissait des paquets de filets partant à la dérive. Les *caloges* étaient balayées, lui apprit-il, les canons noyés et les soldats, là-haut, à l'abri dans le château Trompette, regardaient le pauvre monde courir devant les flots montants ! Et ton logis ? Ta famille ? Il ne savait pas, il espérait qu'ils avaient fui sur la falaise. Il pouvait revenir s'abriter ici, lui lança Jeanne, mais il ne semblait se soucier que de ses filets et de sa barque dont le fond raclait les pavés du quai. Dans une heure, il pourrait s'amarrer à hauteur des fenêtres. Jeanne et Charles-Constant se dévisagèrent en silence.

La puissance orageuse du ciel ne cédait pas. Porté par la marée haute qui avait empli le port et passait par-dessus l'écluse, le Déluge se frayait un chemin plus large que le chenal du port, plus haut que les soubassements de la tour d'artillerie et du moulin. Le chantier fut tout à fait noyé, les navires en carène culbutés, tandis que le ciel, fusillé de coups de tonnerre, crevait comme une outre. Une déferlante plus puissante qu'une autre bouscula le porche de Notre-Dame-de-Bon-Port, balayant d'un coup les deux chaudières à salpêtre, se ruant sous la Halle puis chez Polite, faisant céder la porte dont les gonds se rompirent d'un coup, soulevant les bancs, chassant les tables, précipitant contre l'âtre un mitron qui s'y était réfugié. Dans leurs masures qui résistaient, sur les flancs du port, les mères à genoux crurent tout de bon que Dieu avait décidé d'inonder le jour avec la nuit, de faire fondre la craie de la falaise, la chair des hommes et le bois des bateaux pour que tout se dissolve, pour que rien ne subsiste.

Au premier étage de leurs logis, face à face, Jeanne, Charles-Constant, Yerville, Reine-Élisabeth contemplaient dans un total désarroi la montée obstinée des flots dont les psalmodies lugubres assaillaient chaque mur et chaque porte close. Charles-Contant, accoudé à la fenêtre qui donnait sur l'écluse, demeurait abasourdi, obsédé par la survie de ses réverbères. Ils avaient de l'eau à mi-hauteur mais ils tenaient bon, cependant que son chêne, son arbre de la Liberté, flottait, décapité, tranché vif, sur les flots verdâtres comme une épave misérable. On pouvait apercevoir une petite cocarde bleu blanc rouge qui avait l'air d'une plaie, accrochée à son flanc maigre. Des cadavres d'enfants très jeunes, presque des bébés, flottaient, bras en croix, ventre gonflé, mais Charles-Constant ne voyait que cette petite cocarde abîmée et il sentit les larmes lui monter aux yeux.

Chassées du chantier englouti dans le chenal, des proues noires et mortuaires se dressaient à la surface de l'eau, traversant un fracas de mâts, de doris crevés, de becs de proue brisés, heurtant des brigantins chamboulés par les vagues, qui, n'ayant pas fui à temps, se trouvaient drossés contre les quais disparus, flanc à flanc, prenant l'eau par l'arrière tandis que des lamentations éperdues s'élevaient de tous les quartiers du port. Jeanne et François se tenaient penchés aux fenêtres de l'étage, bras tendus pour recevoir femmes et enfants transis qui avaient été hissés comme des ballots dans les barques des pêcheurs partis à la rescousse. En face, dans la maison Rigoult comme dans toutes celles du quai de la Batellerie, les femmes, indifférentes à leurs rez-de-chaussée ravagés, ne s'occupaient que de secourir les plus malheureux. Reine-Élisabeth, hirsute et trempée, se tenait, bras tendus par la fenêtre de gauche, au rez-de-chaussée, celle à trois battants qui rappelait la première épicerie de maître Rigoult. Elle accueillait ainsi ceux que la marée rejetait en ses murs. Soudain, du moulin sur le pont-écluse englouti, jaillit un cri déchirant. Agrippée à la lucarne du moulin qui prenait en plein ventre les flots se déversant derrière son dos, chutant dans l'arrière-port en cascade, une fillette appelait au secours. Une des fenêtres du premier étage s'ouvrit tout à fait et Yerville apparut. Avec souplesse, il l'enjamba et se laissa glisser, agrippé à la gouttière, par la fenêtre où sa femme et un marin le reçurent en leurs bras. Yerville fit de grands gestes, l'homme lui passa une corde autour de la taille et le chevalier sauta dans les flots qui l'engloutirent jusqu'aux cuisses, puis la taille, puis le cou. Un doris renversé, cercueil fou qui manquait de décapiter les têtes à la dérive, faillit le cogner. Il plongea. Reine-Élisabeth et Antoinette, agrippées à l'autre bout de la corde, retinrent un cri. La tête de Yerville reparut à deux toises du moulin. L'eau verdâtre tourbillonnait ; des filets et des étals en miettes, formant un remugle épais, pouvaient à tout instant écrêter cette tête blême qui flottait. Suivant un courant plus favorable, Yerville étreignit enfin les murs du moulin, hurla à la fillette de se laisser glisser contre la pierre. À demi évanouie, elle trouva refuge entre ses bras, puis ils disparurent à nouveau sous les flots, remontèrent, hoquetant et crachant. De la fenêtre de la maison des échevins, Charles-Constant, qui suivait toute la scène, vit très nettement un autre homme aider le premier marin, puis un autre encore aider à haler Yerville et sa petite rescapée. Il ne put s'empêcher de songer à l'acte d'accusation du chevalier, déjà rédigé sur son bureau. Il songea à Robinson et son île, il songea à Antoine, se remémorant soudain leurs deux corps enlacés dans l'eau meurtrière du port, par ce matin de 1769. Il avait douze ans alors et il pensait que la vie était pareille aux Amériques, un continent neuf, magnifique et inexploré. Puis il entendit la voix de sa harengère, comme il la surnommait avec humeur ; elle le regardait, hostile, les bras chargés de linges, et s'était approchée au plus près de lui.

— Aide-donc au lieu de rester planté comme une fourche ! On a besoin d'un feu dans l'âtre ! Et d'un grand ! marmotta-t-elle tout bas, de crainte que les rescapés ne soient étonnés du ton que prenait la femme du commissaire pour s'adresser à son époux.

— Avec quoi, je te prie... ? Le bois navigue dans la cour, répliqua-t-il du même ton assourdi.

— Nous avons des chaises et des tables. Casse-les !

— Casser des meubles qui ne nous appartiennent pas ! Des meubles sous séquestre ?

Il ne put, de stupéfaction, empêcher sa voix de grimper dans les aigus.

— Tu t'expliqueras en enfer avec ton Marat ! Pour l'instant, on meurt de froid et de faim ! grinça-t-elle, plus sourdement encore.

Vexé, il quitta son poste d'observation et enjamba avec dégoût les corps prostrés, informes et gluants qui recouvraient déjà tout le sol de la grand-salle des échevins ; puis, blême comme un noyé, il entreprit, avec l'aide de François, de démembrer les chaises, les unes après les autres.

Soudain, l'orage, le bruit du canon dans le ciel cessèrent. La mer oublia qu'elle était la mer et devint brusquement un lac immense aux longues eaux étales que mouillait encore un petit crachin léger. Des barques vides, comme rendues folles par cette désorganisation totale de l'eau et de la terre, heurtaient le premier étage des maisons. D'autres, remplies de familles entières, demandaient de l'aide ou des nouvelles d'un disparu. Des cris d'enfants s'échappaient des toits et des greniers du quartier Saint-Léger. Le clocher de Bon-Port surnageait, étrave morte au milieu d'un naufrage total. Abasourdi, un pêcheur entra en barque dans l'église, godilla jusqu'à l'autel et se signa devant le christ en croix qui avait de l'eau jusqu'à la taille.

Antoine avait fait dix fois le chemin de la rue Saint-Léger au couvent, portant entre ses bras les corps de femmes et d'enfants à peine respirant, venus s'échouer aux abords de la ruelle des Pénitents. En une heure, la salle du chapitre, les cellules, la chapelle furent remplis d'êtres épuisés et blessés, vomissant un brouet vert, pris de diarrhées foudroyantes qui empuantirent en quelques instants toute la paille que les soldats avaient étendue sur le sol. Allant de l'un à l'autre, Antoine servait à la louche le bouillon à la mie de pain qu'il avait mis à cuire dès l'arrivée des premiers naufragés. Puis, dans une barque perdue qui dérivait rue Saint-Léger, il entreprit d'aller chercher les morts. Avec l'aide d'un pêcheur qui manœuvrait la barque, il se saisissait des corps blêmes, dessinait une croix sur chacun des fronts, récitait la prière des morts, les déposait au fond de la barque comme dans un berceau. Puis les deux hommes ramaient ensemble, remontant la rue Saint-Léger jusqu'au cimetière des pauvres qui, surélevé, avait échappé à la furie des flots. Antoine prit un à un, contre sa poitrine, les corps meurtris et les allongea, côte à côte, à même la terre détrempée, en attendant que l'on pût rouvrir la fosse commune. *Requiescat in pace.*

Avec la marée basse, l'eau redescendit de quelques toises mais, une pluie drue retombant à nouveau, on ne put descendre de son abri de fortune pendant trois jours et trois nuits consécutifs durant lesquels Antoine prit à peine quelques heures de sommeil. Il se rendait au chevet de tous, distribuant ses potions sur toutes les lèvres malades. Dirigeant seul sa barque, il fit le lien entre les maisons, allant du quai d'aval au quai d'amont, grimpant par les fenêtres, réconfortant, distribuant partout ses gouttes et ses onguents. Par la fenêtre de la maison des échevins, Charles-Constant vit la barque s'avancer sur le paysage englouti. À l'avant, le corps de géant d'Antoine, raide et blême, figé en figure de proue, avait l'air de ne se diriger que vers lui. Il l'accueillit froidement.

— Te voilà jouant les saint Christophe ?

— Est-ce ma faute si la mer se mêle de nos histoires ? grogna Antoine en enjambant la fenêtre, tandis que François amarrait sa barque au tenon d'un colombage.

Des mains se tendaient, une mère suppliait, des questions fusaient : « Mon fils n'a-t-il point échoué du côté d'aval ? Et le père ? Et ceux qui étaient à

La Confiance ? Et *Au Cabestan* ? Et les enfants qui pêchaient sous falaise ? » Antoine rassurait, citant tous les visages entrevus ou secourus. Et il y avait un dieu pour les ivrognes, raconta-t-il pour faire rire un peu. Le gros maître Havas était désormais si pansu et si large – il devait se nourrir de pain d'assignats, celui-là ! hoqueta un rescapé – qu'il avait failli rester coincé dans l'escalier de sa soupente et qu'il avait fallu la force de pas moins de trois marins pressés par les flots pour l'en faire *déjuquer* ! Ils étaient une bonne douzaine, dans le grenier, plus fumants que du vieux linge, plus serrés que dans une *creuille* de poissons, à regarder par l'escalier et la lucarne flotter les beaux fûts de maître Havas ! On se détendit un peu, consolés de savoir que les riches, tout pareillement aux malheureux, sortiraient de ce Déluge sans un poil de sec !

Jeanne força Antoine à avaler un bol de soupe chaude et à s'asseoir quelques instants sur le matelas du bureau de Charles-Constant, le lit ayant été brûlé. Il céda à la supplique de tous ses muscles et resta, hébété, fixant le bol entre ses larges paumes aux blessures gonflées et ramollies par l'eau. Il sentit, dans la petite pièce monacale, la présence de Charles-Constant, ne répondit rien, tout d'abord, quand ce dernier se moqua de lui, l'appelant saint Christophe à nouveau jusqu'à ce que sa voix mollît, pareillement à la peau, détrempée peut-être, elle aussi, par l'humidité ambiante, une voix enrouée pleine de relâchement, de désenchantement, qui parlait de grain caché, économisé par le Comité en prévision des mauvais jours... « Il faut y aller, Antoine, chez maître Blondel qui a la clé du grenier secret, distribuer le grain, faire de la farine comme on peut, cuire du pain, pour tous ceux qui ont encore un four, et le distribuer au peuple souffrant... » Antoine hochait la tête.

— Iras-tu ?

— Pourquoi moi ?

— Je ne peux demander cela qu'à toi... Si je m'en charge, on devinera où je me rends. Inondation ou pas, je crains l'émeute et le pillage...

— Et la colère du peuple contre toi ?

— Je n'ai pas cette lâcheté. Tu pourrais, au moins, me faire crédit de cela.

— Comment le pourrais-je... ? Je ne t'ai jamais vu en action..., sauf une fois.

Ils échangèrent un long regard. Charles-Constant baissa les yeux. Antoine avala le fond de sa bolée de soupe.

— Ne crois pas que je te reproche d'avoir des idées nouvelles..., murmura-t-il si bas que Charles ne fut pas certain de saisir tous les mots. Tu n'es simplement pas fait pour l'application des idées, qui est toujours fâcheuse... Moi, je suis un homme sans idée..., je me contente de contempler l'œuvre de Dieu.

— Comme sa manie du Déluge, par exemple ? cracha Charles, dont la voix reprenait sa fermeté.

— Oui. L'eau, la terre, le feu... En contemplant l'univers, tu contemples ta propre nature... En attendant que Dieu ramène la ville dans les limites du monde, tu touches tes propres limites...

— De quelles limites parles-tu ? De celles dont tu as circonscrit ta vie, comme un vieux à l'âtre, tisonnant tes questions spirituelles, attendant le passage inutile et silencieux de l'éternité ?

— C'est toute la différence entre nous... Moi, de

même que les maçons cauchois, je crois qu'on fait le mur comme le bossu a le dos, que la vie est faite à la façon des hommes... Toi, tu rêves de supprimer les bossus. C'est un beau rêve. Je ne te reproche pas ton rêve.

— J'exècre et j'exécrerai jusqu'à mon dernier souffle cette soumission fataliste aux êtres et aux choses ! C'est parce que je vomis cette allégeance superstitieuse qui corrompt le courage naturel des hommes que tu seras arrêté et, je l'espère, condamné. La comédie de l'imposture a assez duré, frère Antoine. Quand tu auras cherché le grain pour le pain, car je ne doute pas que tu fasses ton devoir de chrétien, même si moi je l'appelle devoir de citoyen, quand notre ville aura retrouvé ses limites et nos Cauchois l'état de leur existence ordinaire, tu seras inculpé. Je ne te prends pas en traître, je ne te propose aucun marché. Tu seras inculpé pour incivisme, pour exercice illégal de la médecine et de la pharmacie, pour dissimulation d'identité, pour occupation illicite d'un lieu militaire...

Antoine se leva, s'étira, roula et déroula son dos douloureux comme un gros chat, bâilla sans façon, mit son bol vide dans les mains de Charles-Constant que tant de désinvolture laissa sans voix. Puis Antoine disparut comme il était arrivé, son gros sac de lin sur l'épaule, par une des fenêtres du salon des échevins.

25

Il fallut des mois, il fallut plus que l'hiver pour que le port pansât ses plaies alors que l'eau s'était déjà retirée en ses limites communes. La poudre à canon fut séchée, les *caloges* furent retrouvées presque intactes. On les redressa et les rechapeauta de chaume. On gratta les murs, le torchis, les coffres, les meubles ; on poussa dehors, au balai, pendant des jours, une boue épaisse faite d'algues et de sable. Des mois plus tard, bien après la Noël qu'on ne fêtait plus qu'en cachette, on trouvait encore sous ses pieds gravillons, galets, coquillages, fragments de crabe, et, jusque sous les grabats, dans l'âtre ou la huche à pain, des œufs brisés de mouette ou de minuscules squelettes de hareng. Des mois durant, il sembla qu'on aurait pu presser comme des éponges les murs qui gouttaient de partout tant on se réveillait enduits d'une mouillure grasse que les colombages, le sol et le torchis exsudaient. Les enfants moururent par dizaines, suivis quelques semaines plus tard de mères ou d'aïeules à la vaillance vaincue.

Mais Déluge d'équinoxe ou pas, rien n'arrêtait le cours de l'orgueil des hommes. Il fallut saigner ce qui l'était déjà, faire tomber ce qui vacillait sur une patte, rompre ce qui survivait encore. Artisans, marchands, chantiers, tout courut à sa ruine. En se retirant au loin, la grande marée avait emporté dans ses entrailles le sang des bateaux, le labeur de plusieurs mois, les dernières commandes qui avaient survécu au nouveau régime et, alors qu'il espérait des subsides de secours, Charles-Constant reçut l'ordre de fournir pour la guerre deux cents volontaires en quarante-huit heures ; libre à lui d'exercer la manière qui conviendrait pour convaincre les mauvais citoyens. Sur le port abîmé dans le silence mélancolique des jours chômés, affligé d'une odeur de cadavre, s'ouvrit la plaie béante de la jeunesse sacrifiée.

Au rez-de-chaussée de la maison des échevins, entouré de ses officiers municipaux inquiets, se tenait Charles-Constant, le visage décomposé, devant le registre où devaient s'inscrire tous les citoyens désireux de servir la patrie. Le premier matin, il y eut un peu de joie et d'enthousiasme ; le jeune François piaillait partout qu'on le laissât s'enrôler, faisant beaucoup rire, surtout quand Jeanne lui plaqua une calotte bien sentie qui rafraîchit ses ardeurs patriotiques. Il y eut les bravades excitées de quelques jeunes à la parole déliée par le cidre ou la perspective de quitter une fiancée imposée, un port ravagé, une famille décimée, un métier de misère, contre la promesse de voyages et de gloire. Ça ne faisait jamais que quarante-deux noms sur le registre que Blondel relisait et recomptait :

— Quarante-deux si on compte vite, Havas... Le Désiré Pouchet est presque simplet, le père l'a inscrit pour s'en débarrasser... et le Jules Lecœur, il a signé pour faire comme son frère mais il est bossu ! Ils n'iront pas plus loin que Rouen..., c'est encore des ennuis pour nous..., grommela le notaire, ennuyé et perplexe.

— On recourra aux forces de l'ordre, si nécessaire ! répliqua Charles-Constant.

Méfie-*té* ! Méfie-*té enco'* ! Méfie-*té toujou'* ! Jamais le dicton cauchois n'avait paru aussi clair à Blondel. Il glissa un regard sournois sur le visage impénétrable du commissaire. Robespierre ou pas, ça ne pouvait pas durer ! Il avait beau être notaire et pas marin, comme tout Normand il savait reconnaître l'humeur du vent, sa manière de plier, de se creuser comme une vague avant de tourner. Havas avait ramené de Paris des opinions qui, comme les nuages, n'annonçaient qu'une pluie d'ennuis. Méfiance. Prudence. Pas tous les harengs dans le même panier ! Rien ne dure jamais. Tout pourrit un jour. Il fallait avoir le nez fin, le rein souple et l'oreille fine, comme celle qu'il avait su tendre après l'inondation aux confidences habiles de maîtresse Rigoult, enfin, Mme de Yerville. Le chevalier – un héros, se rassurait-il *in petto,* qui avait sauvé de la noyade une fille du peuple ! – était désormais caché ailleurs que chez son épouse. Et bien caché, dans les combles d'un château qui était devenu la propriété du notaire. Cela occasionnait bien quelques nuits blanches à maître Blondel, mais son instinct cauchois était plus fort que sa couardise.

Charles-Constant, impassible, alla s'appuyer à la fenêtre qui donnait sur le quai. Des paquets d'hommes et de femmes, transis dans des vêtements en loques, maugréaient, lui tournant le dos. En regardant le ciel, sur sa gauche, il apercevait le clocher du couvent. Le jacassement du peuple lui paraissait aussi insignifiant que celui des mouettes.

Nous a-t-on point dit qu'on était libres ? Eh bien, j'sommes donc libre de rester chez *moué* ! Que ceux qui ont commencé la guerre la fassent ! Ils ont tué le roi, la reine, ils ont chassé les prêtres, ils ont vendu les biens des curés, des abbés et des aristos : où est'y l'argent ? Ils ont tout mangé ! Ils veulent à présent nos corps : Eh bien, not' corps est à nous et nous le gardons ici, *cheu* nous aut' ! On n'est point malveillants envers la patrie, mais notre liberté, c'est not' port ! Et il va mourir sans nous, not' port, qu'est déjà plus bien *vésillant*, rapport à la grande marée et au blocus des Anglais ! Valery ou Saint Vallery, j'vous abandonnons le Saint si ça vous chante, mais j'abandonne point ma maison pour aller tuer du pauv' monde que j'connaissons point ! Si ça continue, les habits bleus iront au feu ! Et ne dit-on point que cette nouvelle armée est pleine de jean-foutre, de jureurs, de saltimbanques ; l'écume du pays ! C'est un métier, soldat ! Ça se prend point au débotté en lâchant son rabot ou son filet ! Ça, c'est pas certain, fils ; dans la bataille, si ça s'étripe, ça doit pas être *pi'* que d'la volaille !

Les plus jeunes riaient et se moquaient des plus vieux. Ils seront à nous, les villages que nous ravagerons ; elles nous appartiendront, les moissons que nous brûlerons ; et le sang qui coulera sera le nôtre tout pareillement ! De mémoire de Cauchois prudents, on n'avait jamais entendu pareilles folies !

— Cinquante-huit, citoyen Havas ! vint lui clamer dans l'oreille un des membres du Club.

Et pourquoi y a que le peuple qui signe ? Pourquoi les gars de la municipalité, et le club des

Jacobins, et le Havas, ils signent pas ? Parce que les fonctionnaires, ça meurt pas, tu sais point cela, matelot ? Les fonctionnaires, ça se bat pas ! Ça souffre pas ! Ça obéit ! C'est à peine vivant, t'en tirerais pas plus une larme de sel ou de sang que d'un galet ! Ça n'est point enrôlé vu que ça enrôle les aut' ! Tu sais point ça, grande futaille, que dans un bâton il y a deux bouts : l'un pour celui qui le tient, l'aut' pour celui qui le reçoit !

— Soixante-six !

Et la précipitation, 'est rien mauvais ! Une armée qui roule à flots pressés s'en reviendra à sec le lendemain !

— Soixante et onze !

— Qu'on aille chercher les gardes nationaux, Paumel et Malandain ! cria brusquement Charles-Constant en se retournant vers l'assemblée, de plus en plus nombreuse, qui avait envahi la salle des échevins.

— Nous voici, citoyen !

— Prenez des membres de la Milice, s'il le faut. Je vous charge d'aller chercher en leurs foyers, un par un, les célibataires récalcitrants comme...

Y' doivent faire quoi, le gars Paumel et le Malandain ? Aller *tracher* l'Toine dans le couvent ! *Tracher* l'Toine ? Et comment qu'on va êt'soignés si l'Toine est parti à la guerre ? Parce que vous y croyez, vous, la *mé'*, à votre âge, aux potions du Toine ? Oui, fils, quand j'pouvons pas me *rémouver*, le matin, il y a que sa potion qui peut me dénouer les os !

Blondel s'approcha de Charles-Constant, le tirant par le coude de la fenêtre sous l'escalier, plus à l'écart.

— Qu'avons-nous à gagner en enrôlant le peuple de force ? Ne m'as-tu pas dit que Fouché veut du calme ? souffla-t-il à voix basse.

— Mais Fouché vient d'être exclu du club des Jacobins. Par Robespierre en personne. Les têtes tombent comme des ardoises..., répondit Charles-Constant sur le même ton.

Blondel passa une main replète sur son cou et déglutit.

— Oui, mais c'est nous qui vivons ici, avec ce peuple qui ne veut pas se battre ! Et nous vivrons encore ici quand la Révolution sera passée, car elle passe déjà, Havas, ça commence à sentir le poisson pourri ! Méfions-nous !

Charles-Constant lui jeta un regard méprisant.

— N'espère pas qu'elle passe trop vite ! Ne t'enrichit-elle pas grandement ? La patrie a besoin d'hommes et d'argent pour sa guerre, elle en trouverait peut-être en fouillant dans tes titres de propriété...

Blondel fit un pas en arrière, resta muet, plissa ses yeux, jaugeant le commissaire. Dangereux. D'une honnêteté qui tournait à la maladie, ce qu'il savait déjà. Un brouhaha agitait de plus en plus la pièce pleine à craquer, qu'une grosse vague humaine vint encore gonfler.

Antoine était là, devant la table de ferme, entre les deux gardes nationaux qui se tenaient à ses côtés comme des presse-livres. Charles-Constant reprit sa place devant le registre.

— Tu as trente-six ans, citoyen Dubourg, tu es célibataire, tu n'as pas charge de famille. Signe ici. Ton devoir est de sauver la patrie.

Charles-Constant tendait lui-même la plume,

d'une main blanche qui ne tremblait pas. Antoine se tenait très droit, très calme. La masse blonde et drue de ses cheveux auréolait sa face amaigrie. Un grand silence s'était fait dans la salle. Jeanne, blême, était descendue du premier et se tenait dans l'escalier, essuyant nerveusement ses mains dans son grand tablier blanc. Des pêcheurs, de jeunes engagés, des femmes aux yeux tristes serrant un bébé entre les bras, des soldats en armes, tous se tenaient serrés, ayant suivi depuis le couvent le petit cortège formé à l'annonce de l'enrôlement d'Antoine.

— Signe ici, citoyen. Ton devoir est de sauver la patrie... en danger, précisa Charles-Antoine d'une voix neutre.

— À lui tout seul, p'têt' ben ? grogna un matelot, son brûle-gueule entre les dents.

Charles-Constant fit celui qui n'avait rien entendu.

— Signe.

— Non.

C'était tombé tout droit, comme une pierre dans le puits, comme un petit éboulis de craie, sec et mat, le long d'une échancrure dans la falaise, jusqu'aux galets de la plage.

— Non. Je ne signerai pas. Je ne partirai pas à la guerre. Je dois rester où je vis. Je ne tuerai personne.

Le silence serra chaque poitrine dans de la glace. Les yeux allaient du commissaire à Antoine, d'Antoine au commissaire, qui abaissa la plume d'un geste d'automate. On voulait point s'mêler, nous aut' ! 'est point nos affaires. *Cheu* nous aut', on dit : méfie-*té* ! méfie-*té toujou'* ! méfie-*té enco'*.

Donc, on attendait. De toutes les manières, on *mourirait* tous, c'était écrit. Avec ou sans l'Toine. Avec ou sans l'gars Havas ! Le notaire Blondel, qui était venu se rasseoir à la table, s'épongea le front, quoique c'était seulement ventôse, comme i'disaient. Sa perruque penchait sur son gros front. Il avait l'air malade, le gars Blondel, comme s'il avait avalé du poisson tout *randouillé* ! C'est la Révolution qui finissait par lui rester sur l'estomac, au notaire !

— Cette comédie a assez duré..., frère Antoine.

L'assemblée resta figée, gonflée de silence. Seul le vent, poussé du quai par la porte ouverte, mugissait doucement entre les bonnets à ruban, faisant trembler la mèche fétide de la lampe à huile qu'un membre du Club avait allumée près du registre.

— Ou tu signes ou je te fais comparaître devant le tribunal révolutionnaire de Cany.

— De quoi serais-je accusé ? demanda Antoine de sa voix traînante.

— Les chefs d'accusation ne manquent pas : falsification d'identité, occupation illégale d'un lieu militaire, pratiques fanatiques et exercice illégal de la médecine et de la pharmacie, charlatanisme. On peut aussi ajouter le meurtre...

Un *Ho* d'étonnement échappa à certains.

— Meurtre du comte de Bréauté ? demanda Antoine, ironique. Moi qui pensais recevoir une médaille...

— Non, ça c'est moi ! Dans l'exercice de mes fonctions. Je parle du meurtre de maître Rigoult.

Le sourire d'Antoine s'effaça.

— Je sais tout, frère Antoine. Je sais que ce brave commerçant est mort entre tes bras, peut-être parce qu'il t'avait reconnu sous le fallacieux déguisement d'un moine ! Nieras-tu ce fait ?

Toute la salle retint sa respiration. Tous ceux qui avaient été soignés par Antoine commencèrent à se tâter le bras, le ventre, la poitrine, le front, le battement soudainement accéléré de leur cœur.

— Je ne nie pas que ma vue lui ait causé un choc...

— Qui nous prouve que tu n'aies pas empoisonné d'honnêtes citoyens qui t'auraient pareillement reconnu ?

— Je ne puis être à la fois un charlatan et un empoisonneur.

— Je ne nie pas que certaines plantes aient des vertus ou des dangers ! s'exclama Charles-Constant en frappant du poing sur la table. Je dénie seulement aux traîtres le droit de terrifier le peuple par des manœuvres superstitieuses ! Aux traîtres, aux inciviques, aux faux patriotes mais aussi aux indifférents qui, comme toi, par leur ridicule faiblesse sentimentale, par leur stupide attachement aux biens du clergé, ce tyran, n'ont rien fait pour la patrie ! Rien d'utile ! Entends-tu, frère Antoine ? Voilà le pire de tes crimes, que tu aggraves en refusant de partir à la guerre, et c'est le crime qu'il faut juger plutôt que le criminel : tu es I-NU-TI-LE.

La voix de l'accusateur détachait chaque syllabe. Blondel redressa sa perruque, soupirant, regardant ses chaussures. Chacun, dans l'assistance, se tâta à nouveau avec inquiétude. Était-il indifférent ? Abusait-il des sentiments comme d'autres de la boisson ? Était-il i-nu-ti-le ? Jeanne, assise sur les marches de l'escalier, serrait les montants de bois avec force. « Je vais le tuer, je crois que je vais le tuer. Il échappera au divorce ou à la jalousie d'Augustin car je crois que je vais le tuer de mes mains. »

— Mieux vaut être inutile que nuisible ! cria une voix de femme.

Un mouvement compact de la foule ahurie la fit tanguer comme la houle.

— Mieux valait être simple moine inutile que séminariste pendant sept ans et curé à Quiberville pendant dix autres années !

Charles-Constant blêmit, tendit son cou maigre vers l'assemblée qui se fendit enfin, laissant paraître, les poings sur les hanches, une jeune femme mince, le regard franc, qu'il ne reconnut pas.

— C'est la Mariette, la *besote* au vieux Vaast !

Elle s'avança jusqu'à la table, bousculant l'un et l'autre et, sans un regard pour Antoine, planta ses yeux vifs dans ceux de Charles-Constant.

— Je me suis déjà expliqué sur mon passé, citoyenne, articula-t-il. Ton attaque est aussi vaine que basse. Quitte ce lieu ou je te fais arrêter !

— Voyons, citoyen Havas, la volonté du peuple ! s'écria Blondel d'une voix mielleuse.

— Oui, oui, on connaît ça, la volonté du peuple...

— Et celle des baïonnettes...

— Oui, laissez-la parler !

— Curé, c'est une chose, mais espion des aristos, c'est aut' chose ! ajouta Mariette.

Au mot d'espion, chacun ressentit un petit choc.

— Toi, Havas, t'étais bien d'accord pour être curé, alors que l'Toine, il a été moine à vingt ans parce que Bréauté, prévenu par toi, a failli le faire *maquer* par ses *quins* ! Vous autres, ici, les plus vieux, vous vous en souvenez, des *quins* des Bréauté ! Ils en ont bouffé plus d'un, les *quins* des Bréauté !

On vit certaines têtes hocher lentement.

— Tais-toi, souffla Antoine, baissant la tête pour la première fois.

— Lui aussi, il s'en souvient, des *quins* du comte ! dit-elle, pointant du doigt les cicatrices du cou et du visage.

On se bousculait, on se pressait, on tendait le cou pour voir. Puis elle saisit la main gauche de force, la dressant comme un drapeau. Antoine lui retira sa main d'un geste vif.

— Un curé qui dénonce l'amour d'un brave commerçant avec Mlle de Sainte-Colombe, fiancée de force au Bréauté, c'est'y pas un vrai crime ? C'était pourtant bien révolutionnaire comme mariage ! C'était'y que tu voulais tuer la Révolution dans l'œuf pour finir ? C'est'y que ça serait pas plutôt toi, le traître à la patrie ? Toi, not' beau et élégant curé-commissaire qui nous rapporte le nouveau catéchisme de Paris !

Charles-Constant restait figé, la bouche ouverte.

— Un traître, oui-da, et à cause de qui Mlle de Sainte-Colombe s'est fait voler son *bésot* !

— Un enfant que j'ai sauvé ! se rappela tout d'un coup Blondel, inspiré et tout cramoisi, se dressant face à la foule stupéfaite. Charles-Constant et Antoine se tournèrent lentement vers le notaire, abasourdis.

— Ho ! Ha !

Comme au théâtre, Blondel se rassit après avoir salué. Il évita avec soin de regarder Charles-Constant.

— C'est vrai, reprit Mariette en jetant au notaire un regard narquois. Et maître Blondel a donné l'enfant à sa sœur stérile, mais elle a disparu en Angleterre avec son mari, alors ni Antoine ni Mlle de Sainte-Colombe n'ont jamais eu aucune chance de retrouver ce *bésot* volé !

Antoine vacilla. Sa grosse main couturée se posa sur la table, tout près du registre qu'il fixa d'un air hébété.

— J'en appelle à toutes les femmes, à toutes les mères ! continua Mariette d'une voix vibrante, tournant brusquement le dos à Charles-Constant, ouvrant tout grands ses bras à l'assemblée comme une voile de bateau. Aucune d'entre nous ne peut laisser arrêter Antoine, parce que sa vie et ses malheurs, c'est tout pareil à not' vie, à nos malheurs de pauvres. S'il y en a un seul, su'l'port, qui peut bien rester chez lui, même si c'est pas un vrai chez-lui, c'est Antoine. Moine ou pas moine, Antoine, c'est not' frère à tous.

Troublée, l'assemblée mugissait doucement ; des femmes se penchaient les unes vers les autres. Les deux gardes nationaux ne savaient plus que faire de leurs fusils qu'ils fixaient d'un air vide. Puis Mariette se retourna brusquement vers Charles-Constant et grinça entre ses dents, encore plus menaçante, plaquant ses petites mains brunies sur les pages blanches du registre :

— Et s'il faut aller dire à Paris que c'est même pas toi qui as fait tuer le Bréauté, mais Mlle de Sainte-Colombe qui t'avait prévenu, et qui s'est vengée ainsi, j'irai.

— Et s'il faut témoigner de cela, j'irai aussi.

— Ho ! Ha !

C'était la voix de Jeanne, toute claire, même si elle manquait de fermeté.

Des vieux grondaient : Pour d'la révolution, c'était d'la révolution ! V'là que les femmes se mettaient à tirer dans l'dos de leurs maris ! Y'avait décidément plus rien de sacré en ce bas monde !

Jeanne se tenait dressée dans l'escalier. Charles-Constant, qui restait immobile et droit comme la falaise, lui jeta un regard totalement indifférent.

— J'ai tout entendu, cette nuit-là, quand Mlle de Sainte-Colombe est venue te révéler le moment où Bréauté s'embarquerait sur la plage, ajouta Jeanne d'une voix qui ne tremblait plus.

— Alors, Havas, gronda Mariette, la bouche grimaçante, vas-tu faire couper ma tête, et celle de ta femme, et celle d'Antoine, et celle du notaire peut-être, aussi ?

Blondel sursauta. L'assemblée le fixa d'un air goguenard. Un vieux crachota même un petit rire sec. Les gardes nationaux avaient l'air totalement perdus.

Charles-Constant et Antoine se regardèrent enfin, se fixèrent longtemps sans que plus aucun bruit ne montât de l'assemblée figée dans l'attente.

Ô Robinson, mon frère, mon ennemi. Comme il est facile de plaire au peuple, aussi innocent qu'imbécile.

Ô Vendredi, mon sauvage blessé. Quelle est cette farce publique qui se joue entre notre enfance et notre tombe ? N'est-ce pas vain et faux, et bas, et sordide, ces caricatures d'existences, jetées en pâture, plus vides que des spectres ?

Charles-Constant jeta la plume qu'il tenait encore, serrée dans sa main, toute mâchée ; il contourna la table, fendit la foule qui s'ouvrit, silencieuse et hostile, devant lui. Il sortit sur le quai. Puis une grande vague d'un brouhaha mugissant gonfla et tomba sur les épaules d'Antoine. Il aurait voulu rejoindre Charles-Constant sur le quai et rester près de lui, à l'endroit même où leurs destins s'étaient unis, mais la foule s'agglutinait ; on lui serrait les deux mains, des hommes lui flanquaient de grandes bourrades amicales dans les côtes. Il sentit même des mains frôler ses cicatrices, le palper comme une idole, une relique qu'ils auraient méconnue et qu'avec un soulagement égoïste ils allaient pouvoir remettre sous le boisseau, rien que pour eux, jusqu'à la fin des mauvais jours.

Sa vie ainsi révélée, son secret jeté aux quatre vents, il lui sembla qu'il ne s'appartenait plus, qu'il demeurait échoué, dépossédé de tout désir et de tout mystère. Blondel glapissait quelque chose à propos du couvent mais Antoine ne l'écoutait pas, il attrapa la main de Mariette et lui souffla au visage :

— Je ne te remercie pas.

Mariette le dévisagea froidement, l'insolence au bord des lèvres.

— C'est Mlle de Sainte-Colombe que je sers, et pas toi. Elle m'avait d'ailleurs prévenue de ton ingratitude. Pour moi, tu n'es qu'un de ceux qui l'ont blessée... Elle, c'est une vraie sainte. Et qui te permet de vivre en ce couvent auquel tu l'as sacrifiée.

Elle lui arracha la main qu'il tenait toujours et, faisant pivoter vivement son petit corps sec, elle partit.

La main sur le cœur, Blondel glosait toujours, parlant de réconciliation du peuple. On allait montrer à ces beaux messieurs de la Convention combien les Valériquais demeuraient solidaires, comment sonnait le mot Liberté pour les descendants des fiers Vikings ! Le club des Jacobins établirait donc un texte, qui serait ratifié par le comité révolutionnaire de Cany, autorisant le ci-devant moine Antoine Dubourg à demeurer en le ci-devant couvent, et ce jusqu'à la fin de ses jours ! Ainsi Valery pourrait-elle s'enorgueillir aux yeux du monde d'avoir, dans un élan fraternel, protégé le dernier des Pénitents.

Cela fut fait à Valery, le 1er germinal de l'an II.

Épilogue

Août 1820

Murs de craie de ma falaise
Murs de grès de mon couvent
Vous serez ceux de mon tombeau.

Je touche au port, enfin, voguant vent debout face à mon Créateur, face à ma mère qui me tend la main, face à Cyprien Dubourg, mon père, qui doit juger fort étrange le destin de ce fils normand qui n'a jamais mis le pied sur un bateau de pêche. Ô vous tous que j'ai si mal et si petitement aimés, donnez-moi vos mains, que mon âme y dorme éternellement.

Je sais que la mort vient souvent comme un voleur mais, depuis deux jours que je ne puis me lever de ma paille, je la sens tout près. Je l'attends, je l'espère depuis si longtemps. Elle a le parfum de mes héliotropes, mêlé à celui du sel et des galets. Près de ma tête, j'ai observé hier, tombé de mes bouquets séchés, un minuscule vermicelle translucide qui pousse sa tête, grosse comme une lentille d'eau, entre deux brins de paille.

Mariette entra dans la cellule, s'agenouilla près de la paillasse et mit la main sur le front brûlant, repoussant la toison blanche.

— Je les ai fait prévenir, Antoine.

Il ne put répondre. Il ne put ouvrir les yeux.

— Allons ! courage ! bougonna Mariette, j'ai promis à Mlle de Sainte-Colombe de te faire vivre cent ans ! Ne me fais pas mentir, maudit moine !

Six heures, Mariette est fort matinale aujourd'hui ; c'est qu'elle sait, comme moi, que la fin est proche. Ce m'est une ultime joie profonde d'entendre l'aube sonner à Bon-Port, comme elle sonne chaque jour depuis vingt ans. Seule la cloche de mon couvent n'a jamais été replacée. Ainsi va le monde. Tout change et rien ne change ; c'est le couvent des Pénitents et cela ne l'est plus, ni ne le sera plus jamais. Les soldats d'un nouveau roi y demeurent, qui ont chassé ceux de l'Empire. Quoiqu'il ait rendu ses galons le lendemain du coup d'État de Brumaire, refusant de servir un tyran, disait-il, Augustin fulmine : il faut venir chez nous, Antoine. Tu vieillis ! insiste-t-il avec Jeanne qui ronchonne que cela ne ressemble plus à rien, ici. La maternité l'a arrondie et lui a donné de beaux seins. Elle met toujours les poings sur les hanches, a gardé son ton de harengère, quoiqu'ils vivent à Pontoise, où Augustin a repris le négoce de chevaux de son père. Ils viennent souvent me voir, quel que soit le temps ou l'état des routes, laissant l'ouvrage à leurs enfants, à François et sa jeune épouse. Ils viennent pour moi, certes, mais aussi parce que, certains jours, Jeanne soudain s'écrie : « Il faut que je revoie la mer, et mes falaises ! » Alors, tout heureux d'échapper au négoce, Augustin attelle. En se faisant narrer avec nostalgie les campagnes héroïques de ceux qui sont morts pour l'Empereur, il me rappelle maître Rigoult. Augustin fulmine donc, et crache par terre chaque fois qu'il croise un soldat du roi.

Mon couvent. Ma falaise. Céleste. Ma mère. Trop de possessifs en moi, comme une faute ancienne, mais tout scintille. Tout s'illumine soudain, comme lors de ce dernier coucher de soleil que Jeanne et Augustin m'ont emmené voir. D'autres caloges *étaient échouées sur la plage. Les rayons rouges blessaient la surface de la mer ; ils ne semblaient pas tomber du ciel mais sourdre de sa surface, monter, se répandre et s'arrêter brutalement à une incision rouge au ras de l'horizon. Je suis resté longtemps, appuyé sur la canne que je me suis taillée, auprès de mes amis silencieux, pétrifié encore par la beauté et la grâce de ma terre natale, au pied de la falaise blanche, tombe de ma mère. Mon fier rivage, tout corseté de craie, dont la chair blanche s'érode comme nos rêves, j'éprouve du regret à te quitter, je l'avoue avec humilité, et je reste tout étonné d'avoir franchi passablement, jour à jour, ces époques qui m'ont enfin instruit de l'inutilité de toute chose.*

Inutile. Je parle comme toi, Charles-Constant. Je parle enfin comme toi. Toi, mon frère, mon Vendredi, si tôt disparu après cette farce qui m'a accordé de vivre et de mourir en le ci-devant couvent des Pénitents. Avec l'indulgence du jury, avait même ajouté Blondel, goguenard, qui n'était pourtant ni juré ni indulgent. Mais c'est peut-être ce mot qui a circulé dans tout Saint Valery qui t'a blessé le plus. Après cette petite échauffourée verbale, qui était devenue ton procès, tu as fui pour Paris. Tu m'as fui et tu as fui Jeanne comme on fuit les fièvres. Ô mon Vendredi, quelle île as-tu finalement trouvée, sinon l'île de la Cité, à Paris, et le quai des Tournelles, l'empire secret de la police, le ministère noir de M. Fouché ? Quelles vérités sordides as-tu fait éclater ? Quels vilains procès, autres que celui du duc d'Enghien, as-tu eu plaisir à instruire ? Où sont-ils, ces maîtres que tu as servis avec ardeur et méthode avant qu'ils ne se débarrassent de toi, avant de retomber eux-mêmes en poussière, révoqués, humiliés, foudroyés sous un nouveau Déluge ? Tu es revenu sur nos rives opalines, je le sais, mais pas à Saint Valery, qui a retrouvé son Saint mais pas son deuxième 1 *; dans quelque autre port où je t'imagine, tout blanchi comme moi, mon petit busard au bec cassé. Tu es pareil à moi, tu attends la mort en regardant au loin les esquisses d'infini, les nuées dorées retroussant leurs froufrous mousseux sur l'arête vive de la falaise, et tu te demandes, ma petite tête de pioche, si tu es bien sûr qu'il n'y ait que le néant face à toi. Tu te dis que je prie pour toi ce Dieu auquel tu ne crois pas, sans que tu saches que tu es peut-être plus près de lui que je ne le suis.*

Mariette prit les mains, toutes brunies et toutes usées, et se mit à souffler dessus.

— Allons, l'Toine ! Fais un effort ! Parle-moi et je te parlerai de Mlle de Sainte-Colombe ! Je te dirai combien elle soupira après toi, chaque jour que Dieu l'a laissée vivre, je te dirai combien elle t'aimait. Et quand elle est tombée, toute foudroyée, sais-tu quelle chanson ses yeux me suppliaient de chanter ? Tu le sais, Antoine ! Ouvre les yeux et je te chanterai aussi la chanson du cœur qui est une citadelle...

Ô ma vie, ma Céleste perdue, engloutie. Je te rejoins et mon âme est enfin délivrée, mon âme si trompeuse, trop rusée, trop maligne, trop souple. J'eusse aimé rompre, casser net. Ne pas savoir plier. Quand on nous a rendu nos prêtres, j'ai voulu être écouté en confession par celui de Notre-Dame-de-Bon-Port rénovée, débarrassée de ses deux chaudières à salpêtre. Il m'a écouté, puis il m'a refusé l'absolution, ayant par trop failli, a-t-il asséné. Sa petite figure plate luisait de colère derrière les grilles de bois. Il m'a demandé doctement si je savais le sens du mot « pécher ». En grec. Eh bien, pour votre gouverne, sachez que cela signifie « manquer sa cible ». Viser et rater.

J'avais donc visé et raté. Pour la seule matérialité égoïste de mon désir primitif, une sorte de remous de la chair, de refus animal, qui n'avait pas ébranlé l'esprit. Une désorientation totale du chemin. Je n'étais qu'un traître. Un survivant, doublé d'un étrange acquitté d'un procès qui n'avait pas eu lieu.

Acquitté avec l'indulgence d'un imbécile rusé.

Je suis sorti de Bon-Port abattu et honteux, instruit d'une indignité qui ne m'a pas surpris. J'aurais dû me souvenir de l'épître de saint Jean : « Ne vous étonnez pas, mes frères, si le monde vous hait. »

Pourtant, mes actes et mes herbes ont été mes prières, dans Son silence. Dieu, plus taiseux qu'un Cauchois. Jamais Il n'aura tort car jamais Il ne parle le premier. C'est Son silence qui m'a choisi, qui m'a fait vivre, qui a été ma voie.

— Tu as ouvert les yeux, Antoine ! C'est bien ! s'extasia Mariette avec une joie forcée. Tu vas prendre un peu de ce bouillon chaud que je t'ai apporté !

Elle saisit entre ses bras solides la charpente creuse et maigre du mourant, la serrant contre sa poitrine dans un élan passionné.

— Oh, Toine, Toine ! Ne meurs pas ! Ne meurs pas déjà ! Tu es tout ce qu'il me reste d'elle ! Mon pauv' moine ! Mon Pénitent ! Ma sale tête butée ! butée ! butée !

Les larmes s'échappèrent de ses yeux et tombèrent, goutte à goutte, dans la chevelure blanche.

Allons, Mariette ; tu le sais, un Déluge a suffi !

Une petite aile de lumière bat derrière la vitre sale de la fenêtre de ma cellule, effleure mes bocaux, ma cornue silencieuse qu'on viendra sans doute voler ou casser. Je n'ai jamais eu personne à mes côtés à qui transmettre mes modestes savoirs ; mes chères plantes retourneront à la poussière de leurs origines. Même si Mariette a pris soin de moi ces dernières années, venant à pied de la route du Havre où, grâce à Céleste, elle est propriétaire d'une petite maison confortable, elle m'a longtemps battu froid et ne saurait distinguer une belladone d'une valériane. Puisse le plus vite possible croître la connaissance des hommes pour soulager leurs maux.

Enfin, le milieu instable de la nuit penche vers le jour, vers ma mort. Mais tout crie encore en moi. Tous les objets de mes ardeurs brillent encore dans ma prison de chair. Il n'y a plus que mes songes pour ressusciter ce qui fut. Dans le brouhaha des soldats, j'entends le pas claudicant de frère Marc qui classe ses herbacées, et la poulie du puits que fait grincer frère Sébastien en chantonnant, et les mâtines qui sonnent dans la chapelle en paix.

Ô ma Céleste, à peine courbée dans ses robes noires, qui négligea au fur et à mesure des années de voiler davantage son visage meurtri. Si je leur fais peur, qu'ils regardent ailleurs ! marmonnait-elle en s'appuyant à mon bras. Partant sur le port, quand on m'y demandait encore, je n'étais pas toujours là, lors de ses visites aussi imprévues qu'irrégulières qui suivaient ses humeurs chagrines, et, quand j'arrivais, tout essoufflé, au sommet de la ruelle des Pénitents, elle se tenait là, près du porche, ayant laissé son cocher et Mariette sur le port. Elle acceptait parfois le banc d'une sentinelle et elle m'accueillait avec ce ton frais que l'âge lui avait donné : Je passerai donc ma vie entière à t'attendre ! Puis elle glissait son bras sous le mien et nous marchions vers le sommet de la colline, sous le bois de hêtres, jusqu'à mon jardin. J'y avais construit un petit banc, à l'abri du vent, adossé au mur du couvent. Et nous restions là, côte à côte, silencieux, à regarder la mer au loin et le quartier Saint-Léger qu'engloutissait peu à peu l'ombre violette du soir. Je ne puis vraiment croire que Céleste soit morte depuis cinq ans. Suis-je devenu superstitieux comme mes frères cauchois ? D'ailleurs, celle qui a embrassé la mort rouge peut-elle vraiment disparaître ? m'a demandé Mariette. Et la seule fois où vous avez cru à la mort de Mlle de Sainte-Colombe, votre vie tout entière n'est-elle pas sortie de ses limites, comme notre port par grande marée ? a-t-elle insisté, la mine sérieuse. J'ai acquiescé et mon chagrin s'est illuminé, comme en ce dernier matin de ma vie, par l'assurance de retrouver Céleste en la maison de Dieu, que j'imagine vaste comme la mer et le ciel réunis, avec des murs blancs de craie et de nuages.

Un monde neuf et ravagé à la fois va sombrer avec moi, tout émietté comme le buste de Marat qu'il a bien fallu finir par abattre à coups de masse. Ainsi finissent les rêves des hommes. Ainsi sombre notre île alors que la force qui me soutenait encore me venait de cet ultime lien. L'or d'une fuite que je n'ai jamais accomplie, avec ma bure, le bijou de Céleste, le ciboire des Bréauté, sont toujours enfouis en ce lieu que je leur ai creusé, il y a vingt-neuf ans. Sans doute mon habit est-il mangé aux vers mais le ciboire et le sang du rubis resplendissent toujours dans la cendre et la poussière, dans la tombe de frère Marc. À jamais, je l'espère. Car peu importent les rois ou les républiques pour la maison que l'on a choisie, pour laquelle on a vécu et combattu. Une maison bâtie pour l'Éternité.

J'entends la mer. Le bleu céleste de la brise marine tombe du plafond. Le ressac mange la falaise, le ventre de craie est là, tout près, qui s'approche de moi, qui va m'engloutir. La pierre est ma maison ; la craie est ma maison, elles respirent en moi comme je respire par elles. Je suis leur cœur et leurs entrailles vives ; elles sont ma chair et mon âme, éternelles et minérales. Je sens l'odeur du sel emplir ma dernière goulée de vie.

Cet ouvrage a été imprimé par la
SOCIÉTÉ NOUVELLE FIRMIN-DIDOT
Mesnil-sur-l'Estrée
en février 2003

La photocomposition de cet ouvrage
a été réalisé par
GRAPHIC-HAINAUT
59163 Condé-sur-l'Escaut

Édition exclusivement réservée aux adhérents du Club
Le Grand Livre du Mois
15, rue des Sablons
75116 Paris
réalisée avec l'aimable autorisation des éditions Robert Laffont

Imprimé en France
Dépôt légal : mars 2003
N° d'impression : 62891
ISBN : 2-7028-7370-7